旅德纪事

I

死亡也并非
所向披靡

孙小平

著

GUANGXI NORMAL UNIVERSITY PRESS
广西师范大学出版社
·桂林·

SIWANG YE BINGFEI SUOXIANGPIMI: LÜDE JISHI I

图书在版编目（CIP）数据

死亡也并非所向披靡：旅德纪事.I / 孙小平著. --桂林：
广西师范大学出版社，2023.2
ISBN 978-7-5598-5633-3

Ⅰ．①死… Ⅱ．①孙… Ⅲ．①随笔－作品集－中国－
当代 Ⅳ．①I267.1

中国版本图书馆 CIP 数据核字（2022）第 217427 号

广西师范大学出版社出版发行

（广西桂林市五里店路 9 号　邮政编码：541004　）
网址：http://www.bbtpress.com
出版人：黄轩庄
全国新华书店经销
广西瑞丰印务有限公司印刷
（南宁市望州路北四里 2 号　邮政编码：530012）
开本：880 mm × 1 240 mm　1/32
印张：9.5　　　字数：163 千字
2023 年 2 月第 1 版　　2023 年 2 月第 1 次印刷
定价：55.00 元

如发现印装质量问题，影响阅读，请与出版社发行部门联系调换。

序 从那块"石头"说起

德意志是个伟大民族，百年震荡，大起大落，为世界史上仅有。八千万人悲欢离合，生生死死，纵有莎士比亚再世也难道其万一。

小平在那块土地上生活了四十年，可谓"知德派"。我跟他多次游历德国，每一次他都"别有用心"，让我有意外收获。印象最深的一次，是2013年初冬从柏林去汉堡，途经萨克森豪森集中营。车停处，先让我抬头看。此前刚去过乌拉尔山，寻访世界唯一仅存的"古拉格"真迹，在关押索尔仁尼琴之类的铺板上平躺过一会。也去过布达佩斯"恐怖之屋"（Terror Háza），在纳吉被枪毙前的地下"站笼"里竖立片刻，体验过一次。恐怖与丑陋，我已见惯不惊，但他那一次让我抬头看，着实意外，至今难忘。那是用铁条打出的一条标语："劳动创造自由"（Arbeit macht frei）！这句话既熟悉又意外，熟悉不必多言，意外是它的原出处竟是 30 年代的纳粹集中营，而且是以黑铁拼成大字，焊接在纳粹集中营的门栅上！这一次他终于出书，嘱我作序。我想利用这一机会把他诸多"用心"事先说穿，好让读者朋友有个思想准备。

一，战败是德意志重生之路。

20 世纪 30 年代纳粹崛起，横行欧洲，德国内部健康力量有反抗，终于被镇压；外部绥靖主义盛行，英法民主国家步步退让。在这一特定历史环境下，德意志走上一条浴火涅槃之路：只有让邪恶力量自食其果，在它挑起的对外战争中彻底战败，才是德意志摆脱绝境，转向正常国家的必由之路。

百年德意志所经历的政治变迁，几乎是一张教科书级别的政体清单，举凡人类能够设想的各类政体，它一一不漏：威廉二世的君主专制，一战战败后的魏玛宪政，希特勒的"国家社会主义"，二战战败后国土分裂，东部实行苏联斯大林体制，西部既有可隶属"第二国际"的英占区工党式社会民主主义，也有可谓古典自由主义的美占区市场经济，两德统一，最终归于联邦德国的波恩宪政。在这份政体清单中，时间窗口打开过两次，且都是因为战败：前一次是第一次世界大战战败，在君主专制的废墟上建立了魏玛宪政，因内部软弱和 1929 年经济危机导致纳粹上台而解体；后一次是第二次世界大战战败，在纳粹暴政的废墟上建立了联邦宪政，延续至今。区别在于，前一次发源于内部，因自身发育不够而失败，后一次来源于外部，盟军的打击犹如刮骨疗毒，彻底铲除本民族内部健康力量难以为敌的专制毒瘤，由外部移植入民主宪制，至今未败。

假设一个德意志人生于1900年，终于2000年，上述教科书清单中各类政体，从民主到专制，再从本书所述"不法国家"死里求生，这位百岁老人都经历了一遍：魏玛时期任文职，服务于这一民主政体；30年代加入国防军，无法忍受纳粹"军党国"体制，多次参与谋刺希特勒，最后参加本书所叙"女武神行动"。百年震荡，尽收眼底，当本民族内部所有的健康力量无以为继，最后出现的局面是"健康无力量，力量不健康"，他该作何想？

　　或许，他迟早会想起列宁主义的那一著名论断："革命的阶级在反动的战争中只能希望自己的政府失败。"面对这样一个邪恶政体，本民族不能自救，那就只能让本国政府战败，借助外部文明力量将它打翻在地，一次不够，那就两次，两次不够，那就三次，总有一次，本民族内部健康力量会绝处逢生，高呼"我们是人民"（Wir sind das Volk），并推倒那堵柏林墙！

　　何谓浴火涅槃？无浴火，则无涅槃，浴火在先，涅槃在后。让本国政府在战争中失败，社会与民族才能重生，意大利如此，日本如此，德意志更是如此。

　　二，反思迟早会来，德意志从战败之后第二代人开始。

　　中国读者比较熟悉1968年西方青年左翼运动，如法国"五月风暴"、德国"红军旅"等，狂飙突进，夺人眼球，过后则如雨过地皮湿，并未留下建设性成果。与此同时，历史的另一页我们却绝少介绍——德国68年人的"厨房问责"。

　　中国读者熟悉战后阿登纳时期的经济起飞，但很少人知道这一时期也是德国"沉默的一代"。众多纳粹官员进入阿登纳体制，担任要职，民众则陶醉于物质丰裕，满足于经济起飞的政绩，却对此前的历史讳莫如深。检察官鲍尔特立独行，坚持追问"沉默的一代"的历史罪责。以1968年的学生运动为触点，激发起全社会的追责与反思，青年一代在家中追问父母：在纳粹德国犯下滔天罪行时，你们知道吗？你们做了什么？

这样的对话多半是在家庭之内发生，故名"厨房问责"。也因为是家庭内部的对话，不像街头暴动那样激烈，当年并无轰动效应，但在德国战后的社会建设尤其精神重建中留效长远。如果没有这一全民反思，整个社会仅满足于经济起飞之政绩，"沉默的一代"衍生为"沉默的二代""三代"，德意志在精神上很可能会重蹈第一次战败之覆辙：我们仅仅是战败，而不是在精神上饱受奴役。因战败而承受的浩劫，被经济业绩抹平，直至全民失忆，最后为某一僭主或极端势力所蛊惑，德意志再次成为战争的温床。倘若如此，德意志只有"浴火"，没有"涅槃"，今日获得的文明社会与国际尊重，将无从想象。

饶有意味的是，当年"厨房问责"的有形成果如今落实于足下：青年志愿者们寻访当年遇难者遗迹，在他或她的门前路面，铺设一块铜牌，铭刻遇难者名氏与生卒年月，提醒路人停步于此，留意这里曾经发生过什么。德国人将此称为"绊脚石"。

这种"绊脚石"于2010年曾在上海世博会参展，万千展品花团锦簇，我以为最具精神品味的展品，就是德国馆这块普普通通的"石头"。可惜，当时传媒全体出动，连篇累牍，迷醉于花花世界，就是没人注意到这一块"石头"。今有小平之用心，在书中补述这一课，释我十年之遗恨，填补了大众认知的空白。

三，全民反思也有争论，如阿伦特就艾希曼审判案提出过

"平庸之恶"，这一概念能否成立？

依我之见，这一概念貌似深刻，其实是一次思想误导，可谓"脑雾"。战后全民反思，人人都应参与，在这个范围内，阿伦特提出"平庸之恶"无大碍，且有助于精神重建。但有两个界限似应留意：从哲学进入法学层面，罪恶就不是人人有份，"平庸之恶"作为抽象概念应在此止步，此其一；进入法庭追责，涉及罪犯之主动为恶，与胁从者为求生而表现的怯懦，"平庸之恶"不应进入追责控辩，此其二。阿伦特语不惊人死不休，一时"脑雾"，跨过了这两条界限。

这一"脑雾"可能与她早年吸吮海德格尔那一"毒鸡汤"有关，据说她后来有歉悔，可谓"反思之反思"，这是值得尊敬的。小平是在德文媒体中看到这一歉悔的，我在国内始终未见。

问题是即使有报道，中国知识界也未必理会。与此相关的是，她在另一本书中把极权主义起源说成"现代性"所致，把古已有之的极权主义在工业时代的大规模技术翻版，说成是"现代性问题"，更可见海德格尔的影响。阿伦特早年受海德格尔误导，此后有反思，一时未能反刍尽净。但在中国知识界，文学能力强，思辨能力弱，能接受阿伦特的"脑雾"，却难以接受阿伦特的反思。海德格尔那些说法在中国还很时髦，动不动就是"在"（Sein）、"存在"（Dasein）、"人诗意地栖居"（dichterisch wohnet der Mensch）。阿伦特已经反刍，虽未吐尽，国人却甘之如饴。

综上所述，德意志之所以有今天，与战败、战败之后全民反思、反思中有思辨，息息相关。此时读读小平这本书，听他讲讲那些人那些事，或许有所借鉴。他山之石可以攻玉，何况还确实有那样一块来过中国的"石头"。

　　余不赘，是为序。

2022 年 11 月 24 日 浦东

朱学勤

目 录

死亡也并非所向披靡

——致敬巴拉赫

　　三十余年前，导师邀请我们的学术前辈、翻译《欧洲思想史》的赵先生来汉堡大学讲学，导师让我事先问一下先生在汉堡有没有其他的打算和计划。先生告知想见一下关愚谦先生，此外如果时间允许还想参观恩斯特·巴拉赫（Ernst Barlach，1870—1938）在汉堡的画展或纪念馆。那时我初来乍到，根本对巴拉赫闻所未闻，后来打听到了在汉堡西部耶尼施公园（Jenischpark）里有巴拉赫之家（Ernst Barlach Haus），是由汉堡烟草大王赫尔曼·雷姆茨马（Hermann Reemtsma，1892—1961）建立的对公众开放的巴拉赫艺术馆。

　　1934 年，雷姆茨马经过艺术家胡戈·克辛格尔（Hugo Körtzinger，1892—1967）介绍，慕名来到巴拉赫人生后期居住的德国东部小城居斯特罗（Güstrow），与巴拉赫结识。雷姆茨马对艺术家一见倾心，开始收藏大师的作品，在一定程度上改善了巴拉赫因为纳粹上台被边缘化而造成的经济窘迫局面。20 世纪 50 年代

汉堡巴拉赫之家外景。

末，雷姆茨马成立了恩斯特·巴拉赫基金会，他个人的所有藏品均归基金会所有，并在汉堡西部的寸金之地耶尼施公园建立巴拉赫之家，对公众开放。巴拉赫的作品除了在世界各地的著名艺术馆有数量众多的馆藏，德国目前共有四家专门纪念巴拉赫的艺术场馆，分布在汉堡、居斯特罗、拉策堡（Ratzeburg）和大师的出生地韦德尔（Wedel）。这种现象据说是全球仅有。

感谢先生的启蒙，陪他参观过巴拉赫之家后，算是对巴拉赫有了一个比较初步的直观认知。先生由汉堡回到比利时后，我与他曾有书信往来，除对我生活学业多加鼓励嘉勉，他还专门提及巴拉赫。先生称巴拉赫不仅是欧洲现代最重要的表现主义艺术大师，还是杰出的作家和戏剧家，而在中国巴拉赫几乎不为人知，他嘱我在求学之余，可考虑将巴拉赫介绍到国内，那将是一桩十分有意义的功德之举。

恩斯特·巴拉赫生于北德石勒苏益格–荷尔斯泰因州紧邻汉堡的韦德尔的一个医生家庭，后随家庭长期在该州风景如画的拉策堡居住。据巴拉赫回忆，幼时他经常跟随父亲乘坐马车出诊，对德国北部的人文风情有切身的感触。中学毕业后，巴拉赫先后在汉堡和德累斯顿学习艺术，1895年在巴黎游学一年。

在美好年代时期（La Belle Époque，见本书《阿尔卑斯山逃生记》）的巴黎，花里胡哨的新兴艺术流派林林总总，应该对每个从小地方来的文艺青年都诱惑力十足。不过，来自北德的巴拉赫却与之格格不入。根据巴拉赫自己回忆，奇怪的是，巴黎的岁月对他的具象艺术生涯几无裨益。巴拉赫更多的时间是和巴黎的一批文学家还有诗人厮混，在他们的影响下，巴拉赫的生活波希米亚风十足，并开始文学和戏剧创作。

在巴黎游学后回到德国的十年间，巴拉赫主要在汉堡的阿尔托纳（Altona）活动，目前仍然有不少雕塑作品存世，他甚至还赢得了汉堡市政厅广场重新规划设计竞赛奖，但总的来讲，彼时巴拉赫的精神状态和具象艺术创作处于一个抑郁、迷茫和困顿的状态，用他本人的话说是"地狱般地度日"（tägliche Hölle）。

对巴拉赫的艺术发展产生决定性影响的是其1906年的俄罗斯游历，当时他二弟汉斯（Hans）在乌克兰为一家德国供暖公司工作。四兄弟中行大的巴拉赫和三弟尼古劳斯（Nikolaus）去汉斯处度假，并在俄罗斯旅行。这段几乎可以说是出于偶然的阅历，使巴拉赫得到了空前的创作灵感，彻底改变了他的艺术风格。俄罗斯苍凉无垠的大地，陀思妥耶夫斯基、屠格涅夫和高尔基的文学作品，苦难窘迫而又虔敬的民众，激起了巴拉赫强烈的共鸣、深切的同情。俄罗斯之行对巴拉赫的创作风格产生了终生的影响，也使巴拉赫的关注眼光从此聚焦在社会底层、被边缘化的社会群体上。

1906 年的俄罗斯游历开启了巴拉赫艺术道路的新生，这一年在其私人生活方面也是非常重要的年度。巴拉赫和他的模特罗莎·施瓦布（Rosa Schwab）的非婚生子尼古劳斯（Nikolaus）在柏林降生，但罗莎是一个裁缝，社会地位低下，当然不可能被巴拉赫接纳，然而巴拉赫不愿意放弃尼古劳斯，最后通过一场官司成功地剥夺了罗莎对孩子的抚养权。

俄罗斯游历之后，在俄罗斯传统农民艺术的影响下，巴拉赫的雕塑作品迅速自成一体。起初巴拉赫用于雕塑创作的材料主要是不为学院派雕塑家认可的木头，后亦使用灰泥、青铜和陶瓷。俄罗斯之旅后，巴拉赫创作的人物形象朴拙大气，服饰多为线条粗犷且流畅的长袍大氅，细节多注重于面部，给人以纪念碑般的稳重和庄严感。在艺术史流派归类中，巴拉赫被视作德国表现主义艺术的领军人物，但是其本人并不十分认可这一荣誉标签。巴拉赫反对抽象艺术，反对表现主义艺术的其他极端流派，因此，将巴拉赫作品称作夸张的现实主义艺术也不算荒腔走板。就艺术理念和表现手法来看，巴拉赫与纳粹豪迈、张扬且好斗的艺术理念并不是那么泾渭分明，因此，纳粹党内戈培尔等极少数真正受过像点样子教育的，都曾经是巴拉赫的粉丝。戈培尔不仅收藏巴拉赫的作品，甚至还称巴拉赫是德国最伟大的雕塑家，应该将以巴拉赫为代表的北方表现主义（nordischer Expressionismus）艺术提升为纳粹党国的官方艺术（Staatskunst）。但是，深植于巴拉赫内心深处的和平主义、人道精神和悲悯情怀决定了巴拉赫不可能与纳粹的意识形态沆瀣一气。在巴拉赫作品中便体现出了其明确的反战立场。

巴拉赫自画像。

　　除了在雕塑绘画等艺术形式上的建树，巴拉赫也是杰出的文学和戏剧作家，他的诗歌、散文和游记等均出手不凡，而他的剧作《挪亚洪水》（*Sündflut*）、《蓝色的波尔》（*Der blaue Boll*）、《死亡之日》（*Der tote Tag*）等一直是德国戏剧界的热门剧目，迄今仍在上演。

　　巴拉赫主要在德国北部活动，在汉堡及其周遭的拉策堡、吕贝克（Lübeck）、基尔（Kiel）等城市的街头可见不少巴拉赫的传世之作。在基尔市中心圣尼古拉教堂（St. Nikolai）前耸立着巴拉赫著名的雕塑《神灵战士》（*Geistkämpfer*）。1924 年，基尔市政府邀请巴拉赫为城市创作一座大型公共雕塑，用以美化城市。巴拉赫对此类无命题委托创作并不热衷，宁愿"自选创作主题"，几经蹉跎，直到基尔市政府许诺巴拉赫完全的创作自由，想怎么干就怎么干，巴拉赫才于 1928 年初与基尔签约，同年创作完成《神灵战士》，并将其安放在基尔圣灵教堂（Heiligengeistkirche）前。起初巴拉赫并没有为他的作品命名，可能是因为雕塑安放在圣灵教堂前的缘故，基尔一家报纸将之称为"神灵战士"，事后这一名称也得到巴拉赫认可。尽管当时巴拉赫的艺术名望如日中天，但是基尔民众对《神灵战士》的反应并不友好甚至敌对，以致 1928 年 12 月的揭幕仪式几乎是偷偷摸摸举行的。巴拉赫曾经专门到基尔查看《神灵战士》安放后的效果，结果失望地发现当地的氛围"冷冰冰的"，《神灵战士》手中的剑还在夜间被人折断。

巴拉赫在基尔遭到民众冷遇其实另具深层的政治和社会原因。第一次世界大战德国战败之后，军方一直在与苏俄合作，秘密重整军备，军港城市基尔是德国海军的指挥中枢和舰船生产基地。而巴拉赫曾经与一批左翼和平主义艺术家联署公开信，揭露德国军方违反《凡尔赛和约》，在基尔建造被协议禁止的巡洋舰。这种向境外敌对势力"递刀子"的行径，政治上当然为德国爱国群众所不齿，经济上则可能葬送基尔民众的生计。1933 年纳粹掌握政权之后，基尔人民对《神灵战士》的反感开始公开化、尖锐化，地方报纸称《神灵战士》是文化垃圾，是布尔什维克的文艺样式。一位在基尔驻防的海军指挥官写道："如果用一个木箱罩住雕塑，再在木箱上胡乱喷上颜色，也比目前的雕塑更美。"他建议将雕塑回炉熔化，进行金属回收，此乃《神灵战士》对祖国建设能够做出的唯一贡献。民意难违，为紧跟时代潮流，后悔莫及的基尔市政府开始寻求移除《神灵战士》的可能性，但是遭到戈培尔执掌的帝国国民教育与宣传部要求其慎重行事的劝阻。尽管如

　　战后在基尔圣尼古拉教堂前重新安置的《神灵战士》。这是巴拉赫为数不多的没有亲自命名的雕塑作品，巴拉赫除了顺应媒体也将之称为"神灵战士"，对作品本身并没有过多的阐释，只是称其为"心路的外在展现"（die äußere Darstellung eines inneren Vorgangs）。

此，1937年4月20日，适逢希特勒的四十八岁生日，基尔市还是拆除了《神灵战士》，移放至基尔著名的陶洛夫博物馆（Thaulow Museum）。同年11月，在巴拉赫被全国人民一片喊打的大背景下，帝国文化协会要求基尔市将进入"被没收的堕落艺术品"名单的《神灵战士》运去柏林，而基尔市政府则因为不愿意承担运输费用，坚持要将雕塑就地熔毁。1939年，帝国宣传部通知基尔市政府，根据元首的指示，《神灵战士》作为应该被没收的"堕落艺术品"，已经属于国家财产，基尔市不得擅自处置，应当由帝国卖给外国客户，以增加帝国的外汇储备。这个所谓的外国买主其实是巴拉赫的助手兼经纪人伯恩哈德·A. 伯默尔（Bernhard A. Böhmer, 1892—1945)，他是寥寥几位被纳粹当局授权向国外销售"堕落艺术品"的经纪人之一。伯默尔暗度陈仓，将《神灵战士》分解成四截，先运回柏林，然后装箱运到巴拉赫的好友胡戈·克辛格尔在吕讷堡石楠草原（Lüneburg Heide，见本书《那片天粘地漫的紫色》）的工作室隐藏，《神灵战士》因此得以完好无损保存到战后。

有趣的是，1946年，纳粹政权覆亡伊始，当初巴不得将《神灵战士》立刻熔毁以便跟上时代潮流的基尔市政府得知艺术品劫后余生，遂作为当然所有者要求归还《神灵战士》。可是事情并不是基尔市政府想得那么简单，同样提出所有权诉求的还有巴拉赫之子尼古劳斯和伯默尔之子彼得（Peter），他们的父亲已经分别于1938年和1945年离世，而冒险保藏艺术品的克辛格尔则宣称当年伯默尔已经将雕塑卖给了他，因此他才是合法的所有者。这场多头官司整整僵持了七年，基尔市最终用两万多西德马克作为和解费讨要回了《神灵战士》。1954年6月，因为圣灵教堂已经在战争中被炸毁，《神灵战士》被隆重地置放在圣尼古拉教堂的广场上。从此，基尔市民以拥有《神灵战士》为荣，曾经痛骂巴拉赫的当地媒体则声称"任何城市的纪念设施或公共艺术品都不及巴拉赫的《神灵战士》给基尔带来的国际文化声誉"。

汉堡阵亡子弟纪念碑位于汉堡市政厅广场西北，沿临内阿尔斯特湖，碑上的浮雕《悲伤的母亲与孩子》（*Trauernde Mutter mit Kind*）为巴拉赫于 1930 至 1931 年应汉堡市政府之请创作，汉堡市民当时以此为傲，将纪念碑直呼为"巴拉赫"。1933 年纳粹上台以后，巴拉赫被边缘化，《悲伤的母亲与孩子》也因为表现了战争中失去亲人的哀伤悲痛，不去刻画甘为祖国捐躯的英烈形象，不正面歌颂英雄而屡遭攻讦。1937 年，巴拉赫的作品入选纳粹操弄的"堕落艺术展"（Ausstellung der entarteten Kunst），正式跻身被横扫的"牛鬼蛇神"行列。1938 年，汉堡市政府公示铲除纪念碑上的《悲伤的母亲与孩子》浮雕，对风烛残年、生存时日可计的巴拉赫进行公开羞辱。《悲伤的母亲与孩子》被铲除后，代之以出自汉堡艺术家汉斯·马丁·鲁沃尔特（Hans Martin Ruwoldt, 1891—1969）之手的一只昂扬展翅的雄鹰，鲁沃尔特本人将这只充满"正能量"的雄鹰称为"涅槃重生之雄鹰般凤凰"。纳粹政权垮台后，汉堡市立刻把雄鹰铲除，将《悲伤的母亲与孩子》重新镌入纪念碑，碑文亦修改为纪念在两次世界大战中死亡的汉堡子弟，汉堡人又恢复了对其"巴拉赫"的习称。今天，耸立在汉堡市政厅广场前的巴拉赫纪念碑，自陈其丑，以丑为诚，向世人叙说一贯以汉萨自由市自重、自傲的汉堡的蒙羞之举。

距汉堡东北七十公里，坐落有"万般美誉加之均不为过"

　　纳粹政权垮台后，汉堡市政府在纪念碑上重新镌入《悲伤的母亲与孩子》，无疑是在时时刻刻提醒人们记住以自由、自主而自诩、自傲的汉萨同盟汉堡市的蒙羞之举。

的汉萨同盟古城吕贝克。人们在吕贝克城内圣凯瑟琳教堂（St. Katharinen）山墙上可以看到巴拉赫于 1929 年开始创作的组雕《圣徒族群》（*Gemeinschaft der Heiligen*）。1929 年，著名艺术史家、时任吕贝克圣安娜博物馆（St. Annen Museum）馆长的卡尔·格奥尔格·海泽博士（Dr. Carl Georg Heise, 1890—1979）来到居斯特罗，请巴拉赫为圣安娜博物馆创作一些馆藏作品。海泽在参观了巴拉赫的人物雕塑后，临时改变计划，决定委托巴拉赫创作一组十二到十六座圣徒人物组雕，雕像大于真人约 50%，全部完成后置放于圣凯瑟琳教堂西侧山墙的壁龛中，命名为《圣徒族群》。同年巴拉赫即完成了第一座雕像《拄拐乞丐》（*Der Bettler auf Krücken*），临时置放于吕贝克的一座公园中，供市民参观。《拄拐乞丐》并不在海泽和巴拉赫拟定的圣徒名单里，然而在巴拉赫的眼中，贫穷者为大，伶仃困苦者为大，这样的人才是真正意义上的圣徒。有趣的是，当时为《拄拐乞丐》能否跻身《圣徒族群》曾经在吕贝克市民中征询过意见，遭到了多数市民的明确否定，愤怒的市民还发起了签名运动，要求取消巴拉赫的订单，因为吕贝克不需要巴拉赫式表现社会"负能量"的圣徒。

在创作《圣徒族群》过程的同时，纳粹运动蓬勃发展，明显具有人道主义与和平主义倾向的巴拉赫理所当然被视为纳粹意识形态的天敌。邪恶势力的兴起，导致巴拉赫的《圣徒族群》创作中辍，仅完成了《拄拐乞丐》《唱歌修士》（*Der Singende Klosterschüler*）和《风中的女人》（*Die Frau im Wind*）三座。在海泽和圣凯瑟琳教堂的安排下，三座雕像临时被安置在教堂内唱诗班坐席之上。巴拉赫对这个在教堂中的位置比对计划中的在山墙上安放更为满意，但是他也敏锐地意识到，雕像在这个位置会更容易被"他们"注意从而被清除。1937年，巴拉赫被纳粹当局正式界定为"堕落艺术家"，雕像也面临被毁的命运。所幸海泽博士是以个人名义与巴拉赫签订的合同，因此三座雕像被多少还对保护私产的法律有所忌惮的纳粹当局界定为海泽的私人财产，从教堂移除后归还给了海泽，因而免遭被毁的命运。1947年，时任汉堡艺术馆（Kunsthalle Hamburg）馆长的海泽博士终于能够将他保护多年的三座雕像安放到与巴拉赫商定的圣凯瑟琳教堂的山墙上，了却了多年的夙愿。今天，作为世界文化遗产的古城吕贝克吸引着各国各地的游客，在圣凯瑟琳教堂的山墙前，人们无不驻足，向大师致敬，向《圣徒族群》所蕴含的悲悯通达的人文情怀致敬。

1914年，第一次世界大战爆发，巴拉赫也和绝大多数德国民众一样支持战争，陷入了民族主义狂热。同年巴拉赫创作木雕《复仇者》（Rächer），表现了强烈的愤怒和昂扬的斗志。巴拉赫在战争爆发时写道："祖国意味着我们生长的环境、我们的语言、我们的家庭，我们是被侵犯的一方，须用至圣的勇气和至上的力量应对之。"尽管巴拉赫已过不惑之年且患有心脏病，但他仍然积极主动报名参战，于1915年被编入陆军部队，三个月后因病在其他著名的艺术家联名呼吁下复员。战争的血腥残忍和因国家或民族之名的杀戮、对生命的极度蔑视，促使巴拉赫在退出军队之后对战争和民族主义狂热完全转变了立场。

第一次世界大战之后，德国经济在魏玛共和国时期得到复苏，社会上兴起了建造一战纪念碑的风气，使得巴拉赫有了很大的施展空间。然而，因为显而易见的和平主义立场和对战争的反思态

吕贝克圣凯瑟琳教堂西侧山墙上《圣徒族群》组雕，左侧三尊雕塑为巴拉赫作品，战后又增补了中部和右侧六尊塑像。

1914 年第一次世界大战爆发后巴拉赫创作的《复仇者》。

度，巴拉赫创作的一系列作品自问世伊始即引起很大争议。

1925 至 1929 年，巴拉赫用了四年时间为马格德堡大教堂（Magdeburger Dom）创作了大型木雕，史称《马格德堡纪念组雕》（*Magdeburger Ehrenmal*），被认为是巴拉赫从狂热的民族主义者转化为持反战立场的和平主义者的心路历程的外在体现。《马格德堡纪念组雕》表现形式为六个人物，实际则是三个士兵与他们在战争中的"变相"。组雕用三大块橡木雕刻后粘结完成，后排站立的三个士兵，他们扶持着标志战争年份的十字架，面容悲戚呆板，形似站立在死难战友的墓坑前。前排三个半身形象分别为恐惧的蒙面人、戴着钢盔的骷髅和胸前挂着防毒面具并捂住双耳不敢睁眼的受惊男子。巴拉赫将《马格德堡纪念组雕》称作他生平"最宏伟和最具责任感的作品"，特意将自己的面容作为受惊男子脸部的原型。

巴拉赫自己解释说，创作《马格德堡纪念组雕》不是为了纪念战争，而是形成"对战争造成的空前规模的苦难的一个反思符号"（Denkzeichen der schmerzhaften Erfahrung einer neuen Dimension des Krieges），德意志精神中关于战争能净化人类的形而上且扭曲的历史观，应该通过反思转而净化为对和平的追求。《马格德堡纪念组雕》一经面世即受到社会各方面包括教会以及"德意志基督徒"（Deutsche Christen，见本书《众神居所，生死因缘》）的攻讦和责难，认为巴拉赫没有歌颂保卫祖国的无畏将士，塑造的不是德意志的民族英雄，而是一群懦弱猥琐的求生者，这是对德国工人阶级的歪曲，是下等种族崇拜，是布尔什维克文化等。1929 年，纳粹党的意识形态方面负责人阿尔弗雷德·罗森贝格（Alfred Rossenberg，

《马格德堡纪念组雕》。巴拉赫称后排中间头绑绷带的伤兵是精神领袖，他眼光空洞，象征着失败的理念、破碎的梦想。站立于其左右的则分别是老兵和新兵。前排三个半身形象是三个士兵的"变相"，由左至右分别象征着苦难、死亡和绝望，其中右侧的面部形象是以巴拉赫本人为原型创作的。

1893—1946）亲自出马，攻击《马格德堡纪念组雕》为"非德意志的"（undeutsch）和"种族性可疑的"（rassefremd）。因为纳粹党当时还是在野党，巴拉赫对罗森贝格并不买账，以讽刺辛辣的口吻为自己的艺术观点辩护，因此与罗森贝格结下梁子。由于巴拉赫是与普鲁士当局签约，根据普鲁士19世纪初的世俗化法令，国家对教堂具管辖权，身为右翼钢盔团成员的马格德堡大教堂主任牧师和教会对巴拉赫的抵制无果。1929年11月的"亡灵星期日"，《马格德堡纪念组雕》在大教堂安放。

1933年纳粹上台，教会即迫不及待启动将组雕驱逐出马格德堡大教堂的程序。1934年组雕被移出，转运到柏林国立画馆的仓库存放，之后又被伯恩哈德·伯默尔私下用一千帝国马克买下，免于被毁并完好无损地保存到战后。《马格德堡纪念组雕》的坎坷波折多少有些命运弄人的意味，庆幸的是纳粹对之发难时间节点较早，在其掌权伊始还多少被魏玛旧体制牵制，不能完全为所欲为。如果再晚几年，组雕就很难逃脱彻底被毁的命运。

纳粹政权垮台后，帝国分裂为东西德国，双方意识形态对立，不过已故的巴拉赫却左右通吃，两德均给予肯定：社会主义的东德认为巴拉赫是普罗艺术家，是为劳苦大众无产阶级服务的；资本主义的西德则强调巴拉赫作品中的基督教元素。双方各取所需，各得其所。1955年，《马格德堡纪念组雕》不事声张地被重新放回了地处东德的马格德堡大教堂内，之后成了东德战后历史的见证和民众追求和平、推动社会公正的原动力。1981年1月16日，为纪念1945年1月盟军对马格德堡的毁灭性轰炸，教堂会众和马格德堡市民聚集在纪念组雕前祈祷，从此在"巴拉赫"前（am

Barlach）祈祷成为大教堂的一个特定的礼仪。每年的 11 月，在全球教会发起的"普天下和平十年"（Ökumenische Friedensdekade）活动感召下，每天都有民众在"巴拉赫"前聚集祈祷。因为组雕安放在教堂内部，寻求出走西方的东德居民也把"巴拉赫"作为相对安全的聚汇处，人们在此交换信息，企盼平安。20 世纪 80 年代末，直接引发东德易帜的"星期一示威"（Montagsdemo）遍布国内各大城市，马格德堡大教堂是全城起事中心。每逢星期一，人们都首先聚集在组雕前祈祷，在受到"巴拉赫"体现的和平人道精神的鼓舞后再走向街头抗争。当时在"巴拉赫"前燃烛祈祷的人数往往逾万。

在创作《马格德堡纪念组雕》的同时，巴拉赫还应居斯特罗大教堂（Güstrow Dom）之请，为庆祝大教堂落成七百周年创作一座一战被难者纪念雕塑。巴拉赫否定了教堂原先露天立碑的方案，放弃了流行的戎装士兵或源于基督受难图的题材——诸如悲伤的母亲抱着死去的儿子哀恸之类的艺术模式——颠覆性地另类构思，创作了铜雕《悬浮者》（Der Schwebende），又被称作《悬浮天使》。全部创作巴拉赫分文不取，教堂只是承担了铜材费用。

《悬浮天使》于 1927 年完成，悬挂于大教堂偏殿内。作品的立意极为独特，悬浮在空中的天使头部竭力抬起，双目紧闭，面容悲戚，双臂合胸，双足赤裸，与想象中天使悬浮的姿态全然不合。悬浮的天使与地面和时间分离，僵硬的衣褶线条使人们感觉到，天使应该是站立在地面上的，只是不忍见人间的残忍，不堪人性的败坏，才飞离地面。巴拉赫自己将此雕塑称为"命运之形"，他表述过《悬浮天使》创作的构思来源："在战争期间，时间对我来

德国雕塑家、版画家凯绥·珂勒惠支，摄于1906年。

讲已经静止。在地面上，时间已经没有意义。我要把我的感觉通过这个在虚空中浮动的命运之形表现出来。"

　　人们注意到，天使的面孔与德国女雕塑家、版画家凯绥·珂勒惠支（Käthe Kollwitz, 1867—1945）的形神均十分相似。珂勒惠支与巴拉赫相熟相知，他们人文立场鲜明，憎恶社会不公，对社会弱势和底层深抱悲悯情怀，进而反对强权、反对暴力、反对战争。1914年，珂勒惠支的儿子彼得被征召入伍，不久在西线战场阵亡，铭心刻骨的失子之痛使珂勒惠支的政治立场更加左倾。1927年珂勒惠支曾经访问苏俄，之后长期支持苏俄，凯绥·珂勒惠支的名字也因此在20世纪30年代的中国左翼文学艺术界耳熟能详。在鲁迅先生的大力推介下，版画艺术一时在左派艺术圈子中风行，而擅长版画的珂勒惠支则成了中国左派艺术家的偶像。在谈及天使的面容与珂勒惠支的关系时，巴拉赫说道："在创作天使时，珂勒惠支的面容'进入了我'（mir heieingekommen），这是一种潜意识的接纳。如果事先就打算以凯绥为原型，事情很可能就搞砸了。"在另一个场合，巴拉赫说起他无法忘却珂勒惠支失去儿子后的神情。

《悬浮天使》堪称 20 世纪最伟大的艺术作品之一，但其命运却跌宕坎坷，作品本身几遭灭顶之灾。与巴拉赫所有其他作品一样，《悬浮天使》毫无悬念地遭到了纳粹政权和大多数德国民众的抵制。1937 年，《悬浮天使》被移出居斯特罗大教堂，送到什未林（Schwerin）的一个仓库"看管"。1941 年，德国进入战时经济，在"德国人民大献钢铁"（Metallspende des deutschen Volkes）运动中，《悬浮天使》被回炉熔化，变成了杀人的弹药枪炮。巴拉赫本人十分钟爱《悬浮天使》，在居斯特罗民众抵制《悬浮天使》的呼声甚嚣尘上的时候，他说《悬浮天使》如果被驱逐，他的生命也行将结束。一语成谶，1937 年《悬浮天使》被逐，巴拉赫的健康状况迅速恶化，一年后，身心交瘁的巴拉赫溘然离世。

1939 年 1 月，巴拉赫去世已逾两月，巴拉赫生前的经纪人伯默尔似乎有先验感应，私下委托柏林的赫尔曼·诺亚克（Hermann Noack）铸坊用保存在铸坊里的《悬浮天使》的原始母模，重新铸造了一尊并藏匿于罗斯托克（Rostock）附近的一座农舍里。后来风声渐紧，《悬浮天使》又被转移到胡戈·克辛格尔在吕讷堡石楠草原的工作室隐藏。1941 年，居斯特罗的《悬浮天使》被回炉，赫尔曼·诺亚克铸坊的原始母模也在战争期间被毁。如果没有伯默尔的先知先觉，今人就只能通过老照片欣赏《悬浮天使》了。战后，伯默尔私铸的第二尊《悬浮天使》被安置在科隆市中心的安东尼特教堂（Antoniterkirche，见本书《被绊倒的是人的心灵》），同时，教堂出资用此翻模，制成第二代母模。1952 年，第二代母模为居斯特罗大教堂重铸了《悬浮天使》，仍旧悬挂于当年在大堂偏殿中的位置，居斯特罗大教堂因此成为德国知识分子和艺术爱好者的朝圣地。

如果没有伯默尔勇敢果决、不无风险的抢救行动，后人无疑将无缘再见《悬浮天使》《马格德堡纪念组雕》《神灵战士》等旷世无双的艺术瑰宝。吊诡的是，伯默尔一方面是巴拉赫艺术品的护卫天使，同时又是一个在第三帝国时期利用与纳粹文化部门的特殊关系，被当局正式任命的"堕落艺术品"鉴定人和经纪人。伯默尔倒卖偷盗所谓的"堕落艺术"作品，其中不少是利用种族和政治迫害从犹太人等手中巧取豪夺来的珍品，他赚得盆满钵满，是一位不折不扣的依附于纳粹强权的文化恶棍。

1926 年，时年三十四岁的雕刻艺术家伯默尔偕夫人马尔加（Marga Böhmer，1887—1969）迁居居斯特罗，得以与巴拉赫接近。然而，伯默尔自诩的艺术才华并不被巴拉赫承认，他的艺术发展前景也不被巴拉赫看好。没多久，巴拉赫还横刀夺爱，插足伯默尔婚姻，开始和马尔加同居。赔了夫人又折兵的伯默尔没有因此沮丧而放弃艺术追求。1931 年，伯默尔再婚，娶了罗斯托克一位大工厂主的女儿海拉（Hella）。伯默尔用第二次婚姻带来的财富作为启动资金，做起了艺术品生意，同时他和新夫人海拉仍然留在居斯特罗，兼巴拉赫的秘书、艺术助手和经纪人于一身。即使在巴拉赫被边缘化，进而成为"堕落艺术家"之后，伯默尔仍然不

　　科隆安东尼特教堂里的《悬浮天使》，下方石板上刻的年份经过三次修改，由起初仅纪念第一次世界大战（1914—1918），增加了第二次世界大战的年份（1939—1945），后来又把"1939"改为了"1933"，一个数字的改动大大强化了艺术品的历史意义。

离不弃，尽职地为他所崇拜的大师服务。

1933 年 1 月底纳粹党攫取政权，首先整肃的就是文学艺术领域。同年 5 月 10 日，柏林大学生在公众场所焚烧"不健康书籍"，戈培尔亲自到场煽动挑唆，同时纳粹当局开始清除与纳粹意识形态不合拍的艺术作品。与处理书籍使用焚烧的方法不同，纳粹当局对艺术品的处理方法是通过收缴充公或强买强占收揽。德国在欧洲是现当代艺术大国，艺术品资源极为丰富，这是一次空前绝后的国家组织的对本国国民的抢劫。纳粹当局一方面利用这些艺术作品作为反面教材，举办"堕落艺术展"，以教化警诫民众；另一方面在瑞士等地举行"堕落艺术品"拍卖会，祸水外引，把这些"文化垃圾"卖给外国人，同时赚取不菲的外汇——它们因为德国受国际制裁禁运而尤显珍贵。纳粹当时将这种手段称为"变废为宝"（Verwertung）。根据 1940 年的统计，战争爆发后纳粹当局还占有一万六千余件"堕落艺术品"可在海外市场售卖。伯默尔抓住了这个时代机遇，利用他和宣传部分管艺术的部门负责人罗尔夫·黑奇（Rolf Hetsch，1903—1946）的私人关系，成为纳粹当局指定的处理"堕落艺术品"的全国四名经纪人之一。

伯默尔将居斯特罗作为他的业务基地，在巴拉赫的眼皮下做起了这一伤天害理的生意。当时巴拉赫和马尔加已经搬到居斯特罗郊外，伯默尔及其妻子海拉住在巴拉赫过去的创作室和住宅里。伯默尔就在巴拉赫曾经工作创作的场地囤积了大量来路不正的"堕落艺术品"，最多时达到数千件。1943 年，伯默尔通过黑奇一次性买断了堆在柏林宣传部地下室的三千多件"堕落艺术品"，全部拖回了居斯特罗。伯默尔声称，存放在居斯特罗比堆在柏林使他要放心得多。不论伯默尔所说的"放心"意味着什么,事实上的确是通过他的行动,一大批艺术珍品才得以从柏林的战火和轰炸中留存。在居斯特罗,伯默尔一家过着巴洛克式的奢靡生活,只知今日,不问明天,黑奇等纳粹高官常来常往。他的儿子彼得喜欢埃米尔·诺尔德(Emil Nolde, 1867—1956)的作品,在他床前悬挂的居然是诺尔德的《巴布亚少年》(Pabuan Youth,现存柏林国家艺术馆,属于国宝级艺术品)。同时伯默尔也一如既往竭尽所能地帮助照顾身心交瘁的巴拉赫,暗中保护巴拉赫的作品不被毁坏,无奈而惶惑不已的巴拉赫曾经称伯默尔是善恶集于一身的天使。

1945年5月初,苏俄占领了居斯特罗。5月2日,马尔加被强奸,士兵还冲进伯默尔家抢劫。5月3日,自知有罪但已经来不及向西部逃亡的伯默尔夫妇服毒自尽,之前他们还试图毒死他们十二岁的儿子彼得,所幸未遂。另有一说是伯默尔夫妇自杀前用药麻醉了彼得,以免他目睹父母双双自杀的场景。伯默尔的住处堆藏着近一千七百件"堕落艺术品",无一不价值连城,其中大约一千件被运回苏俄,余下的作品并不被认为属于艺术品范畴。画室被改作军车修理库,所有的画作被露天堆放在院落中。士兵或利用画作的背面书写路标,为西进的部队指路,或用作练习射击的靶纸。据说数年后人们在居斯特罗的田间地头还常常能够捡到散落的"堕落艺术品"。

在一个强权社会,艺术家往往是最软弱最容易被凌虐的社会群体之一,他们为之恐惧为之屈服的往往并不是物质的匮乏、生活的穷困,而是创作的权利可以随时随地被轻易地剥夺。巴拉赫在纳粹时期的经历无疑相当典型。

1933 年 1 月底，希特勒攫取政权。尽管巴拉赫十分清楚他的艺术理念和纳粹的意识形态格格不入，用他的话讲，"我的小船正在快速下沉""情况会变得糟得不能再糟"，但是他仍然抱有幻想，希望通过自己的妥协甚至与强权的苟合，多少还能在纳粹的统治下争取到一些创作空间和自由。巴拉赫的想法不完全是海市蜃楼。首先，纳粹的宣传部门首脑戈培尔本人就是巴拉赫的忠实拥趸，还收藏有他的两件作品——与占党内绝大多数的同志们不同，戈培尔是海德堡大学的哲学博士，对艺术多少还是有一些自己的看法的。其次，巴拉赫曾经和纳粹德国学生联合会（NS-Studentenbund）"眉来眼去"，因为后者根据戈培尔的宣传口径声称，北方表现主义绘画具有"德意志特有的风格"，表现主义绘画与抽象的日耳曼装饰艺术及其在中世纪的表现形式一脉相承。因此表现主义是源自德意志的文化传统的，与纳粹的文艺理念并不违背。而恰恰就是戈培尔和这个官办学生组织，于 1933 年 5 月 10 日在柏林洪堡大学前策划并践行了臭名昭著的"焚书之夜"。焚书后不到三个月，纳粹德国学生联合会筹划成立德意志艺术家协会（Ring deutscher Künstler），拟议邀请巴拉赫出山担任协会主席。这一邀请也确实使巴拉赫心动，犹豫过后，巴拉赫终于没有去蹚浑水。他在婉拒的信中称："艺术家……还是以静谧、低调、退隐的方式为宜。"

德国总统兴登堡去世后，1934 年 8 月 18 日，为配合纳粹策划的宣传——废除总统制，国家最高权力归于帝国总理即元首希特勒的改制公民投票，巴拉赫与德国文化艺术界三十七名精英在戈培尔起草的《文化创作人士呼吁书》（Aufruf der Kulturschaffenden）

联合署名，呼吁公众特别是知识分子对元首希特勒效忠："我们信任景仰元首，元首实现了我们热切的期望。"这三十七名精英的大多数在1944年9月，即战争已经进入后期时被希特勒、戈培尔亲自遴选列入著名的"神佑名单"（Gottbegnadeten-Liste，亦称为"元首名单"［Führer-Liste］）。名单上录有一千零四十一名被认为政治可靠、对党忠诚的德国文学、电影、戏剧、音乐等各界杰出人士，他们可免服或缓服兵役，发挥自己的特长为帝国从事宣传工作，音乐界卡拉扬、理查·施特劳斯等人名列其中。然而，巴拉赫逝世于1938年，并没有看到战争爆发。而根据他后来的遭遇，即使他能熬到战争后期，恐怕也无望列入名单。

巴拉赫对希特勒的效忠和对纳粹党的示好并没有使他蒙混过关，即使戈培尔对表现主义流派情有独钟，也不能使他逃脱厄运。戈培尔甚至试图将北方表现主义艺术拔高成第三帝国党粹、国粹。戈培尔认为，纳粹党人是具有现代意识的先进分子群体，他们不仅在政治和社会领域，在精神和艺术领域也是现代的时代精神（Zeitgeist）的代表，纳粹党人在艺术方面的先进性只有一种表现形式，即现代艺术的形式。戈培尔在党内遭到了复古派的反击，该派以处处因为希特勒而与戈培尔争风吃醋的阿尔弗雷德·罗森贝格为首，植根于"鲜血与土地"。对巴拉赫《马格德堡纪念组雕》攻讦时所贴的标签"非德意志的"和"种族性可疑的"，均出自罗森贝格的"神来之笔"。两派争执不下，均在寻求元首的首肯。1934年9月，希特勒在纽伦堡大会上的演说中一锤定音，咒骂"每年翻新的"现代艺术，印象主义、未来主义、立体主义，还有达达主义，统统都是"（德意志）传统的腐蚀剂""江湖骗子"。

领袖一旦表态，见风使舵的戈培尔立刻转向，公开与表现主义艺术流派切割，巴拉赫失去了最后一道缓冲屏障。在被打入另册的日子里，巴拉赫对纳粹政权仍然没有放弃希望。纳粹党内的内讧内斗，往往被巴拉赫解读成"保守派"和"革新派"的此消彼长，比如 1934 年清除罗姆冲锋队的"长刀之夜"（Nacht der langen Messer）曾经使巴拉赫感到翻身有日，因为他毫无根据地将恩斯特·罗姆（Ernst Röhm, 1887—1934）归于"保守派"，是现代艺术的天敌。殊不知这些不学无术的混混从根本上讲是一切人类艺术的天敌。专制政权对与自己离心离德的异己的嗅觉是极其灵敏的，而且反制和镇压措施的效率极高。从 1933 年开始，巴拉赫的创作活动被禁止，他的公共雕塑作品不断被移除，展览作品被撤展。1937 年，纳粹在慕尼黑"别出心裁"地举办了"堕落艺术展"，希特勒亲自到场，戈培尔则为了撇清与现代艺术的瓜葛，表现异常积极。"堕落艺术展"旨在向民众展示现代艺术的"丑陋、变态和荒谬"。巴拉赫的木雕《重逢》（Wiedersehen）和一套速写作品入选参展。艺术家的作品一旦入选"堕落艺术展"，就意味着问题的升级。与此同时，巴拉赫还在全国各地艺术馆展出的三百八十一件作品根据宣传部门的指示全部被撤展，展品被没收。1938 年巴拉赫被普鲁士艺术学院（Preußische Akademie der Künste）除名。

1938 年 10 月 24 日，身心交瘁的巴拉赫因心脏病突发，死于居斯特罗附近的波罗的海海滨城市罗斯托克。噩耗传出，纽约和伦敦立刻为大师举行了纪念艺术展。

大师在孤寂中，在深秋的波罗的海海滨悄然辞世。然而大师

入选"堕落艺术展"的巴拉赫木雕作品《重逢》，主题取自《约翰福音》20:26-29。

对后世的人文影响和艺术传承却不是一个转瞬即逝的政权所能操控的，即使这个政权当时受万民拥戴，看上去是无比的强大，自信将傲步天下千年。1957年，二战后百废待兴的德国开始逐渐走向正常，读书界出现了一本奇书，书名读上去亦有些古怪：《桑给巴尔或最后一个理由》（*Sansibar oder der letzte Grund*），作者是阿尔弗雷德·安德施（Alfred Andersch，1914—1980）。安德施年轻时是德国共产党员，曾经担任过德国共产党地方青年组织的书记。纳粹上台以后，安德施几次被抓进集中营，后来被编入一有战事就会成为炮灰的惩戒营，在意大利驻防。在意大利，安德施当了逃兵，向美军投诚，后被送往美国本土的德军战俘营，辗转在路易斯安那、弗吉尼亚等地关押。在美军战俘营里，安德施与同人创办了面向德国战俘的德语杂志《呼声》(Der Ruf)。1945 年安德施获释回到德国，继续出版《呼声》，销量曾达数万册，在知识分子群体中影响极大。随着冷战态势渐现端倪，《呼声》因为立场偏左，在东西方之间选边站队态度暧昧，加上不时有对西方占领军当局说三道四，于 1947 年被美国占领军查禁。之后安德施参与组建了"四七社"(Gruppe 47)，将战后德国最重要的一代知识分子悉数网罗麾下，其中有日后的诺贝尔文学奖得主海因里希·伯尔、君特·格拉斯等人。"四七社"在空前的民族劫难之后，认真反省，重树文化自信，再建民族认同，功不可没。

在中国文学界有所谓"一本书主义"之说：一位作家只要写了一本好书即一飞冲天，就有了一辈子吃香喝辣的本钱。此说虚实不论，阿尔弗雷德·安德施倒确实以一本薄薄的《桑给巴尔或最后一个理由》惊艳于世，立身立业。《桑给巴尔或最后一个理由》现象本身就给了人们一个充分的理由，解释为什么安德施能够终身高踞文学庙堂之上。

该书的故事相当简单，发生地点是波罗的海（在德国称之为"东海"）岸边的渔港雷里克（Rerik），与巴拉赫去世的罗斯托克城临海比肩而距，时间是纳粹战前统治时期的某个二十四小时。全书中的人物只有五位：来自汉堡的犹太富家少女，希望能从雷里克经海上逃离德国；对党的事业失望的德国共产党员渔轮主，而他的渔轮能够帮助人逃离；前来雷里克代表党组织下发指示的党中央指导员；在第一次世界大战中失去了一条腿的雷里克教堂的牧师；一位渔轮上打杂的少年。其中，少年反感雷里克民众对他父亲的恶意相待，也对雷里克死寂阴沉的环境感到厌倦，无时无刻不在梦想着逃离，少年将桑给巴尔（Zanzibar）拟作逃离的目的地。少年并不知道桑给巴尔的确切位置，但他知道它是在大海的另一边，这足以成为他逃离雷里克的最后一个理由。

大厦将倾，纳粹编织的统治网络日益紧密，即使在偏远的渔港雷里克，也时时处处能够感受到恐怖和诡异的气氛，逃离成了最后的希望。在雷里克教堂里立有一件木雕，表现的是一位修院的年轻修士在读书。在故事发生的年代里，教堂中立有世俗艺术品并不寻常，这让人们想起吕贝克的圣凯瑟琳教堂内也曾经立有巴拉赫的《拄拐乞丐》等三座雕像。这座《读书修士》引起了纳粹当局的警觉，雷里克教堂的牧师已经收到了通知，天明之时，当局将派人来把《读书修士》带走。

牧师因此惶惶然，他不愿意木雕被当局带走。牧师拖着假肢在雷里克四处奔走，希望能够找到船只帮助《读书修士》逃离，逃向与雷里克隔海相望的瑞典。被牧师求助的人们都不能理解，鸡鸣之夜，风雨如晦，人人都想逃离，怎么还能顾得上一尊木雕？更何况读书修士并不是圣人，因此这尊木雕也不是圣物。而对牧师来讲，这尊木雕是他几年前从一位雕塑家那里购得，不久后雕塑家就被"他们"禁止创作，现在"他们"要抢走木雕，所以木雕就成了圣物，而且是他的教堂中最珍贵的圣物。至于"他

GERTRUDEN KAPELLE

巴拉赫纪念馆门票上所展示的《读书修士》是镇馆之宝。

们"为什么要抢走《读书修士》，我们已经知道了理由——"因为他读一切他想要读的书，所以他必须被关起来"。

至于这位雕塑家的真实身份，姓甚名谁，书中自始至终没有交代。午夜时分，少女躲藏在没有光亮的教堂里，她知道了雕像的存在，以及她将要和雕像一起逃亡。"她必须弯下身去，才能察看雕像，她需要用自己的手，才能摸清雕像的形状，她的手触摸到了平整光滑的木质。她摸到了雕像的面部，她惊喜地喊了一声，说出了创作这座雕像的艺术家的名字。"少女出自汉堡犹太富商家庭，在艺术圈中浸润已久，尽管是在黑暗中，她还是立刻辨别出了这是巴拉赫的《读书修士》，但是读者并没有被告知少女说的是谁，巴拉赫的名字也始终没有在书中出现。安德施在此不是故弄玄虚，他是在通过《读书修士》这一可见幻象向巴拉赫致敬。在安德施的心目中，巴拉赫不仅是一位艺术先辈，更是一位苦难孤寂的圣人、一个神圣的存在。对安德施来说，写作《桑给巴尔或最后一个理由》的过程就是一场神秘的朝圣，是一次顶礼膜拜，而在朝圣时"你不可直呼圣名！"则是每位朝圣者必守的戒律。

1981年12月，冷战正酣，东西两德处于剑拔弩张的敌对状态，西德总理赫尔穆特·施密特（Helmut Schmidt, 1918—2015）访问东德，开始了他的破冰之旅。在官方日程之外，施密特总理特别向东德方面表达了去居斯特罗大教堂参观《悬浮天使》的愿望。施密特总理是巴拉赫的崇拜者，因此媒体将施密特的居斯特罗之行称为朝圣。在居斯特罗大教堂的《悬浮天使》下，明显动情的施密特说，他在科隆参观过安东尼特教堂的《悬浮天使》，但是能够在居斯特罗大教堂看到《悬浮天使》，感觉是完全不一样的。当教

2017 年，为纪念宗教改革五百周年，居斯特罗大教堂的《悬浮天使》移展宗教改革的原点维登堡宫廷教堂。

堂牧师在欢迎词中说巴拉赫象征着东西两个德国共同的过去和记忆时，施密特补充道：巴拉赫也意味着两个德国共同的未来和希望。当教堂的管风琴奏响巴赫时，施密特双眼噙泪，默默地垂首静听。八年后，柏林墙倒塌，两德得到和平统一。

2014 年 11 月，伦敦大英博物馆举办大型跨年德国专题展"一个国家的记忆"（"Germany: Memories of a Nation"），展品中最为轰动的是居斯特罗大教堂出借的《悬浮天使》。英国雕塑家安东尼·戈姆利（Antony Gormley）在大英博物馆关于《悬浮天使》的演讲中曾经说道："如果想知道在时空之外存在的感觉，那就闭上眼睛，向里面看。"当年天使闭上了双眼，不忍看人性的败坏、世间的苦难。战争结束近七十年后，来自德国的天使在伦敦悬浮，双目仍旧紧闭，双臂仍然紧抱胸前，但人们知道，这在西方是一个无戒备、表示和平的姿态，而在东方人的眼里则象征着客死异域的赵先生晚年恪守的那句人生箴言："舍身外，守身内。"

在《桑给巴尔或最后一个理由》的扉页，作者安德施引用了威尔士诗人狄兰·托马斯的诗句：

> 纵然粉身碎骨，他们一定不会屈服，
> 死亡也并非所向披靡。

此文草就时，想先生作古已届六载。通过先生，巴拉赫的名字对我们来讲或许已经不再陌生，但是，要真正读懂大师，仍非易事，甚至几无可能。面对万仞高山、浩瀚深海，闻者、观者、后来者唯有惊叹，唯余敬畏。

众神居所，生死因缘

——南蒂罗尔多洛米蒂的人质事件

2014 年仲夏，我与友人曾循法国大阿尔卑斯之路（Route des Grandes Alpes），驾车翻越阿尔卑斯山至地中海蔚蓝海岸（Côte d'Azur），回程则选择经意大利、奥地利穿越布伦纳山口（Passo di Brennero）。在意大利的南蒂罗尔（Südtirol），我们特意进入多洛米蒂山区（Dolomiti）逗留数日。多洛米蒂以它的发现者、法国地质学家多洛米厄（Dolomieu）的名字命名，国内常将其译为"白云石山"，它因奇特的山峦地貌获"世界自然遗产"称号。观赏山景，其峻峭壮丽难以言表，我们心胸充满了对大自然鬼斧神工的大美的感动乃至敬畏，也理解了当地人称多洛米蒂为众神居住之地的情怀所在。

那次离开多洛米蒂之后，旅友聚谈，回想其壮美仍有屏息之感，发惊艳之叹。而二战末期在多洛米蒂发生的那段几乎被人遗忘的解救人质的故事，生死毫发，运命行转，悲喜交加，就更是

多洛米蒂山区群峰。

令人拍案，叹为奇缘。

2018 年，我们重游多洛米蒂，于山中盘桓一周，首先寻访的就是人质事件发生地——多洛米蒂东北部小镇维拉巴萨（Villabassa，德语称为尼德多夫［Niederdorf］）和布拉耶斯湖（Lago di Braies，德语称为普拉格斯野湖［Pragser Wildsee］）。

1945 年 4 月，欧洲的战事已近尾声，德国的败局已定。从 4 月 5 日起，德国党卫军由各地的集中营向慕尼黑附近的达豪集中营（KZ Dachau）选择性地转移集中一些犯人。4 月 17 日开始，再由达豪分三批向奥地利因斯布鲁克（Innsbruck）附近的赖歇瑙集中营（Lager Reichenau）转移一百余名特别犯（Sonderhäftlinge）和三十七名家属犯（Sippenhäftlinge）。

所谓"特别犯"是指被纳粹囚禁的名人或重犯，如奥地利前总理舒施尼格，法国战前总理布卢姆，德意志帝国银行前行长、前经济部长沙赫特（纳粹德国 20 世纪 30 年代经济奇迹之父，后失去希特勒信任而被关进集中营），德国陆军原总参谋长哈尔德上将，德国工业巨头蒂森（我们每个人可能都坐过蒂森电梯）。其中不少还都是希特勒赖以崛起的贵人，因为思想跟不上元首的节拍，最终难逃身陷囹圄的命运。特别犯中还有苏军战俘科科林空军少尉（苏俄第二号人物、时任外交部长莫洛托夫的侄子），英军少尉丘吉尔（英国时任首相丘吉尔的侄子），意大利国王的女婿、德国黑森的菲利普王子（其妻意大利公主已经在布痕瓦尔德集中营［KZ Buchenwald］死于美军空袭。因为意大利1943年倒戈，把墨索里尼赶下了台，希特勒一气之下抓了意大利王室成员泄愤），意大利加里波第将军（统一意大利的民族英雄加里波第的孙子），以及德国教会不听话不合作的领袖，如认信教会（Bekennende Kirche）领导人马丁·尼默勒（Martin Niemöller, 1892—1984）等，个个有头有脸，声名远播，作为人质，份量不言而喻。

"家属犯"是指因为亲属或亲戚犯事受株连而被关押的囚犯。比如，1944年7月20日刺杀希特勒事件（即"7·20事件"）的主谋克劳斯·冯·施陶芬贝格（Claus von Stauffenberg, 1907—1944）上校和他的哥哥贝特霍尔德（Berthold von Stauffenberg, 1905—1944）等人已被处决，上校有孕在身的妻子尼娜（Nina）尽管对谋反一事毫不知情，仍然与她四个未成年的孩子一起被捕，同时被捕的还有上校的另一个哥哥亚历山大（Alexander）以及一应堂表亲戚，可谓满门连坐。施陶芬贝格家族是德国南部根基深远的贵族世家，因此连坐的家属一抓就是一大把。这次被转移的家属犯中施陶芬贝格家族成员就有八位，但上校的直系亲属均不在其中，其妻尼娜被单独关押，孩子则被送进了孤儿院（见本书《"女武神行动"与所多玛的义人》）。

需要特别提及的是，在达豪的这批特别犯中，有德国木匠格奥尔格·埃尔泽（Georg Elser, 1903—1945）。他于1939年11月8日在十六年前发生"啤酒馆政变"的慕尼黑市民啤酒馆

达豪集中营纪念雕塑，雕塑下方的铭文为"逝者安息，生者儆诫"（Den Toten zur Ehr, den Lebenden zur Mahnung）。

（Bürgerbraurei）——现已被拆毁——放置自制定时炸弹，企图炸死每年在此参加政变纪念集会的希特勒。由于当晚下雾，飞机无法起飞，希特勒临时决定改乘火车回柏林，故而提前结束演讲离开了啤酒馆。炸弹在希特勒离开后十三分钟准时爆炸，留在啤酒馆拼酒的纳粹党徒成了替死鬼，其中八人死亡，伤者逾百。埃尔泽于当晚前往博登湖（Bodensee）畔的小城康斯坦茨（Konstanz），企图由此越境逃往瑞士，但却在边境被捕，不慎暴露身份，此后一直被关押在布痕瓦尔德集中营（见本书《Jedem das Seine》）。埃尔泽作为"元首亲犯"（persönlicher Gefangener des Führers），即中国所说的"钦犯"，既没有被开庭审判，也没有受到过多的虐待，据说是纳粹打算在全面胜利（Endsieg）后公审埃尔泽。1945 年 4 月 5 日，已经转入柏林地堡的希特勒知道帝国气数已尽，自己的死期临近，遂亲自下令处死埃尔泽，连同新教认信教会牧师迪特里希·朋霍费尔（Dietrich Bonhoeffer, 1906—1945），德国军事情报部门前首脑威廉·卡纳里斯（Wilhelm Canaris, 1887—1945），以及海军上将、陆军内部反纳粹运动的灵魂人物汉斯·奥斯特（Hans Oster, 1887—1945）等人。4 月 9 日，与其他特别犯一起转移到达豪的埃尔泽在集中营焚尸间被党卫军秘密枪决，同一天，朋霍费尔、卡纳里斯、奥斯特等人在靠近捷克边境的弗洛森比格集中营（KZ Flossenbürg）被处死。

战争结束以后，啤酒馆爆炸案由于案情扑朔迷离，曾经一度被怀疑是纳粹情报部门做的局，即又一个国会纵火案，被用来作为进攻英国的借口。埃尔泽的历史身份因此也模糊不清，由于他在布痕瓦尔德集中营被特别对待，特别犯中亦有埃尔泽是盖世太保线人或卧底的传言。直至 20 世纪 90 年代盖世太保审讯埃尔泽的纪录被发现，埃尔泽作为希特勒反对者的身份方得证实。当时还爆发过一场全国范围的大辩论，有政治正确的专家一本正经地认为，尽管埃尔泽已被证实身份，其刺杀希特勒的动机正确，勇气可嘉，但是他没有充分顾及在场的其他纳粹党徒的生命安全，以致他们在不知情的情况下成了希特勒的替死鬼，有滥杀无辜、践踏人权之嫌，因此不足为训。庆幸的是，这场离奇的辩论无疾而终，目前在博登湖一带已为志士埃尔泽建立了纪念设施，根据他生平事迹拍摄的电影《埃尔泽：差点改变世界的人》（*Elser: Er hätte die Welt verändert*）也屡获奖项。

由于时值战争末期，纳粹统治已近尾声，帝国上下一片混乱，加上相关的大量材料或散失或被党卫军销毁，转移这批特别犯的确切目的至今说不清道不明，估计可能是归属于纳粹所谓"阿尔卑斯山堡垒"（Alpenfestung）计划，即在东起维也纳、西至博登湖、南迄意大利特伦托（Trento），以多洛米蒂山区为中心的阿尔卑斯山域建堡筑垒，作为抵抗盟军的最后基地。根据希特勒、戈培尔等纳粹头目最后抱有的幻想，纳粹政权只要能够坚持一段时间，英美就会和苏俄翻脸，一旦盟国之间发生内讧，德国就能够东山再起，而这批犯人将在阿尔卑斯山堡垒作为人质或者人盾，成为德国与盟军谈判的筹码。

吊诡的是，"阿尔卑斯山堡垒"传说的始作俑者并非纳粹，而是美国战略情报局战时驻瑞士的情报组织，该组织当时由后来担任中央情报局局长的艾伦·杜勒斯（Allen Dulles，1893—1969）领导。1944 年后期，德国截获了杜勒斯向美国政府的报告，其中称德国正在全力打造人类历史上规模空前的阿尔卑斯防御体系，用以扭转败局。这份并不十分靠谱的报告没承想变成了纳粹最后的妄想对象和救命稻草。1944 年 12 月，希特勒在公开场合开始提及所谓"阿尔卑斯山堡垒"，其后，戈培尔更是开动宣传机器，编织"阿尔卑斯山堡垒"神话——传说中的"元首的神奇武器"（Wunderwaffen des Führers）也装备在该堡垒，盟军届时会被吓破胆，堡垒将固若金汤。"阿尔卑斯山堡垒"神话是纳粹政权崩溃前最后的谎言，而谎言重复千遍，上当受骗的就不仅是撒谎对象，撒谎者自己也会信以为真，多洛米蒂事件的起承转合也是撒谎无底线、欺人自欺而上演的一出活话剧。

在犯人们陆续到达赖歇瑙集中营后，负责押送任务的达豪集中营党卫军大队长埃德加·施蒂勒（Edgar Stiller，1904—? ）发现集中营已经一片混乱，无人管理，犯人和押解人员食宿无着。在施蒂勒的坚持下，管理部门决定将犯人继续转移到多洛米蒂山区里的普拉格斯野湖酒店。4 月 27 日晚，在约五十名（据杜勒斯 1945 年的一份有关报告显示为八十六名）党卫军人的押送下，犯人队伍由因斯布鲁克经过布伦纳山口继续向南转移。负责押送的党卫军中大约三十名为达豪集中营的看守，由施蒂勒率领，另外二十名隶属特别行动队，听命于党卫军小队长弗里德里希·巴德尔（Friedrich Bader，1908—1997）。巴德尔在圈子里素以高效率行刑著称，整日在各集中营赶场子杀人，因此每个犯人都心知肚明，巴德尔的在场对他们意味着什么。

4 月 28 日，队伍到达多洛米蒂风景如画的小镇尼德多夫，这是进入普拉格斯野湖的必经之地。彼时施蒂勒和巴德尔听说野湖酒店早已经被国防军征用，为了交涉此事并向党卫军上级请示下一步应该如何处置他们押运的这批犯人，他们遂先行进镇去寻找通讯设备。车队因此长时间停留在通往镇口的公路上，而犯人被禁锢在车辆中，不准下车，也得不到任何饮食。其间党卫军人已经几乎公开地告诉犯人，他们得到的命令是，只要形势有变，局面失控，他们的任务就是处决犯人。

此时，犯人中的博吉斯拉夫·冯·博宁（Bogislaw von Bonin，1908—1980）上校看见形势危急，冒险下车与党卫军看守人员交涉。冯·博宁曾任陆军总参谋部作战处长，是德军总参谋部问世以来最年轻的部门长官，有"总参谋部神童"之称。1945年1月因为与陆军总参谋长古德里安上将一起无视希特勒关于坚守华沙并与华沙共存亡的命令，甚至另外起草指令，允许驻守华沙的陆军A集团军自行决定进退（实际上就是同意撤退），被抓进了集中营。冯·博宁战场经验丰富，意识到这样一支军用车队长时间停留在空旷的公路上，极易遭到盟军空军的攻击。冯·博宁以给犯人中的妇女儿童寻找饮水和食物为由，不顾党卫军看守阻止，让妇女儿童下车，跟随他步行进镇。

因为事发突然，施蒂勒和巴德尔等又不在场，党卫军守卫群龙无首，一时不知所措，只能一面威胁一面叫骂，押着这群人向镇上移动。冯·博宁在关押期间一直着国防军军装，佩上校军衔，弄得下级党卫军人平常看到他还要一边喊"希特勒万岁"，一边提肛扬臂敬礼，面对如此局面他们更没有把握该如何应对。走在妇女儿童之前的冯·博宁被看守们的冲锋枪顶着后背，他知道此时千钧一发，稍有差池就会引起一场血腥杀戮。进入尼德多夫后，

尼德多夫镇政府，人质曾在此过夜，后来国防军和党卫军在此处对峙。

冯·博宁立即让身后的妇孺们分散，把自己和亲属的身份告诉街上遇到的每一位当地居民，让他们被押送到多洛米蒂的消息尽量扩散出去，以防止党卫军杀人灭口。由于押送人员与上级失联，犯人们当晚被临时安置在镇政府、镇上的酒店和居民家中，得到当地民众的悉心照料。

次日是星期天，上午犯人们在党卫军看守下进教堂望弥撒。冯·博宁趁人不备，找到当地一国防军通讯站，向驻扎在博尔扎诺（Bolzano）的德国陆军 C 集团军司令部呼叫求援。由于长期在总参谋部工作，冯·博宁在各集团军参谋部里人头熟稔。C 集团军参谋长汉斯·勒蒂格（Hans Röttiger，1896—1960，20 世纪 50 年代任联邦德国国防军参谋长）将军与冯·博宁相识，决定出手相救。

当天，驻守意大利北部的德国军队签署文件向盟军投降，在前一天被游击队处决的墨索里尼则在意大利北部中心城市米兰暴尸街头，冯·博宁因此向负责押送行动的埃德加·施蒂勒大队长摊牌，告诉他自己已经向附近的德国国防军求助，要求他将权力移交给当天成立的犯人委员会。施蒂勒虽然同意移交权力，但是他本人态度并不明朗，而且事实上他也不能控制巴德尔的行刑队，因此犯人们仍然命悬一线。当天晚上，应冯·博宁的求助，附近的国防军维夏德·冯·阿尔文斯莱本（Wichard von Alvensleben，1902—1982）上尉潜入尼德多夫进行侦查。

4月30日，希特勒在柏林自杀。当天上午，冯·阿尔文斯莱本带领一名副官进入尼德多夫与党卫军交涉，施蒂勒和巴德尔告知，他们的任务是把犯人押送到附近的普拉格斯野湖，犯人死了，任务才算完成。震惊之下，冯·阿尔文斯莱本招来国防军十五名下级军官和宪兵同党卫军对峙，宣布国防军已经接管全体犯人，要求党卫军撤离。同时他将随车带来的六十瓶白兰地交给冯·博宁，请后者向犯人们平均分发，用以稳定他们的情绪。由于党卫军方面的态度晦暗不明，冯·阿尔文斯莱本要求国防军增援，驻扎在附近的一百五十名掷弹兵随即赶到，将党卫军团团包围在镇政府，并明确禁止党卫军人越过国防军人警戒线。冯·阿尔文斯莱本还通过勒蒂格将军联系上了当时指挥驻意大利党卫军的卡尔·沃尔夫（Karl Wolff，1900—1984）将军，要求后者直接下令让党卫军人撤走。沃尔夫曾是党卫军最高阶军官，也是战争后期策划海因里希·希姆莱（Heinrich Himmler，1900—1945）私下与英国人媾和的关键人物。施蒂勒与巴德尔见大势已去，又接到来自沃尔夫的命令，遂同意缴械。解除了武装的党卫军离开尼德多夫，撤往博尔扎诺。至此，犯人们终于被安全解救。

为安全计，冯·阿尔文斯莱本决定还是将犯人转移到党卫军原定的目的地普拉格斯野湖酒店。野湖酒店距尼德多夫九公里，地处深山，位置偏远，如果情况有变，这里很可能就是党卫军计划的人质行刑场所。冯·阿尔文斯莱本同时留下一部分掷弹兵交由他的堂弟格布哈特（Gebhard von Alvensleben）上尉统领，负责卫护犯人。

野湖酒店位于海拔一千四百多米的高山湖畔，被多洛米蒂独有的巨大岩峰环绕，宛若神界。当时已是四五月之交，普拉格斯湖仍被大雪覆盖，这在多洛米蒂山区并不罕见。野湖酒店在这个季节通常关闭，因为战时被德国国防军征用以及准备接收犯人而临时开放。到达酒店后，每位犯人都分配到了客房，晚餐供应的是豌豆汤和蒂罗尔野猪肉，伴以多洛米蒂自产红酒。

犯人们经历了长期的集中营生涯，无时无刻不生活在死亡的阴影中，而在一天之内又突然被解救到如此人间仙境，其反差之强、冲击力之大可以想见。1939 年 11 月 9 日被纳粹秘密警察从荷兰边境城市芬洛（Venlo）绑架到德国的英国驻荷兰谍报部门首脑西吉斯蒙德·佩恩·贝斯特（Sigismund Payne Best，1885—1978）已经在集中营被关押了五年多，他被分配住进了 215 号房间。

1939 年，经纳粹德国情报部门首领莱因哈德·海德里希策划，贝斯特被设套挖坑，卷入子虚乌有的刺杀希特勒计划。前述 1939 年 11 月 8 日埃尔泽在慕尼黑啤酒馆引爆炸弹刺杀希特勒未遂，次日贝斯特等人被骗，来到芬洛，在距德国边境数步之遥的巴库斯咖啡馆（Café Backus）被纳粹由荷兰绑架到德国，史称"芬洛事件"，贝斯特以及英国政府被指责为埃尔泽刺杀行动的幕后黑手。贝斯特到案后便竹筒倒豆子，一一招供，使得英国在德国的情报网悉数被毁，英国在欧洲大陆的情报部门因此在战争期间毫无作为。根据贝斯特屈打成招的口供，芬洛事件也成为德国 1940 年 5 月对荷兰发动攻击的借口。

贝斯特在事后写道："当我走进房间，透过窗户映入眼帘的壮丽景象使得我无法呼吸。松林之上是巍峨的石峰，湖水无痕，松涛无声，山间是如此静谧，以至于仿佛就是为了让人倾听到这种静谧。"

尽管如此，犯人们并没有脱离险境。一方面当地的意大利共产党游击队串通苏俄犯人科科林中尉等人，企图将全体犯人转移到附近的游击队控制区，使之成为共产党的资源。另一方面是来自盖世太保的威胁，5 月 1 日，驻扎在尼德多夫以东二十公里处的锡利安（Sillian）的盖世太保首脑汉斯·菲利普（Hans Philipp）接到命令，立刻处决所有犯人。菲利普接到命令后，服安眠药自杀，犯人们因此又逃过一劫。

5 月 4 日，美军第五军约一百七十人到达普拉格斯野湖区域，接管了酒店。卫护犯人的德军掷弹兵缴械，与冯·阿尔文斯莱本兄弟一起被美军关进了战俘营，同时冯·博宁上校等有德国军人身份的犯人也第一时间被美军在野湖酒店逮捕。

5 月 5 日，美军接管的次日即在野湖酒店举行大型新闻发布会，宣扬美军如何成功解救人质，将之作为美军的重大军事胜利炫耀。随后，美军将犯人运送到罗密欧与朱丽叶之城维罗纳（Verona），

现今由贝斯特所住的215号房间看到的湖光山色。

再用飞机转运到那不勒斯。在那里，美军对被解救的犯人进行甄别，有不少德国犯人因为战争罪行嫌疑又重新落狱关押，如哈尔德上将、蒂森等，其中不少人还被列为战犯起诉，沙赫特被列为首要战犯在纽伦堡国际军事法庭出庭受审（后被宣判无罪）。参与暗杀希特勒密谋的比利时及法国北部德国占领区军事总督亚历山大·冯·法尔肯豪森（Alexander von Falkenhausen，1878—1966）将军则因为战争罪被引渡回比利时受审。由于那不勒斯住房紧张，不少尚待甄别的人质又被送到与那不勒斯隔海相望的度假胜地卡普里岛（Capri）上的豪华酒店"伊甸乐园"（Eden Paradiso），等待被遣送回各自的国家，有的人甚至在"伊甸乐园"度过了整个夏天，可谓苦尽甘来。

在历史长河中，个人的命运亦如杨花飞絮，随波逐流，渺小无助，因果无常。但是在琢磨多洛米蒂事件当事人的命运时，却常常能让人强烈感受到命运行转中的某些神秘业缘，结局或喜或悲或凶或吉，虽事主有愿有念，却也不能全然窥透其中玄秘。

以前述冯·法尔肯豪森的故事为例。1899 年，二十一岁的冯·法尔肯豪森以中尉衔加入东亚远征军第三步兵团来华，次年参与了八国联军镇压义和团运动，后修东方学，善日语，曾出任德国驻日武官；一战期间作为德国军事代表在土耳其以及巴勒斯坦活动。法尔肯豪森是纳粹党老党员，曾任萨克森州议会纳粹党议员。他于 1930 年因为从事与军人身份不符的纳粹政治活动被军队强制退休，并于 1934 年被派到中国担任蒋介石的军事顾问。法尔肯豪森在华期间于民国军队现代化、抗击日本等方面均有建树，与蒋介石本人及一批民国高级将领都有情谊。抗日战争爆发后，希特勒对如何选边站队颇费踌躇，因为日本一战时为德国的敌对国，故而军方亲华，但以里宾特洛甫为首的外交党棍们则因为德日双方在意识形态上相近而要求与日本结盟。希特勒最后采纳了后者的意见。1938 年冯·法尔肯豪森奉调回国，之前他曾要求以私人身份继续为中国政府服务，甚至考虑过加入中国籍以便留在中国，但里宾特洛甫以叛国罪家属连坐相威胁迫其就范。临行前蒋氏夫妇曾设家宴为冯·法尔肯豪森饯行，他承诺在任何情况下都不会向日本泄露民国的军事机密，并明确表示相信中国将会取得抗战的胜利。

回到德国后，冯·法尔肯豪森得知了更多关于他的弟弟汉斯－约阿希姆（Hans-Joachim von Falkenhausen, 1897—1934）被党卫军杀害的细节，悲愤之下，他与地下抵抗运动建立了联系。汉斯－

约阿希姆也是军人，一战中因作战受伤被截下肢，之后加入纳粹党，是冲锋队的领袖之一。1934年"长刀之夜"，冲锋队首领恩斯特·罗姆以降悉数遭希特勒清洗，汉斯－约阿希姆也被逮捕，受尽酷刑后被处死。在行刑前，汉斯－约阿希姆单腿直立，直视党卫军行刑队的枪口，呼喊道："今天是我们，明天就是你们！"情景甚为惨烈。

1939年8月25日，第二次世界大战爆发在即，亚历山大·冯·法尔肯豪森被非自愿重征入伍。次年5月22日，西线的比利时和法国战场尚在鏖战，冯·法尔肯豪森即被任命为比利时及法国北部地区的军事总督。在总督任内，冯·法尔肯豪森一方面执行纳粹政权的命令，犯下抓捕并遣送数万犹太人、杀害人质等战争罪行，另一方面则积极参与军队内部推翻纳粹政权的活动。1944年"7·20事件"发生时，已被撤职并处在盖世太保监视下的冯·法尔肯豪森致电德军西线最高指挥官冯·克卢格元帅，要求他向盟军开放诺曼底防线，以接应柏林的"女武神行动"。无奈克卢格太怯，不敢出手，电话中甩出了"那头猪（指元首希特勒）不死，我什么也不能做"的名言，最终只能以自杀收场。根据我的观察，在"7·20事件"所有参与者中，冯·法尔肯豪森可能是唯一的该出手时就出手、智勇双全的决断者，如果当时诺曼底防线被打开，世界历史无疑将被重写。

特别值得一提的是，冯·法尔肯豪森在中国的那段经历，使他的后半生发生了根本的改变。冯·法尔肯豪森在华期间，与民国时期陆军中将、后任国防部第一厅厅长的宜兴人钱卓伦相识相知。钱的堂妹钱秀玲早先来法国留学，二战时滞留欧洲，后长期侨居比利时。

在钱秀玲生活的小镇里，曾经发生反对纳粹占领的抵抗行动，起事者因此被占领军当局判处死刑。钱秀玲得知后，挺身而出，利用钱卓伦的关系，直接找到德国占领军军事总督冯·法尔肯豪森求情，犯事者竟得允准改判徒刑。之后比利时又发生三名盖世太保官员被杀事件，作为报复，盖世太保抓捕了九十余名比利时民众准备处死，钱秀玲复向冯·法尔肯豪森求助。此时冯·法尔肯豪森已被盖世太保监视，处境困难，但仍然允诺钱秀玲尽力而为，之后这批人质果然被释放。对此国内有不少报道，还拍有影视作品，伴之有不三不四浑不靠谱的情色狂想，明里暗里指钱秀玲与冯·法尔肯豪森乃情人关系之类。其实这些人质得以获救很可能非钱秀玲一人之功，冯·法尔肯豪森曾经抱怨过，比利时人好惹事，而每每惹出乱子之后，全国上下包括王室贵族就会纷纷出面求情，请求他的宽恕，弄得他颇为烦扰，难以应付。

1948 年，逃过多洛米蒂之劫后，冯·法尔肯豪森又被美军引渡到比利时，因战争罪和反人类罪接受比利时法庭审判，如果罪行成立，冯·法尔肯豪森很可能会被判处绞刑。在审判时，钱秀玲出庭作证，仗义执言，对减轻被告的罪责起了很大的作用。1951 年，七十三岁的冯·法尔肯豪森被判处十二年苦役，宣判后三个星期即被遣返西德，因此实际并没有服刑。在冷战的大形势下，西方各国开始淡化纳粹罪行，大批纳粹罪犯得到赦免，也因此埋下隐患，成为 1968 年德国学生运动的导火索之一。1952 年，蒋介石曾给落魄的冯·法尔肯豪森寄去一万两千美元，感谢他对中国的帮助。1958 年，蒋介石又遣代表向冯·法尔肯豪森祝贺八十大寿。

更为神奇的是特别犯法比安·冯·施拉布伦多夫（Fabian von Schlabrendorff, 1907—1980）的故事。冯·施拉布伦多夫是军中反纳粹抵抗运动的灵魂人物亨宁·冯·特雷斯科（Henning von Tresckow）将军的副官，亦是其表弟（见本书《"女武神行动"与所多玛的义人》）。1943年希特勒到德军占领区斯摩棱斯克（Smolensk）的中央集团军总部视察，冯·施拉布伦多夫和冯·特雷斯科一起将爆炸装置伪装成白兰地送上希特勒的专机，由于高空寒冷，引信发生故障，暗杀行动失败。"7·20事件"之后，冯·施拉布伦多夫被捕，由人民法院（Volksgericht）院长罗兰·弗赖斯勒（Roland Freisler, 1893—1945）亲自审理。所谓的人民法院在纳粹时期专门审理政治案件，仅1943至1945年人民法院就做了五千例死刑判决，而弗赖斯勒以残忍血腥闻名于世，人称"嗜血法官"（Blutrichter），其本人所做的死刑初审判决竟达两千六百例之多，慕尼黑的白玫瑰案（Fall der weißen Rose）、"7·20事件"案等均由他审理。

1945年2月3日，冯·施拉布伦多夫案在柏林人民法院开庭时，法院大楼遭到美军空袭，领导此次空袭的是美国空军传奇飞行员罗伯特·罗森塔尔（Robert Rosenthal, 1917—2007）。弗赖斯勒被当庭炸死，而必死无疑的冯·施拉布伦多夫却安然无恙。据冯·施拉布伦多夫事后陈述，弗赖斯勒被炸死时手里还攥着他的卷宗（另有一说为弗赖斯勒在下楼去防空洞时被倒塌的建筑物砸死）。因为主审法官横死，案件审理遂被推迟，冯·施拉布伦多夫继续作为"钦犯"关押，后又阴差阳错地被拉到了多洛米蒂，就此逃出生天，拣回一条性命。巧合的是，在战后纽伦堡审判中，冯·施拉布伦多夫成为美军检方顾问，而率领轰炸机群炸死弗赖斯勒的美军飞行员罗森塔尔则担任美方首席检察官罗伯特·杰克逊（Robert Jackson, 1892—1954）的助理。在 1945 年 2 月 3 日的轰炸行动中，罗森塔尔指挥的 B-17 "空中堡垒"轰炸机在柏林空域首先被德方炮火击中，在按照作战计划完成投弹后，罗森塔尔决定弃机。罗森塔尔在全部队员安全跳伞后离机，降落至柏林以东的苏军控制区内。被苏军解救后，罗森塔尔立刻又冒险穿越德军占领区回到英国参战。

在纽伦堡，罗森塔尔是戈林和凯特尔的预审官。而在公诉过程中，由于冯·施拉布伦多夫的坚持，美检方不惜得罪苏联，将苏俄栽赃给纳粹德国的卡廷森林大屠杀罪案从对纳粹的公诉书中删除。冯·施拉布伦多夫当时在东线战场服役，德军在卡廷（Katyn）发现受害者群葬坑并进行发掘时他本人就在现场，因此他很清楚犯下卡廷屠杀罪行的不是纳粹而是苏俄。更为不可思议的是，1967 年，冯·施拉布伦多夫本人担任了德国联邦宪法法院（Bundesverfassungsgericht）大法官。曾几何时，犯人在等待大法官的死刑判决时炸弹横空飞来，大法官被炸死，犯人却活了下来。几个月之后，犯人与扔炸弹的人成了同事。再以后，犯人自己成了大法官。因缘际遇，丝丝入扣，现实总是比虚构更离奇。

冯·博宁上校在人质事件后被美军关押了两年，通过"去纳粹化"审查后，于 1947 年获释。他先是开公司搞运输，后为奔驰公司推销汽车，1952 年，被招募进了"布兰克局"（Dienststelle Blank），任规划局长。"布兰克局"是联邦德国历史上最神秘的政府部门，长期以局长特奥多尔·布兰克（Theodor Blank, 1905—1972）

的姓名为代号，任务是重新武装西德。1955年西德国防军建立，布兰克出任第一任联邦德国国防部长。作为规划局长，冯·博宁的任务是为把西德纳入北大西洋公约组织的前身"欧洲防卫体系"制定战略规划。冯·博宁生性不安分，好折腾，在任期间意识到如果西德选边站队依附美国，一旦美苏开战，德国将成为中心战场，后果不堪设想，德国统一的愿景将因此更无可能实现。冯·博宁遂将战略规划向媒体外泄，一时闹得鸡飞狗跳，冯·博宁本人还成了德国《明镜周刊》（Der Spiegel）的封面人物，后因为"不绝对忠诚"或"绝对不忠诚"的行为被开除军籍。1980年，冯·博宁在汉诺威（Hannover）附近的莱尔特（Lehrte）去世。

在被解救的人质中，最为著名和最具象征意义的是德国认信教会领袖马丁·尼默勒。尼默勒在第一次世界大战中应征帝国海军，曾是传奇的U-39号潜艇的舵手，与二战时的德国海军总司令、希特勒的接班人卡尔·邓尼茨（Karl Dönitz, 1891—1980，见本书《那片天粘地漫的紫色》）同艇作战，并获一级铁十字勋章。战争中尼默勒随潜艇转战波罗的海、地中海、大西洋和非洲印度洋，战争后期尼默勒成为UC-67号水雷潜艇艇长，曾参与封锁法国马赛（Marseille）港的布雷行动。

德意志帝国战败后，出于对魏玛共和国的反感，尼默勒退役，一度务农，后入威斯特法伦威廉大学（今明斯特大学）读信义宗神学，毕业后成为牧师，立志要以基督教的理想引领德国走出乱世。1920年尼默勒甚至重挂战甲出任右翼军事组织"自由军团"的营长，镇压了鲁尔（Ruhr）工业区的工人起义。1924年纳粹党首次参加大选，尼默勒即为纳粹党坚定的选民。和绝大多数德国民众一样，尼默勒把复兴德国的希望寄托在纳粹党和希特勒个人的身上。1933年纳粹党上台虽然给尼默勒带来过希望和欣喜，但专制强权对教会的打压和干涉开始挑战尼默勒的道德和心理底线。尽管在犹太人问题上态度暧昧，可是在纳粹政权于全国范围内颁布"雅利安条例"（Arierparagraph），禁止非雅利安人（主要涉及改宗的具有犹太血统的神职人员）在教会任职后，尼默勒挺身而出，组织全国范围的"牧师紧急联盟"（Pfarrernotbund），反对在教会内推行"雅利安条例"，并为非雅利安血统的神职人员提供援助。当时全国有三分之一的牧师加入紧急联盟。1934年1月，希特勒为安抚教会，在柏林帝国总理府亲自召见教会领袖，但在召见时和尼默勒发生了当面冲突。希特勒指责在所谓的"教会冲突"（Kirchenkampf）中教会的行为是在祸害国家，而尼默勒则辩称教会的行为恰恰是出于政治责任感，是对第三帝国的爱护。尽管尼默勒与希特勒的面对面交锋只局限于"忠谏"，但也足以令希特勒忌恨难忘。

柏林会面之后，尼默勒不仅没有收手，反而与纳粹政权相背而行，并且渐行渐远。他参与创建了德国认信教会，导致德国教会发生分裂，形成拥戴纳粹政权的"德意志基督徒"同与纳粹强权及其意识形态保持距离的认信教会相对峙的局面。1935年，尼默勒曾被短暂拘押。1937年7月，尼默勒第二次被抓，关押了八个月后，次年3月被判处七个月徒刑，扣抵关押时间，因而得以当庭释放。希特勒对判决结果极为不满，亲自出手干预，尼默勒在走出法庭时即被盖世太保作为"元首亲犯"重新抓捕并关押到柏林附近的萨克森豪森集中营（KZ Sachsenhausen）。尼默勒在萨克森豪森被关押了三年，其间纳粹曾计划将其处决，后因英国等国的干预以及德国国内信徒反弹强烈而作罢。

1939 年 9 月德国入侵波兰，第二次世界大战爆发，尼默勒在狱中给希特勒本人写信，要求重返帝国海军潜艇部队，为"德意志祖国"战斗，但幸好没有被希特勒理会，未赶上蹚这趟浑水。1941 年，尼默勒转监至慕尼黑附近的达豪集中营，关押在著名的"牧师监舍"（Pfarrerblock），与不少坚守信仰的天主教神职人员特别是波兰的神父同监。达豪时期尼默勒开始了深刻的反思，认识到他一贯信奉的"教会为（德国）人民服务"理念的狭隘，因为基督的十字架救赎是普世的，而注重入世的德国教会恰恰对纳粹的得势猖獗负有不可推卸的责任。

从多洛米蒂逃出生天之后，尼默勒痛定思痛，投身教会的普世运动和欧洲的和平运动。尼默勒是 1945 年 10 月的德国教会"斯图加特认罪书"（Stuttgarter Schuldbekenntnis）的三名执笔起草者之一。认罪书以全体教会的名义控告自身，坦承纳粹对无数民族和国家造成的深重的苦难，而教会同样负有责任。尼默勒引用《耶利米书》中的经文："耶和华啊，我们的罪孽虽然作见证告我们，还求你为你名的缘故行事。"

"斯图加特认罪书"以个人的名义认罪，以教会的名义认罪，以德国信义宗基督徒的名义认罪，进而以德国人民的名义认罪。在废墟成片哀鸿遍野的德国，可以想象这会激起怎样的愤怒和反弹。"认罪书"立刻引起轩然大波，尼默勒等人陷入争端。然而，由教会引领的德国悔罪进程一旦开启，即便发展曲折，终究不可逆转。因为"斯图加特认罪书"，德国教会成为"正常教会"，得以重返普世运动。1961 年，尼默勒当选为世界基督教最高协调机构世界基督教会联合会（WCC）主席。在美国波士顿新英格兰犹太人大屠杀纪念碑，当中一块黑色大理石碑上，镌刻着尼默勒《起初他们……》（"First they came..."）的警世名言：

> 起初他们来抓共产主义者，我没有说话，因为我不是共产主义者；
>
> 接着他们来抓犹太人，我没有说话，因为我不是犹太人；
>
> 接着他们来抓工会成员，我没有说话，因为我不是工会成员；
>
> 接着他们来抓天主教徒，我没有说话，因为我是新教徒；
>
> 接着他们来抓我，这个时候已经没有人说话了。

尽管对于《起初他们……》是不是尼默勒的原始表述还有争议，但毫无疑问尼默勒已经成为德国战后反思进程的代表人物，这赋予了多洛米蒂解救行动宿命般的象征意义。

多洛米蒂解救行动的最关键人物维夏德·冯·阿尔文斯莱本上尉的命运则又是另一番景象。阿尔文斯莱本是一位虔诚的基督徒，早年加入圣约翰骑士团（Order of St. John），成为"正义骑士"（Knight of Justice）。阿尔文斯莱本的专业为农业种植，1936年，他在现属波兰的米亚斯特科（Miastko）一带置业，开办了一家农场。1945年秋天，解救人质后被美军逮捕的阿尔文斯莱本获释。他在米亚斯特科的产业处于苏占区，在战争中被洗劫一空后又遭焚毁，妻子则于1945年1月苏军到达时自杀。阿尔文斯莱本获释后无家可归，一度失业，贵族出身的他曾经依靠在吕讷堡石楠草原一带

（见本书《那片天粘地漫的紫色》）当伐木工、糖厂工人等维持生计。晚年的阿尔文斯莱本积极投身教会的社会救助工作，重点帮助难民以及酒精成瘾者融入德国社会。对于多洛米蒂解救行动，阿尔文斯莱本战后一直保持缄默，从不为他人道，直至1964年《汉诺威汇报》（*Hannoversche Allgemeine Zeitung*）登载出一篇有关报道，人们才逐渐知道他当年的义举，被他解救的人质也才得知恩人的下落，而这些人质在战后世界多为叱咤风云的大佬。马丁·尼默勒战后一直在苦苦寻找阿尔文斯莱本，在回应尼默勒对他的多洛米蒂义举的感谢时，阿尔文斯莱本写道："（多洛米蒂解救行动）既非幸运亦非巧合，而是出于我们基督徒称之为神的超越之力的安排和引导。由于神的临在，对（行动）参与者任何的夸耀赞扬都是空洞而无意义的。我们只是为达到更加高远目标的工具而已，否则其（多洛米蒂事件）神奇玄奥对当今善思的年轻人来讲是无法解释的。"

有趣而又不太为人所知的是，维夏德·冯·阿尔文斯莱本上尉有一位在纳粹时期恶贯满盈的胞兄，即党卫军旗队长（大致等同于上校军衔）卢多尔夫·雅各布·冯·阿尔文斯莱本（Ludolf Jakob von Alvensleben, 1899—1953）。冯·阿尔文斯莱本家族为普鲁士容克贵族，封地在现属波兰的托伦（Toruń）一带，此地也是哥白尼的家乡。冯·阿尔文斯莱本兄弟四人，卢多尔夫·雅各布行三，维夏德为家中老幺。根据帝国继承法，容克产业不得拆分继承，卢多尔夫因此成为家族产业唯一继承人。第一次世界大战之后，帝国战败，根据《凡尔赛和约》，属于西普鲁士的托伦一带划归波兰，冯·阿尔文斯莱本的封地被波兰政府充公，卢多尔夫·雅各布尽管从德国政府处得到了现金补偿，但是随着 20 世纪 20 年代初期的恶性通货膨胀和其本人在但泽（Danzig）为争取福特汽车经营权的错误投资，他很快就变得一文不名，成为战后魏玛共和国时期最典型的失败者。卢多尔夫·雅各布因此对民主政体满腔怨恨，而对纳粹理念具天然好感。1932 年，卢多尔夫·雅各布加入党卫军，通过本人的勤勉及担任党卫军领袖希姆莱贴身副官的堂弟卢多尔夫–赫尔曼·冯·阿尔文斯莱本（Ludolf-Hermann von Alvensleben, 1901—1970）的关系，卢多尔夫·雅各布在党卫军中升擢极快，1939 年二战爆发时已官至旗队长。卢多尔夫·雅各布是"莱因哈德行动"（Aktion Reinhardt）的积极参与者。"莱因哈德行动"由党卫军首脑莱因哈德·海德里希制定，旨在灭绝波兰犹太人和把波兰作为屠杀欧洲犹太人基地，特雷布林卡（Treblinka）、索比堡（Sobibór）和贝乌热茨（Bełżec）等地处波兰的灭绝营均为计划的组成部分。1942 年 5 月海德里希在布拉格被刺杀，为了向死者致敬，该计划遂改称"莱因哈德行动"。

在实施"莱因哈德行动"的过程中，卢多尔夫·雅各布利用公器宣泄私愤。波兰被德国占领以后，他回到托伦，收回了家族封地，将之变成了一个刑讯杀戮中心，数百名波兰人和犹太人惨死于此。在但泽和卢布林（Lublin）等地，卢多尔夫·雅各布主持建立党卫军属下的恐怖组织"德意志人民自卫军"（VDSS），直接参与屠杀行动，可以说是满手沾血。战争结束后，由于当时的混乱局面，更是因为卢多尔夫·雅各布和他的堂弟、同为党卫军骨干的卢多尔夫–赫尔曼姓名相近，界定身份时发生混淆，前者一时得以逃脱追查。1953 年，卢多尔夫·雅各布在德国西部城市多

今日野湖酒店入口。

特蒙德（Dortmund）的郊区死于车祸，但是事故发生得相当蹊跷：当时卢多尔夫·雅各布单独驾车，车辆自行翻覆，无肇事方无目击者亦无证人，而勘查现场出具卢多尔夫·雅各布死亡证明的多特蒙德警察局长则是他当年的党卫军部下。

维夏德·冯·阿尔文斯莱本 1982 年去世，享年八十岁。

冯·法尔肯豪森 1966 年在他夫人的守护中离世。他的夫人塞西尔·芬特（Cécile Vent，1906—1977）为比利时著名的抵抗纳粹女英雄，是比利时国家独立、反抗纳粹德国暴政的象征。芬特在冯·法尔肯豪森于比利时坐牢期间负责管理战犯监狱，因而两人得以相识。冯·法尔肯豪森获释后，芬特追随他去了德国，后两人终得牵手，至死相伴。

冯·施拉布伦多夫战后为"7·20事件"的志士们得以平反昭雪做了重要贡献，1975年卸任联邦宪法法院大法官，1980年去世。

已经有百多年历史的野湖酒店仍在营业，野湖素有"多洛米蒂第一湖"之誉，酒店依山傍湖，常年一房难求。在酒店走廊的一个拐角里有耶稣受难像，一旁的展牌和实物向来客叙述着这段不寻常的往事，甚为低调，因为大多数住店的客人恐怕不会知道也没有兴趣知道这些故事。多洛米蒂人质事件之后，欧洲已经维持了七十多年的和平。和平时代的人们更有理由活在当下，他们的注意力大多集中于多洛米蒂的峻峭壮丽，他们在大美中滑雪、攀岩、远足。毕竟，这里是天上人间，众神居所。

枪口前举起双手的男孩

这张照片可以被称为 20 世纪最为著名的照片之一，后人将其命名为"枪口前的男孩"，出自武装党卫军（Waffen-SS）少将于尔根·斯特鲁普（Jürgen Stroop，1895—1952）的报告《华沙犹太人居住区不复存在！》（"Es gibt keinen jüdischen Wohnbezirk in Warschau mehr!"，下简称《不复存在》）。

1943 年 4 月 19 日到 5 月 16 日，被纳粹德国占领的波兰华沙犹太人隔离区（Ghetto，常被译为"隔都"）爆发犹太青年抵抗组织的武装起义。大约六百名毫无军事训练经历的男女青年，用从黑市购买的轻武器和自制的"莫洛托夫鸡尾酒"等与两千余名配备有坦克重炮的武装党卫军、警察和国防军部队对峙周旋了整整四个星期。起义过程极为惨烈悲壮，所有起义者明知生还无望，仍然以死相争，除了极少数人通过下水道等逃出生天，绝大多数义士或战死，或服毒，或跳楼自尽，被俘者面对行刑枪口，从容赴

纳粹枪口前举起双手的男孩。

死。华沙隔都起义，一举改变了世界对犹太民族逆来顺受、如同待宰羔羊束手就戮的成见，是战后以色列建国，犹太民族转变为战斗民族的开端。

"隔都"一词起源于意大利威尼斯，一说原意为"铸坊"。中世纪时，威尼斯的犹太人聚居区被限制在"新铸坊"（Ghetto Nuovo）一带，此后欧洲城市中的犹太人聚居区遂沿用此称。德国的城市亦有把犹太人居住区域称作"犹太弄堂"（Judengasse）的。

二战时期，在纳粹德国占领的欧洲，特别是东欧一带，隔都的性质发生了根本变化。占领当局将城市的某一区域人为封闭，强制迁入散居在各地的犹太人，并不得自由进出，隔都从原初意义上的聚居区变成了种族隔离区，区内则生生变成了人间地狱。

1942年初，在所谓的"最终解决"（die Endlösung）方案，即通过屠杀对犹太人进行种族灭绝的方案确定之后，犹太人被定期从隔都向集中营遣送，因此，隔都也是犹太人被灭绝的前站。

镇压华沙隔都起义之后，纳粹对隔都残余的犹太人展开疯狂报复，先后有三万余人遇害，七千余人被遣送至特雷布林卡灭绝营（Vernichtungslager Treblinka）用毒气处死，四万两千人被送往卢布林附近的马伊达内克集中营（KZ Majdanek），先服苦役再行杀戮。正如斯特鲁普所说，"华沙犹太人居住区不复存在"。

隔都内的犹太会堂被行动领导人斯特鲁普亲自爆破炸毁，以此象征华沙犹太区的消失。斯特鲁普因此获颁一级铁十字勋章。为庆祝这一胜利，斯特鲁普制作了图文并茂的报告《不复存在》。报告一式三份，用皮革装订，其中两份于1943年6月2日分别呈送帝国党卫军领袖希姆莱，以及党卫军驻波兰总督、辖区最高首领弗里德里希－威廉·克吕格尔（Friedrich-Wilhelm Krüger, 1894—1945），剩余一份斯特鲁普本人留存。《不复存在》中除了用文字描述暴行，还配有大量党卫军高级突击队领袖奥地利人弗朗茨·康拉德（Franz Konrad, 1906—1952）拍摄的照片，上述"枪口前的男孩"即为其中之一。战争结束前，其中的两份报告分别被美国和英国的情报部门缴获，于纽伦堡军事法庭，呈堂用作纳粹反人类罪的证据。"枪口前的男孩"也随之流传，激发了公众对施暴者的愤恨、对被迫害者的同情，照片与"奥斯威辛"一词一起成为纳粹灭绝种族罪行的象征（见本书《蹒行孤影》）。

早在1933年纳粹执掌政权之前，斯特鲁普就受到了希特勒、希姆莱和戈林等人的赏识。纳粹上台后，斯特鲁普在党卫军系统中步步高升，以政治忠诚、办事高效闻名圈内。斯特鲁普原名"约瑟夫"（Josef），源于《旧约》中的犹太先祖人物。1941 年 5 月，"由于世界观的变化"，他改名为日耳曼化的"于尔根"（Jürgen）。

经斯特鲁普指挥或参与的残暴案件无数，最为著名的是镇压华沙隔都犹太人起义和系统性杀害被俘盟军飞行员案。斯特鲁普本人也十分清楚，一旦德国战败，仅此两项就足以使他死上几回。1945 年 5 月 8 日，斯特鲁普在巴伐利亚被美军抓获，在战俘营用假名混了两个月后，其真实身份终被美军确认。尽管斯特鲁普身藏氰化物，但终因怕死而没敢使用。

1947 年，斯特鲁普因参与杀害盟军飞行员被美国军事法庭判处死刑，1951 年又因在波兰的罪行被判处绞刑，主要证据就来自他用以邀功请赏的那本《不复存在》。次年斯特鲁普在波兰被绞死。

有趣的是，在斯特鲁普等候行刑期间，波兰当局不知是有意还是无意，把他和被判处死刑的波兰家乡军（Heimatarmee）将领卡齐米日·莫恰尔斯基（Kazimierz Moczarski, 1907—1975）关在同一间死囚牢房。家乡军是二战中忠于流亡英国的波兰政府的军事组织，既反抗纳粹德国，又和受苏俄控制的波兰共产党抵抗组织不咬弦。1944 年 7 月 20 日，在东普鲁士元首大本营"狼穴"（Wolfsschanze，在今波兰东北部）发生了针对希特勒的暗杀事件（见本书《"女武神行动"与所多玛的义人》），活跃在波兰各地的家乡军错误估计形势，认为纳粹德国崩溃在即，为了抢在日益逼近的苏联红军攻占华沙之前控制全国局势，于 8 月 1 日在华沙举行总起义。起义爆发后，临时拼凑起来的家乡军血战两个多月，终不敌德国正规军和武装党卫军，华沙被摧毁，战况惨烈。1943 年的隔都犹太人起义与

1944 年的家乡军华沙起义常被中国历史学者混为一谈，实际上两者之间并无关联。战后，家乡军遭到被苏联扶植起来的波兰政权的残酷镇压，莫恰尔斯基因颠覆罪被判死刑。尽管在政治上是死敌，但是在等待死亡的日子里，斯特鲁普对莫恰尔斯基无话不谈。1952 年 3 月 6 日，斯特鲁普被执行绞刑，此前他与莫恰尔斯基在同一间死囚牢房共处了九个多月。

1953 年斯大林去世，莫恰尔斯基被改判无期徒刑，1956 年波兰发生"十月变革"，莫恰尔斯基获释，继而被平反。记者出身的莫恰尔斯基写有不少关于他在死囚牢房里的故事。1977 年，莫恰尔斯基去世两年后，他所写的《与刽子手的对话》（*Rozmowy z katem*）一书问世，其中记述了与斯特鲁普在死囚牢里的回忆讲谈，图书随后引起轰动，被改编为戏剧，常年上演，经久不衰。此书与《不复存在》一起，使得斯特鲁普在众多纳粹战犯中"脱颖而出"，成为后世研究纳粹思想和历史的重要对象。

当然，让斯特鲁普家喻户晓的莫过于"枪口前的男孩"。随着照片的广泛传播，媒体和公众开始对照片中人物的身份和命运感兴趣。20 世纪 80 年代，在美国纽约州行医的耳鼻喉科医生、华沙屠杀的幸存者努斯鲍姆（Tsvi Nussbaum，1935—2012）出面承认，自己就是照片中的男孩，由此引发了热议和强烈反响。

努斯鲍姆出生于特拉维夫，父母是来自波兰的犹太移民。因为巴勒斯坦生活条件恶劣，又爆发了犹太移民与当地阿拉伯人的武装冲突，努斯鲍姆全家于 1939 年返回波兰，在东南部小城桑多梅日（Sandomierz）定居。不料碰巧赶上当年 9 月 1 日纳粹德国入侵波兰，第二次世界大战爆发，努斯鲍姆全家就此落入深渊。努斯鲍姆的父母和兄弟相继被害，在纳粹建立华沙隔都时，他与照顾他的伯父母躲藏在隔都外，艰难度日。1942年底，纳粹占领当局发布公告称允许持中立国护照的犹太人合法离境，并以华沙的波兰大酒店（Hotel Polski）为离境犹太人的登记和集结点。持巴勒斯坦护照的努斯鲍姆与他的亲戚因此也来到酒店等待出境。

与很多历史事件一样，被称为"波兰大酒店丑闻"的因果渊源至今扑朔迷离，闹不清来龙去脉。一种说法是，此乃纳粹当局策划的"归家行动"（Heimschaffungsaktion）的一部分，意欲用中立国犹太人交换盟军手中的德国战俘。另有说法是，由于有能力在隔都外藏匿的犹太人一般都比较富有，纳粹以此引诱他们自投罗网，以便进一步敲诈勒索。事实上，由于波兰大酒店的缘由，在犹太人之间开始高价买卖持照人多已亡故的中立国护照，众多党卫军和盖世太保官员因此赚得盆满钵满。总计约有三千名犹太人滞留在波兰大酒店，但最终几乎没有人合法出境，大部分人被送进集中营，战后幸存仅三百五十人左右。

根据努斯鲍姆的叙述，他与其他犹太人于1943年6月13日被党卫军连哄带骗从波兰大酒店逐出，党卫军声称要将他们押送出境，"枪口前的男孩"就是在大酒店院中拍摄的。随后他和其他犹太人一起被遣送至位于汉诺威附近的贝尔根－贝尔森集中营（KZ Bergen-Belsen）关押，直到1945年集中营被英军解放。贝尔根－贝尔森集中营当时关押了不少"高端"犹太人，他们或者比较富有或者占有人脉资源，被纳粹认为尚有油水可榨，算计着把他们作为人质或赎押物，用来与盟军交换俘虏、工业原料甚至是咖啡豆。《安妮日记》的作者、法兰克福银行家的女儿安妮·弗兰克和她的

安妮·弗兰克姐妹在贝尔根－贝尔森集中营的纪念墓碑。

姐姐玛戈·弗兰克在阿姆斯特丹被捕后，被关押并死于此集中营。最终这批犹太人中的大部分并没有逃出生天，战争结束时，只有一千余人存活。

由于努斯鲍姆自认身份，媒体曾经喧嚣一时，庆幸照片中的男孩得以存活，公众之悲情也多少得到慰藉。而新纳粹势力也乘机说事，称大屠杀的受害者既然都还健在，可见所谓纳粹屠戮妇孺乃至大屠杀都是夸大的宣传。随着时间推移，热情减弱而理性抬头，人们逐渐注意到了努斯鲍姆说法的漏洞：其一，努斯鲍姆声称照片摄于 1943 年 6 月 13 日的波兰大酒店，而华沙隔都起义最终被镇压是在同年 5 月 16 日，比努斯鲍姆所说的时间早了整整四个星期，并且波兰大酒店地处隔都外，这就很难解释斯特鲁普为什么会把一张与镇压隔都起义无关的照片收入他关于隔都镇压行动和成果的《不复存在》报告；其二，6 月中旬的华沙已经进入夏季，这与照片中人的衣着情况不符；其三，如果真如努斯鲍姆所说，犹太人是被骗出酒店的，照片中的党卫军军人完全没有必要着作战制服；其四，照片上的场景更像是在街道上，而不是在一个高级酒店的庭院里；其五，斯特鲁普是于 1943 年 6 月 2 日将附有"枪口前的男孩"照片的《不复存在》报告装订完成并送呈希姆莱和克吕格尔的，这一有据可查的事实也排除了照片摄于 6 月 13 日的可能性。

尽管关于枪口前的男孩的身份莫衷一是，照片上手持 MP-18 冲锋枪凶狠地对着惊恐无助的男孩的那个党卫军军人，其身份却得到明确无误的辨识。此人名叫约瑟夫·布勒舍（Josef Blösche，1912—1969），是党卫军下士，出生于捷克北部与德国接壤的苏台德地区（Sudetenland）。苏台德地区的大部分居民为日耳曼裔，一战后划归捷克斯洛伐克，以致族群冲突不断，纳粹德国乘机添乱，引发苏台德危机。1938年9月底，英法德意签订《慕尼黑协定》，苏台德地区被划归德国，10月德国军队进驻。二战后苏台德地区被重新划归捷克斯洛伐克，日耳曼裔原住民又被疯狂报复的捷克人残酷迫害乃至成批杀害，幸存者后被悉数驱逐出境。

布勒舍的生平在纳粹小人物中极具典型性。他出身农民，自身没有受过多少教育，父母经过奋斗得以经营一家小酒馆。纳粹德国崛起后，布勒舍加入亲纳粹的苏台德德意志党，职责就是为党打架斗殴，1936年为此曾被拘留，于1938年获颁"苏台德德意志勋章"。苏台德地区归并入德国后，扬眉吐气的布勒舍加入党卫军，还得到了在边防军学校进修的机会，身价也得到提升。德国入侵波兰后，布勒舍被编入党卫军特别行动队，跟在国防军后面专事猎杀犹太人。

在驻守华沙期间，布勒舍以凶残狠毒著称，被犹太人呼为"弗兰肯斯坦"（Frankenstein）。弗兰肯斯坦是英国小说家、诗人雪莱的夫人玛丽·雪莱创作的角色，他偷盗停尸房的尸体进行造人实验，结果造出了无法控制的人形怪物，后世用"弗兰肯斯坦"来指代恐怖、变态、邪恶等。布勒舍喜好强奸或参与强奸犹太妇女，完事后总是不忘将被奸污的妇女杀害，为的是防止妇女怀孕而"玷污"日耳曼种族。在镇压隔都起义期间，据说布勒舍身怀绝技，能够嗅出躲藏在瓦砾下的犹太人，灵敏度堪比警犬。布勒舍宣称他亲手杀死了不下两千名犹太人，包括婴儿孕妇。在斯特鲁普《不复存在》的照片集中，布勒舍犹如明星，频频出镜，几乎无处不在，在另一张反映斯特鲁普镇压起义的照片中，布勒舍亦有出现。

战后，布勒舍被苏军俘获，在一些矿山辗转服劳役，获释后建立家庭，育有两个女儿，在东德的图林根（Thüringen）一仅有数百居民的小村庄乌尔巴赫（Urbach）重操父业，经营了一家小酒馆。布勒舍从不提及往事，过着普通平淡的生活。布勒舍曾在1946年8月一次煤矿事故中被严重毁容，这或许是他战后能够长期逃脱惩罚的原因之一，同时也可以把他的毁容理解为千百冤魂亡灵的诅咒所致。公义终在运行。由于在1967年1月被当年的党卫军战友揭发检举，布勒舍被东德"史塔西"（Stasi，东德国家安全部简称）逮捕。1969年因对至少三万人的死亡负有责任，他被东德法庭判处死刑；同年7月29日在莱比锡监狱中，当年华沙隔都犹太人口中的怪物"弗兰肯斯坦"，在现实结局里被枪口对着后脑处决，死后其骨灰被秘密处置，不准留存。

数年前我们去波兰游览，应朋友安德烈之邀，造访他位于华沙以北数十公里的农庄。盛情款待之下，我们好吃好喝好玩，盘桓多日，留给观光华沙的时间却相当窘迫。安德烈询问我们在华沙的打算，我说首选应该是去"下跪广场"（Kniefallplatz）。当安德烈把我们带到现场时，我们才知道并没有什么"下跪广场"，1970年12月7日联邦德国总理维利·勃兰特（Willy Brandt, 1913—1992）对之下跪的是1948年建成的纪念华沙隔都起义的隔都英雄纪念碑（Pomnik Bohaterów Getta），后在纪念碑的对面建成了隔都起义纪念馆。

20世纪70年代，维利·勃兰特总理推行他的"新东方政策"，即与德国的东部邻国特别是波兰以及苏俄修好，缓和欧洲因为东

隔都英雄纪念碑。

西方两大阵营对峙形成的紧张局势。1970 年 12 月 7 日，首次访问波兰的勃兰特总理与波兰政府签署《华沙条约》，即联邦德国承认奥德河 – 尼斯河（Oder-Neiße）为两国的国界，不再对波茨坦会议划归波兰的奥德河 – 尼斯河以东地区提出领土诉求。联邦德国与波兰并不接壤，因此勃兰特签署《华沙条约》更多的是表示一种和平与和解的姿态，即联邦德国真心忏悔，愿意为曾经的暴行赎罪，请求与曾经遭受苦难的国家重归于好，并希冀欧洲从此再无战事。在签署《华沙条约》之前，勃兰特按照官方日程向隔都英雄纪念碑敬献花圈。

根据在现场的汉堡《时代周报》(Die Zeit) 记者卡尔·海因茨·基希纳（Karl Heinz Kirchner）的回忆，当天的天气特别寒冷，纪念碑建在原华沙隔都区域内的一片空旷地上，形成一种肃杀的氛围。勃兰特在花圈安放好之后，走上台阶，在两位持枪波兰仪仗礼兵前整理了花圈的黑红金三色缎带，然后退后几步，突然双膝下跪。勃兰特的下跪使所有人"惊吓、诧异、感动"，基希纳作为一个在场的德国人的感受则是"羞耻和悲伤"。勃兰特下跪的震撼力是如此之大，以至于在他身边的德国代表团成员几乎要和他一起下跪。现场只有摄影记者们在疯狂忙碌，因为他们意识到他们镜头捕捉到的将是百年难得一遇的场景。

基希纳写到，勃兰特的举动震惊了他周围的所有人，当天晚上一位波兰朋友看到他，为了活跃气氛，开了一句玩笑："你们（德国人）还真行！一下子勃兰特在波兰成了琴斯托霍瓦（Częstochowa）的黑圣母之外最被崇拜的对象了！"波兰流行黑圣母崇拜，供奉黑圣母的波兰西南部城市琴斯托霍瓦的光明山修道院（Jasna Góra）是全国最重要的朝圣地，每年夏季，数百万信徒从各地步行赴琴斯托霍瓦朝圣，居家的信徒则沿途为朝圣者提供食宿，极为壮观动人。因此每年7至8月黑圣母朝圣期间，沿路人头攒动，这也是冷战时期波兰党和政府最头疼和最紧张的时节。

在一次电视访谈中，勃兰特最重要的助手、记者出身的埃贡·巴尔（Egon Bahr, 1922—2015）回忆起勃兰特下跪后他的一段亲身经历。在纪念碑的仪式结束后，代表团转而赴波兰政府所在地签署《华沙条约》。巴尔上了德国代表团随团记者乘坐的大巴，一般情况下，记者专车里的气氛都非常轻松活跃——西方记者的做派不外乎是蔑视威权、玩世不恭以及嘲讽当权者，这种风气在采访官式活动的记者中尤甚，每次国务活动之后，领导人或权贵们的表现，或优或劣，都会成为记者们的笑料。唯有这一天，车里的气氛如同灵车，一片肃穆，直至下一个采访点，竟无一人开口说话。

2000年12月7日，在勃兰特下跪三十周年之际，华沙市政府在隔都英雄纪念碑西北约两百米处修建了维利·勃兰特广场，放置了镌有勃兰特下跪场景的纪念铜牌，也许这就是传说中"下跪广场"名称的由来。有意思的是，勃兰特的"华沙之跪"当时在德国并没有得到广泛认同。根据民意调查，只有40%左右的德国民众认可勃兰特的下跪，余者或认为没有必要，或认为勃兰特在自取其辱。事实上也确实如此，勃兰特本人并没有必要下跪，因为他根本无罪可请。成长于德国北部城市吕贝克的勃兰特在青年时期就加入了社会民主党，是一位坚定的反纳粹斗士，纳粹上台伊始，勃兰特的德国国籍被剥夺。之后，勃兰特乘坐渔船由波罗

WILLY BRANDT 7 XII 1970

"华沙之跪"纪念浮雕。

的海逃离德国，流亡斯堪的纳维亚，继续反抗纳粹政权，直到战争结束才得以返回德国。因此，"不必这样做的他，替所有必须这样做而没有做的人做了，不必下跪的他，替所有必须下跪而没有下跪的人跪下了"。

勃兰特在他1989年出版的回忆录中谈到他在向纪念碑献花圈后突然下跪时的感受："我身处德国历史的罪恶深渊之中，百万亡灵的重负之下，（此时此刻）语言已经失效，我别无选择，我只能跪下。"此时此刻，人们也知道，勃兰特对之下跪的并不仅仅是那些慷慨赴死的男女青年英雄，那个在布勒舍的MP-18冲锋枪枪口前惊恐惧怕、高举双手的男孩，肯定也在其中。

"女武神行动"与所多玛的义人

德国首都柏林，西出勃兰登堡门，循宽阔的六月十七大街，可步行至最初为纪念1864年普鲁士在普丹战争获胜而建的胜利女神柱。以女神柱为中心，是一大片林木茂密的城中绿地，人们称之为"Tiergarten"，字面意思是"动物花园"，现如今在园中并不见穿行的动物，只见运动的人。历史上此处属柏林郊区，旧时的确饲养了一些动物供人观赏或狩猎，故以此为名。动物花园北端为国会大厦和新建的联邦总理府。东南端为著名的大屠杀纪念碑群，与动物花园内的纳粹屠杀同性恋者纪念碑隔街相望。

沿动物花园南行不远处有一条小街，以1944年7月20日发生的旨在杀死希特勒、推翻纳粹政权的"女武神行动"（Unternehmen Walküre）的灵魂人物——陆军预备军参谋长克劳斯·冯·施陶芬贝格伯爵上校——命名。当年"女武神行动"的指挥部本德勒大楼（Bendlerblock）即坐落于此。

在德国近现代史上,"7·20事件"是一件石破天惊的大事。特别对德国人民和德国军队来讲,这一事件悲壮地表现了在这段晦暗的时期德意志人残存的良知、勇气和自我牺牲精神。每当亲朋好友来到柏林,我都会把他们带去本德勒大楼,抚今追昔,致敬英烈。

7月20日晚,因为政变领导人连连失误,政变败局已定,无力回天的施陶芬贝格上校和他的同谋被忠于希特勒的部队在本德勒楼内逮捕,午夜过后,7月21日0时30分左右施陶芬贝格等四人在大楼庭院里被枪决。(见本书《踽行孤影》)

面对行刑队的枪口,举事者慷慨赴死。行刑枪声响起时,施陶芬贝格上校高呼口号,他的副官维尔纳·冯·海夫腾(Werner von Haeften,1908—1944)中尉则本能地扑向施陶芬贝格,试图用自己的身体为他的上级阻挡子弹。1968年7月20日,仍属联邦国防部的本德勒大楼被改用为对德国反抗纳粹暴政的组织和个人的永久纪念场所。庭院中施陶芬贝格们的殉难处安置有塑像和纪念铭牌,供后人凭吊。联邦国防军新兵入伍的宣誓仪式也常在庭院中举行。

施陶芬贝格出身于德国南部源远流长的贵族家庭,他在纳粹时期的心路历程在同时代贵族军人中具有典型性。魏玛时期糟糕的民主政治运作令施陶芬贝格备感失望,他因而被纳粹运动所鼓动,早在1932年德国总统选举中就曾经投票支持希特勒。他认为,希特勒宣扬集体利益高于个人利益的原则、反对腐败的举措、鼓吹种族优越的理论,对德意志民族和民众来讲都是健康和具有前瞻性的。

本德勒大楼庭院中反抗纳粹英烈纪念雕塑。

战争爆发时，出于军人的责任心和荣誉感，他拒绝了为陆军总司令瓦尔特·冯·布劳希奇（Walther von Brauchitsch, 1881—1948）担任副官的安排，相继参加了占领捷克苏台德地区、攻打波兰和法国的东西两线作战。在对苏战争中，他一直随南方集团军群进击到高加索地区，并亲手参与组建了以土耳其人和高加索人为主体的纳粹东方军团。1943 年 3 月，作为第 10 坦克旅首席参谋，施陶芬贝格又被派往北非，掩护隆美尔元帅的非洲军团在盟军北非登陆后的撤退行动。1943 年 4 月，施陶芬贝格在突尼斯被盟军空军严重炸伤，失去左眼右手，左手也只剩三根手指，生命垂危。幸运的是，当时享誉世界的外科专家费迪南德·绍尔布鲁赫（Ferdinand Sauerbruch, 1875—1951）为他提供了治疗，把他从鬼门关拉了回来。几个月后，施陶芬贝格回到柏林陆军总司令部继续服役。施陶芬贝格是一级铁十字勋章、金质战伤勋章、金质德意志十字勋章的获得者。

至于施陶芬贝格如何完成由一位忠诚于第三帝国的军人到密谋暗杀军队最高统帅的刺客这一巨大的转变，契机和时间节点何在，其实并不明晰，在关于施陶芬贝格的电影中往往有些煽情的情节，但多不可信。应该说，像施陶芬贝格这种具有贵族血统的陆军军官，他们对纳粹政权的态度总是处在两难境地：一方面他们认为纳粹政权使德国摆脱了一战后列强通过《凡尔赛和约》强加给德国的耻辱，使德国重新走上强国之路，另一方面他们的本能使他们与纳粹统治及其意识形态的粗鄙和邪恶保持距离。受到良好人文主义教育的施陶芬贝格及其兄弟在学生时代推崇德国唯美主义诗人斯特凡·格奥尔格（Stefan George, 1868—1933），他们是围绕在诗人身边、由年轻诗人组成的"格奥尔格圈"（George-Kreis）的成员。与施陶芬贝格有过交往、时任纳粹德国装备部长的阿尔贝特·施佩尔（Albert Speer, 1905—1981）曾经引用诗人荷尔德林的语句来描述他对施陶芬贝格的印象："一个温润的灵魂被貌似硬冷的形式覆盖，显得极端不自然和相互矛盾。"尽管半盲缺手，施陶芬贝格在元首大本营仍然以他的气质、青春活力和干练引人瞩目，以致希特勒本人都曾经提醒过施佩尔应该注意维护与施陶芬贝格的合作。即使因为家国情怀被纳粹的理念迷惑一时，一位具有温润的诗人灵魂的人还是不可能与残暴和邪恶同路一世的。

施陶芬贝格与纳粹政权彻底分道扬镳并不是一蹴而就的，而是一个生存意义上的艰难抉择过程。在 1938 年，施陶芬贝格就曾经对纳粹当局策划并纵容当年 11 月 9 日夜至 10 日凌晨旨在攻击残害德奥两国犹太人的"帝国水晶之夜"（Reichspogromnacht）的大规模骚乱感到厌恶，从而开始同纳粹政权保持距离。但是他在 1941 年还是拒绝了陆军内部谋反者的入伙拉拢，认为军人必须信守对最高统帅希特勒忠诚的誓言。希特勒领导纳粹德国征服波兰和法国的巨大胜利同样也征服了施陶芬贝格。他在书信中曾经感叹："如此的时代，如此的巨变！"关于希特勒，他还写道："他的父亲可不是那个小市民，他的父亲就是战争！"关于纳粹，施陶芬贝格的想法是"我们必须首先赢得战争，然后再回国清除褐色（纳粹）瘟疫"。但是在对苏战争中的亲身经历改变了他的立场和策略。在 1943 年秋天，伤愈的施陶芬贝格在柏林主动寻求与陆军内部谋反者建立联系，他清醒地看到希特勒将把德国带入万劫不复的境地，而能够引领德国走出灾难处境的唯有尚未被盖世太保和帝国保安局渗透的陆军。施陶芬贝格的入伙，重新激活了军队里低迷的抵抗运动，终于成就了大事业。

灯下读史，在钦羡施陶芬贝格们的勇气，为他们功亏一篑而扼腕叹息的同时，我心底也会生出一些疑惑不解，比如：世人对施陶芬贝格领上校衔任参谋长职的陆军预备军（Ersatzherr）一事的性质和缘由一直不甚了了；为什么军阶不高的施陶芬贝格在1944年夏季盟军诺曼底登陆后能够一再出席希特勒召开的最高级军事会议，以致他能够零距离接近希特勒，最终在东普鲁士元首东线作战大本营"狼穴"作战室引爆炸弹，发动"女武神行动"政变。

最近读完阿尔贝特·施佩尔的回忆录，在很大程度上解开了这些疑问，特别是其中提及的一些细节引起了我很大的兴趣。在核查了一些资料后，不禁开始感叹细节的力量。历史细节的发生常属偶然，它们互相咬合、触碰、撞击，生出无尽的故事，而这些故事又无时无刻不在改写着历史。这应该就是人们所传说的一只蝴蝶在巴西丛林中扇动翅膀而引起得克萨斯飓风的"蝴蝶效应"吧。

从施佩尔的回忆录中我们得知，所谓"女武神计划"事实上并不是施陶芬贝格等人的原创，这一计划早在1942年5月就已经由希特勒亲自主持制订并命名，施陶芬贝格们只是将这一因为过于敏感而被封存的行动计划激活并塞进自己的私心而已。私心的要点是首先杀身在"狼穴"元首大本营的希特勒，然后栽赃希特勒在柏林的亲信圈子，控制首都，推翻纳粹政权，再与盟军媾和，寻求结束战争，以使德国避免更大的灾难。

希特勒在1942年春季制订"女武神计划"的初衷是确定对帝国本土可能出现的紧急状况的应变措施。1940年5月和1941年6

月，纳粹德国相继对英法和苏联开战，形成德军在东西两线作战的态势，帝国之内几乎空无驻军，本土一旦有风吹草动，根本无法应付。所谓"紧急状况"主要指的是在本土数量众多的外籍奴工可能发生骚乱，可以说关系到党国存亡，而纳粹政权在德国受到万众拥戴，因此德国民众的反抗或体系内政变的可能性几乎可以忽略不计。在此情况下，希特勒亲自主持制订了绝密的应急计划，即动员在国内休假或伤愈的军人，由陆军预备军（根据其功能，确切地应该译为"本土驻防军"，第一次世界大战时德国陆军已有此建制，主司部队的组建整合训练和维持本土的治安）牵头，重新组成战斗建制，以应付国内本土可能发生的紧急情况。希特勒将此计划以日耳曼民间英雄传说的女武神（Walküre）命名。

至于为什么挑选"女武神"作为这个生死攸关的计划的代号，也许和希特勒青春期在奥地利多瑙河畔林茨（Linz）时的一段暗恋有关。当时，在林茨有一位名叫斯蒂芬妮（Stefanie）的少女，每日午后与母亲会在当地最热闹的兰德大街（Landstraße）上散步。青春萌动的希特勒爱上了斯蒂芬妮，日日暗随芳踪，单恋四年，虽然终究没有勇气表白，却写下了数量不少的情诗，在其中一首题名为《献给心爱的人的赞歌》（"Hymnus an die Geliebte"）的诗歌中，希特勒将斯蒂芬妮比喻为女武神，她身披随风飘扬的深蓝色天鹅绒长袍，骑着白马驰骋在百花盛开的茵茵绿草之上。

德国作曲家瓦格纳的英雄史诗作品《尼伯龙根指环》中的第二部即以"女武神"冠名。希特勒崇拜瓦格纳，据说每次聆听他的歌剧都会涕泪横流。楚王好细腰，弄得所有纳粹高级干部个个沐猴而冠，故作风雅，年年去拜罗伊特（Bayreuth）听瓦格纳的歌剧居然成了帝国的政治时尚。也许女武神就是当年希特勒未得到满足的性饥渴的象征符号,影响竟终其一生。

由于"女武神计划"的敏感性,计划制订之后即被希特勒长期雪藏,以致许多深受希特勒信任的纳粹高官,如施佩尔和元首大本营作战部长阿尔弗雷德·约德尔(Alfred Jodl, 1890—1946)上将等也闻所未闻。而"女武神计划"被重新提及,则缘于施佩尔一次偶然的突发奇想。根据施佩尔的回忆,1944年5月19日,当他在评估盟军对德国工业设施轰炸的后果时,被盟军强大而精确的空中打击能力所震撼,由此他联想到盟军在西线开辟第二战场很有可能采取的战略。首先,通过空中打击摧毁莱茵河上的二十余座桥梁,施佩尔估计,按照盟国空军已经具有的打击能力,可以在一天内摧毁莱茵河上的所有桥梁;同时,在德国北部沿海地区抢滩登陆,用伞兵空降不来梅和汉堡机场并占领这两个城市的港口以作为大规模登陆的基点,进而东向进攻距汉堡不足三百公里的首都柏林。由于莱茵河桥梁被摧毁,在莱茵河以西的大西洋壁垒沿线布防的德军西线主力无法东援,而东线德军因为与苏军对峙更无暇西顾,德国本土完全空虚,根本无兵可用。据施佩尔的估计,一旦出现这种状况,柏林及全德国将在几天内被盟军占领,地处东部战场前线的"狼穴"以及希特勒本人则会沦为苏军的囊中之物。

由于这一发现,因为焦虑而坐立不安的施佩尔立即致函约德尔上将,请约德尔向希特勒转告他对这一致命软肋的担忧。据施佩尔所说,他的担忧与希特勒时不时突然冒出的耸人听闻、匪夷所思又往往不失天才想象的念头不谋而合。如同1940年在制订对法国进攻计划时表现出的极度敏感一样,希特勒立即明白了施佩尔的焦虑所在,并采纳他的建议,指示约德尔尽快建立十到十二个空额师防患于未然。约德尔在 1944 年 6 月 5 日,即诺曼底登陆发生的前一天,在日记中写到此事,称这些空额师将用于紧急情况下集结大约三十万在本土轮换休假的军人和康复的伤兵,武器则由施佩尔执掌的装备部突击供给。不仅如此,希特勒还立刻将施佩尔召到上萨尔茨山(Obersalzberg)面谈。据施佩尔回忆,当他到达时,约德尔甚至还不无妒意地讽刺他说,他现在可以跻身最伟大的战略家之列了。不过当时无论是施佩尔还是约德尔都没有被希特勒告知"女武神计划"在 1942 年就已经存在。

在约德尔于日记中提及空额师的次日,即 1944 年 6 月 6 日,盟军在诺曼底登陆。尽管登陆已呈大规模军事行动态势,希特勒内心仍然充满疑惑,担心诺曼底处只是佯攻,是盟军设下的圈套。希特勒不敢相信强攻硬打大西洋壁垒是盟军的真正选择,也许在他的潜意识中,盟军的决策应该更加睿智,更加出敌不意,更加富有想象力。在这种情况下,希特勒更多表现出的是对其他战略选点的关注。6 月 7 日,希特勒将帝国装备部长施佩尔和陆军预备军司令弗里德里希·弗罗姆上将(Friedrich Fromm, 1888—1945),以及伤愈后重返柏林并在 1943 年 9 月被任命为陆军预备军下属的陆军局参谋长的施陶芬贝格上校(1944 年 6 月中旬升任陆军预备军参谋长)招到他在上萨尔茨山的驻地,讨论的主题竟然不是诺曼底登陆,而是如何加强本土防卫,确保"女武神计划"的顺利实施。

如果施佩尔的回忆属实,这次召见就应该是施陶芬贝格第一次接近希特勒,在其后的四十余天中,施陶芬贝格一再被招到元

本德勒大楼庭院中施陶芬贝格等人遇难处。

首大本营参加会议，以致他终于能够在 7 月 20 日的"狼穴"引爆炸弹，并启动"女武神行动"政变计划。

　　主流史学家对盟军诺曼底登陆的决策及其计划准备工作一直交口称赞、颂扬备至，把希特勒在诺曼底登陆发生后表现出的犹疑不决归功于盟军情报部门的所谓历史上最成功的迷惑战术，殊不知希特勒真正的忧虑可能并不在于盟军在大西洋壁垒登陆的选点，比如被历史学家津津乐道的所谓加莱和诺曼底猜想，而是只有他和施佩尔清楚的致命软肋：如果诺曼底行动只是佯攻，盟军真正的计划登陆地点则是在德国北海沿岸，而德国在北海的布防可以说形同虚设，并且在短时期内无法改善加强。一旦出现这种情况，那么纳粹德国的全面溃败就会在几天内发生，并且没有任何办法挽救。

对盟军来讲，实施德国北海沿岸登陆的最大难点是超出了盟国空军特别是作战飞机的作战半径，以及长途奔袭可能丧失战略隐蔽性：英国南部海岸距法国北部海岸诺曼底约一百七十公里，而英国东部海岸距德国北部重要港口不来梅约四百公里，距汉堡约五百公里。其实，1944 年春天的双方军事力量对比已经发生彻底逆转，德国的空军已经丧失了大部打击能力。根据施佩尔所写，事实上，盟军部队即使缺乏空中掩护强行在北海登陆，德国空军也已经很难有所作为。正是这一致命软肋使得希特勒如坐针毡，接二连三地召见施陶芬贝格等预备军官员开会商讨对策，以致招来杀身之祸。

但是事实证明希特勒高估了盟军决策者的想象力和智慧：盟军还是沿袭着传统战争的你攻我防的僵化思维，终究没能脱离自己为自己设定的窠臼。诺曼底登陆虽然取得成功，但付出了己方伤亡、失踪二十多万人的沉重代价，而在成功登陆之后，盟军才意识到由此进攻德国本土的战线和补给线都被拉得太长，数百万军队的后勤供应全部仰仗上千公里外的法国西北部城市瑟堡（Cherbourg），原定在 1944 年圣诞节前结束战争的目标根本无法实现。为了克服这一短板，盟军又于当年 9 月 17 日在荷兰发起了市场花园行动攻势，以伞兵出其不意空降荷兰，夺取莱茵河桥梁，期冀以此一举越过莱茵河这一德国西部天然防线，尽快将战场移至德国本土，并先于苏俄占领柏林。这一攻势尽管较诺曼底登陆更具想象力，但在这一时段却纯属画蛇添足。由于情报失误、指挥无能，数万名配备轻武器的盟军伞兵跳进了十好几万德军精锐装甲集群的布防圈，犹如羊入虎口，最后折损近两万将士，铩羽而归。对德战争非但没有在年前结束，柏林也成了苏俄的战利品，直接影响了其后四十余年的冷战地理格局。

感慨之余，心中自然生出了无数"如果"。我很清楚，对历史问题发问"如果"在专业史学家眼里乃外行所为，不过"如果"之问确实能够激活想象，还能够掩饰发问者对历史研究的专业方法匮乏的短板。诱惑之下，委实难弃，姑且一试：如果没有林茨的斯蒂芬妮，那么就不会有后来的"女武神计划"；如果盟军决策者的智商、情商指数更高一些，那么诺曼底登陆就不会发生；如果1944年春天第二战场的开辟是以德国北海沿岸而不是诺曼底为开端，那么7月20日的暗杀以及政变就不会发生，"女武神计划"就不会启动，因为根据施佩尔的预测，纳粹政权将在北海登陆的几天之内崩溃；如果对德战争在1944年前结束，那么欧洲战场的死亡人数大概至少可以减少一千万，英美联军则会大大向东推进，首先占领柏林，进而丘吉尔很可能会不顾罗斯福的反对，罔顾英美苏三巨头的雅尔塔共识，将苏俄在欧洲边缘化。战后世界地缘政治格局乃由1945年2月的雅尔塔会议划定，而如果战争在1944年结束，可能根本就不会有雅尔塔会议。如果出现这种情况，就会引起两种可能的后果。其一，苏俄在德国就地与英美厮杀，第三次世界大战于1944年在德国爆发。也许首先是英国和苏俄开打，然后美国介入。事实上在1945年5月德国投降之后，英美在丘吉尔主持下曾经制订"不可思议行动"（Operation Unthinkable）计划，准备在同年夏季对驻德苏军发起攻击，将其逐出东欧，结果是美英联手，苏俄不敌。其二，伤心欲绝的斯大林被罗斯福说服，放弃在欧洲的利益瓜分诉求，转而向东进攻日本，美国亦停止在太平洋岛链上的"蛙跳"，让麦克阿瑟"跳"到菲律宾为止，兑现当年逃命时对菲律宾人民许下的"吾将归来"的诺言即可，让苏俄花费不菲的代价占领日本全境。不过无论哪一种可能，日本都能免受原子弹之灾，如果苏俄占领日本，那么就不会出现朝鲜半岛南北分治的局面，那么朝鲜战争也就不可能发生，也就不会出现种种二战遗留的领土问题，我们今天身处的世界将会完全不同。

7月20日暗杀发生后，纳粹宣传部发布过一张照片：一位军人在镜头前展示一条裤裆被炸烂的裤子，据说是希特勒在爆炸时所穿。如此宣传显然是不恰当的，但可能是刚从死里逃生，惊魂未定的希特勒悲愤难抑，急于证明自己被人欺负的冤屈，才出此昏招。尽管施陶芬贝格等政变主谋已经于当晚在本德勒楼区被处决，次日又被党卫军掘坟扬灰，其他参与政变的同谋者则根据希特勒要让他们像畜生般死去的指示精神，被用屠宰场的钢钩或钢琴琴弦吊死，而且还被拍成电影，每天晚餐后作为余兴节目在元首大本营放映。但是根据施佩尔的观察，大本营中没有一位军官曾经驻足观看这些画面。这也许是出于德国军人最后的自尊和对死难同僚的敬意。

相对于粗鄙可笑的烂裤裆照片，阴谋者一方在死亡面前则表现出了无与伦比的从容和尊严。据称，施陶芬贝格在行刑前呼喊的是"神圣的德国永存！"（Es lebe heiliges Deutschland!）。但事实上施陶芬贝格在最后的时刻究竟呼喊了什么，一直存在争议。根据行刑队的说法，施陶芬贝格呼喊的是"神秘的德国永存！"（Es lebe geheimes Deutschland!），尽管听上去有些怪异和令人费解，但是由于施陶芬贝格青春时期的诗人生涯以及他和哥哥们对神秘主义诗人斯特凡·格奥尔格的推崇，长期以来也被认可。1928年，施陶芬贝格的哥哥贝特霍尔德（作为"女武神行动"的积极参与者在1944年10月被纳粹杀害）曾经将他在1922年所写的《神秘的德国》（"Geheimes Deutschland"）一诗题献给格奥尔格。不过根据当时在行刑现场的施陶芬贝格的驾驶员确凿的回忆，施陶芬贝格最后呼喊的是"神圣的德国永存！"。德语"heilig"（神圣）与"geheim"（神秘）在发音上有些相近，因此难有定论。

其实，施陶芬贝格在最后时刻到底呼喊了什么并不那么重要，如同对施陶芬贝格的政治立场以及他的种族优越观点甚至反犹倾向多有指责一样，实属对一个历史人物的苛求。对我来讲，施陶芬贝格们乃是屠戾龙、弑暴君的勇士，是大英雄。他们给后世留下的尽管是一出悲剧，但却是尼伯龙根英雄史诗的精神传承，这是对瓦格纳歌剧趋之若鹜的希特勒们梦寐以求而终究不可能达到的境界。

施陶芬贝格被处决后，其遗孀尼娜·冯·施陶芬贝格女伯爵以及四个子女旋即被捕，适时尼娜正怀着第五个孩子。尼娜于2006年去世，在她去世前不久的一次访谈中，尼娜叙述了生产这个遗腹女的一段故事。那是1945年1月下旬，盟军已经攻入德国本土，即将临盆的尼娜不断被转移。在奥德河畔的法兰克福，尼娜被送进一家纳粹党的产院。在产院里，不得使用真名的尼娜仍然处在看管她的盖世太保的监视之下。有一天，一位医生在给尼娜做检查时，看见了尼娜床头施陶芬贝格的照片。这位医生不动声色地低声对尼娜说："您不用回答，您只需要点头，是他吗？"在得到尼娜肯定的示意之后，这位医生对尼娜格外照顾，百般呵

置于被施陶芬贝格炸毁的"狼穴"上的纪念碑。

护，直至她安全分娩。

尽管闻者动容，尼娜在讲述这段故事时表现却十分平静，甚至平静得异乎寻常。其实恰恰在这个时期她在独自承受着生离死别的巨大的苦难：丈夫被焚尸扬灰，并且根据希姆莱对施陶芬贝格家族斩尽杀绝的指令，家族中所有成年亲属都已经被捕，四个孩子被盖世太保改名换姓送进孤儿院；在尼娜分娩的数日后，她波罗的海贵族出身的母亲因为斑疹伤寒死于波兰但泽附近的惩戒营，母亲的无妄之灾使尼娜耿耿于怀，终生不能原谅自己。尽管她知道丈夫对纳粹政权的鄙夷和厌恶，但并不清楚丈夫的密谋活动，更不知道是他亲手实施了对希特勒的暗杀行动。施陶芬贝格不仅刻意对妻子隐瞒了"女武神行动"的所有信息，甚至"命令"

她，要以一个无知的、只知道与孩子和尿布打交道的家庭妇女的形象出现在人前。尼娜是在婆家从广播中才得知自己的丈夫卷入了政变，而且是主谋，也是从广播中才得知自己的丈夫已经在政变当晚被处决。在尼娜的平静之下蕴藏着极简单的信念，也许她不理解施陶芬贝格的行为对民族和历史的意义，但是她相信自己的丈夫，相信他的公义和正直。

尼娜被捕以后，先后关押在柏林亚历山大广场盖世太保的监狱和专门囚禁女性犯人的拉文斯布吕克集中营（KZ Ravensbrück）。在囹圄岁月里，身怀六甲的尼娜为了防止自己精神崩溃，不断假想自己是在音乐厅里或诗歌朗读会上，让熟悉的交响乐和诗篇在头脑中一遍遍过场。尼娜在狱中曾经为腹中的胎儿写过一首题为《我们的爸爸》（"Unser Papi"）的小诗：

> 你与我同在，即使你的肉体已逝，
> 你的臂膀似乎仍在将我拥抱，
> 你的目光仍在向我注视，
> 当我醒着或是在梦里。
> 你的嘴唇向我靠近，
> 你的喃喃低语在屋中飘荡：
> "我亲爱的孩子，你要坚强，承继我的理想，
> 你与我同在，无论你现在何方！"

平心而论，从技术层面上看，"女武神行动"的谋划者们可以说是弱得使人心酸（见本书《踽行孤影》），但是他们献身的勇气却

为德国历史筑起了一座永远无法逾越的道德和公义的丰碑。屡次刺杀希特勒的行动未果，施陶芬贝格在决定亲自实施暗杀时曾经说道："现在到了必须有所行动的时候了。任何敢于迈出这一步的人，必须知道，他完全有可能成为德意志历史上的卖国贼，而如果他放弃行动，他就是在背叛自己的良心。"

从行动的主要策划者、时任东线中央集团军群陆军第8军参谋长亨宁·冯·特雷斯科将军留传下来的文字和信息中，人们不仅可以感受到他们源自信仰的强大的内心，也可以感受到他们同样源自信仰的宿命和皈依的情怀。对他们来讲，政变的胜算很小，因此他们十分清楚身败名裂、家破人亡这一近乎必然的结局。"女武神行动"政变策划者是有意识地用自己的受难为陷入罪恶泥沼中的德意志民族赎罪。1944年6月，当施陶芬贝格因为诺曼底登陆发生，对举事还有没有必要而产生犹豫时，特雷斯科给他写道："暗杀行动必须不惜一切代价施行。我们必须在柏林有所行动。其实际的目的已经不再重要了，重要的是德国的抵抗运动敢于在世界和历史面前做出决定性的一搏。"

7月21日，柏林政变流产的消息被证实，远在东部前线的特雷斯科深恐自己在盖世太保的酷刑下可能会软弱而饮弹自尽。在赴死前，特雷斯科给他的副官留下了遗言："我们将被千夫所指。但是我相信，我们的所作所为乃正义之举。希特勒不仅与德国，也与世界为敌。在神的审判前，我将以无私的良心为自己的行为辩护。神许诺过亚伯拉罕，只要能在所多玛找到十个义人，他就不会毁灭这座城市。但愿神也会因为我们而不毁灭德国。我们中间不会有人因为失去生命而抱怨，因为谁进入我们的圈子，谁就

参与"女武神行动"政变的部分被难者。

已经被套上了涅索斯的衣袍（涅索斯为希腊神话中一戕害人类的半人半马怪物。英雄赫拉克勒斯为人类除害，将涅索斯杀死，用其皮制成衣袍，穿起可刀枪不入。但是涅索斯的皮含有剧毒且无药可解，穿着涅索斯衣袍的赫拉克勒斯终因中毒而死去）。人类文明价值的起始点就是人们准备为信仰献身之时。"

《创世记》记载着所多玛因没能找到十个义人而全城被神除灭的故事。因为所多玛和蛾摩拉的罪孽深重，神有毁灭这两座城市的计划，亚伯拉罕对此不以为然。他对神说："无论善恶，你都要剿灭吗？假若那城里有五十个义人，你还剿灭那地方吗？不为城里这五十个义人饶恕其中的人吗？将义人与恶人同杀，将义人与恶人一样看待，这断不是你所行的。审判全地的主岂不行公义吗？"在辩论中，神在明显占据道德制高点的亚伯拉罕的讨价还价前步步退让，终于同意了亚伯拉罕的要求，只要所多玛城里还有十个义人，就放弃剿灭全城的计划。最后因为无法在城里找到十个义人，神将所多玛和蛾摩拉用硫黄和大火剿灭。

"女武神行动"流产后，希特勒开始疯狂报复。因直接策划与参与行动而被处死的有一位元帅，十九位将军，二十六位上校，一名部长，两名大使，七位外交官、帝国刑警局长，多位省长州长等两百余位高官名流，其中不乏立下赫赫战功者。被"女武神行动"株连者上万，近五千人遇难，这个数字足以成为德意志民族继续繁衍生存的中保。重温特雷斯科的遗言，反观德国战后凤凰涅槃、从灰烬中重新站立起来的历史，我深深感到一语成谶的震撼。

想要回家的好人

——德军上校舍命拯救五彩缤纷之城

　　德国东部萨克森－安哈尔特州的韦尼格罗德（Wernigerode）地处哈茨山脉（Harz）东端，毗邻下萨克森州边境，为德国经典旅游路线桁架木筋屋之路（Fachwerkstraße）的主要节点。二战结束，德国分裂，韦尼格罗德归属东德。韦尼格罗德城市不大却极为精致，成片有数百年历史的桁架木筋屋鳞次栉比，散落在葱绿的山谷中。城市的制高点则是与巴伐利亚新天鹅堡（Schloss Neuschwanstein）齐名的、新哥特式建筑的代表作韦尼格罗德古堡（Schloss Wernigeroder），从古堡俯瞰山谷中的城市，美得几乎失去了真实感。1907 年，德国诗人赫尔曼·隆斯（Hermann Löns, 1866—1914）游历到此，在诗中将韦尼格罗德誉为"五彩缤纷之城"（Die bunte Stadt），从此，"五彩缤纷"一词进入了赞誉讴歌美景佳境的德语词库。

　　1990 年，两德重新统一之后，尽管西德投入巨资，为东德复苏打气输血，联邦总理赫尔穆特·科尔（Helmut Kohl，1930—2017）也曾经许下东德大地数年内必将缤纷灿烂的美好愿景，但是东德在政治、经济、社会各方面的转型过程却是艰巨漫长甚至痛苦的。不过，与多数东德的城市相比，韦尼格罗德重新开启"五彩缤纷"之路并完成转型之迅速，却是有目共睹的不争事实。

由于城市在战争中几乎完好无损地被保存下来，韦尼格罗德幸运地躲过了东德时期的大拆大建。战后东德重建时期，很多被战争毁损的城镇都没有按照原样重建，而是代之以苏俄式公寓楼，被人们呼为"斯大林大板房"，意识形态色彩浓烈，城市被弄得不伦不类，这种市政现象已是德国的永久之痛。1989年易帜时，一些古城的民众上街反对东德政府不顾城市原有传统和风貌胡拆乱建的市政政策。两德统一后，韦尼格罗德挟旧城古堡之优势，在保护历史风貌的原则上对古屋旧房大规模翻新维修，修旧如旧，很快跃居德国旅游胜地前列。

凡有游客至此，都会明显感到韦尼格罗德没有东德众多城镇特有的那种被遗忘、被废弃的氛围。在东德的诸多城镇，总是能看到年轻人手持酒瓶扎堆闲坐，一边是几条脏兮兮懒洋洋的狗。他们打量游人的眼光迷离冷淡，甚至带有敌意。而在韦尼格罗德，人们看到的却是本地居民欢欢喜喜地赚着兴高采烈的外来游客的钱。

市政厅会为从德国各地慕名而来的新人举行收费婚礼。德国人特别是北德人把在韦尼格罗德结婚看作一种排场，游客及闲散人等在市政厅前看婚礼热闹也成了一种习俗，用中国人的说法是来蹭喜气的。在城里，每栋有点说头的建筑都被设为博物馆，把门卖票。在韦尼格罗德，你可以参观大房子博物馆、小房子博物馆、斜房子博物馆。我们去到圣玛利亚教堂（St. Marien Kirche），但是被告知教堂不能进，管门的把门锁了，钥匙也被带走了，什么时候回来没人知道。不过钟楼开着，可以爬上去观景。进教堂免费，上教堂的钟楼当然是要交钱的了。

爬上古堡，我们看到一个"女巫钟"的隆重标识，想到此地近哈茨山脉的布罗肯峰（Brocken），是全世界女巫每年骑扫帚来开派对的地方，遂循迹而去，找到了一家由两位当地妇女开的以女巫为主题的礼品店。询问之下，方知所谓"女巫钟"乃是礼品店墙上的一个木窗，每到正点，木窗开，女巫出来，女巫进去，木窗关。看看时间离正点还差半个多小时，大家买了一些小礼品正打算离去，机灵的女店主一看我们这些东方面孔，立刻改变钟点，让来自中国的仁智之士马上"邂逅"德国女巫。在电闪雷鸣的伴奏声中，女巫出现，念诵着歌德在《浮士德》中的那段数字咒语："你须明白，十出自一，二随其去，同时做三，你便富足……"

韦尼格罗德不仅五彩缤纷，而且如女巫所说，是一座富足志满之城。大凡幸福感强的市民均内心强大，精神状态平稳和谐，其表征是懂得念旧惜故、感恩戴德。在韦尼格罗德中心广场与市政厅相对的地方，1848 年市民们挖了一口感恩井，将自古以来对城市做过好事、有过贡献的人的姓名镌刻在井上的金色牌匾上，用以告诫后代，永志纪念。1991 年，在井沿边新增加了一块铭牌，上书："奥伯斯特·古斯塔夫·彼得里上校（Oberst Gustav Petri，1888—1945）用他的生命拯救了韦尼格罗德。"自两德统一以来，韦尼格罗德每有喜庆礼典，彼得里上校的名字便会被提及，上校与古城时时被绑定在一起。如果你在感恩井边为此向当地人发问，

韦尼格罗德市政厅前的感恩井。

任何人都会满怀感激之情开始讲述其中的原委。

　　1945 年 4 月，完成了在鲁尔工业区对数十万德军围歼的美第 9 军东进哈茨山区，逼近韦尼格罗德。4 月 8 日，率部跳出鲁尔包围圈（Ruhrkessel）的德国国防军上校古斯塔夫·彼得里退入哈茨山区，并被编入重新整编的国防军第 11 军。国防军第 11 军根据元首大本营的命令准备在哈茨山区建立所谓哈茨要塞（Harzfestung），与美军决战。彼得里被指定进驻韦尼格罗德，以保护第 11 军侧翼。

当彼得里 4 月 8 日晚率部进驻韦尼格罗德时，忧心忡忡的市长乌尔里希·冯·弗雷泽纽斯（Ulrich von Fresenius，1888—1962）告知他城里有两万四千余市民、两万余难民，城内外二十八所野战医院中充斥着伤员，另有大量的外籍奴工挤在城里。如果一旦与美军开打，古城被毁不说，肯定还会带来平民的严重伤亡，后果不堪设想。市长恳求彼得里放弃在韦尼格罗德抵抗美军，以挽救城市，避免生灵涂炭。

值得注意的是，根据彼得里的日记，4 月 9 日晚，他曾经与当地经营酒店的鲁道夫·金德曼（Rudolf Kindermann）共进晚餐。对此彼得里只有一句记述："金德曼很是个明白人。"（Er weiß sehr gut Bescheid.）金德曼的身份相当神秘，在公开场合他是个纳粹分子，同时却又在他的酒店藏匿犹太人。战后金德曼的真实身份被公开：战争期间他为英国情报部门工作，并为德国地下抵抗运动与盟国牵线搭桥。至于在 4 月 9 日晚餐时两人交谈的内容以及彼得里是不是知道金德曼的真实身份，或者金德曼对彼得里后来的行为有无影响，后人已无从知晓。

4 月 10 日深夜，彼得里接上级电话，任命他为韦尼格罗德城防司令，命令他立即在韦尼格罗德布防，狙击逼近的美军。在电话中，彼得里当即愤怒地反问，这种抵抗现在意义何在，大势已去，用什么来抵抗——防守韦尼格罗德至少需要一个旅的兵力。彼得里被警告说此乃抗命，将会有严重后果。彼得里要求给他考虑的时间，随即挂断电话。彼得里拖延至天明，既不下达布防命令，也没有采取任何其他措施。4 月 11 日清晨，彼得里被德第 11 军军部来人逮捕。尽管军部重新任命了城防司令，但为时已晚，美第 9 军机械化部队已经兵临城下。德军象征性地对美军坦克放了几枪后即放下武器，向美军投降。根据美军的战斗日志，4 月 11 日，美军"基本无战斗"进驻并接管韦尼格罗德。韦尼格罗德投降次日，在党卫军的参与下，身陷囹圄的彼得里因抗命罪，于风高夜黑拂晓时被枪决，因为怕激起兵变，这次刽子手是偷偷摸摸地杀人，彼得里的部下根本不知道他们的长官已经被处死，彼得里夫人也是在六个月之后从返回家园的彼得里的战友处得知丈夫的死讯。没有人知道彼得里被处死的详情，其遗体也去向不明。

为了与苏军交换在柏林的占领区，美军不久撤出萨克森－安尔哈特，韦尼格罗德沦为苏占区。德国分裂以后，韦尼格罗德属东德，但是东德当局对宣传缅怀彼得里拯救韦尼格罗德的义举并不感兴趣，因为彼得里是一位法西斯国防军军官，而且是对当时东德党国的意识形态死敌美国军队放下了武器，这会对东德官方一贯所说的东德是被苏联红军所解放的宣传口径带来困惑、形成干扰，因此在东德时期，彼得里的事迹几至湮没。

相对而言，东德官方对另一位国防军上校鲁道夫·彼得斯哈根（Rudolf Petershagen，1901—1969）则是褒奖有加。与彼得里的处境相似，1945 年 1 月 1 日，被任命为东北部古城格赖夫斯瓦尔德（Greifswald）城防司令的彼得斯哈根上校与当地大学校长等精英人士联手，于同年 4 月底向围城的苏联红军放下武器，从而使古城逃过生死大劫。彼得斯哈根因此被纳粹当局判处死刑，尽管他本人并未到达审判现场。由于彼得斯哈根投降的对象是苏军，他在东德的命运便迥异于彼得里。20 世纪 50 年代初，彼得斯哈根在德国苏占区通过亲苏亲共的"民族阵线"与生活在西德的军人同事接触，被美国中央情报局在慕尼黑诱捕，并被指控为苏俄和东德间谍，受到刑讯虐待、判刑关押，吃够了苦头。获得特赦回到东德后，彼得斯哈根著有《良心在骚动》（Gewissen in Aufruhr）一书，在东德被"德国电影股份公司"（DEFA）拍成电视连续剧大肆宣传。彼得斯哈根本人也成为格赖夫斯瓦尔德的荣誉市民、当地大学的终身校董，日子过得相当滋润。由于彼得斯哈根的走红，彼得里的事迹在东德也被人重新发掘，民间出现了呼声，要求韦尼格罗德市政府认可彼得里的贡献，追认他为荣誉市民，为他立碑，并以其名命名街道等。尽管东德官方对这些要求不予理会，但在民间舆论中彼得里的名字多少还是和韦尼格罗德的得救联系在了一起。

彼得里放弃抵抗，不仅挽救了上万生灵，古城韦尼格罗德也得以幸存。但是他本人在两次世界大战中的表现却绝非懦夫，而是一个打仗不要命的狠角儿，可以说是毕生都在为德意志祖国浴血奋战。彼得里相当爱国，具有强烈的民族主义倾向，这应该也是他在东德被定义为法西斯军人的缘由。

彼得里出生于黑森州吉森（Gießen）的一个烟草商家庭。1914年，第一次世界大战爆发，彼得里随即应征入伍，走上战场。同年8月彼得里的嘴部被子弹洞穿，余生都必须戴人造牙床。次年彼得里伤愈后又转战东部战场，2月肩膀受伤，几近残疾，经过五个月治疗后重返战斗部队。后在罗马尼亚，彼得里头部又两次中弹，但他不下战场，坚持战斗，为此获得一级和二级铁十字勋章、霍亨索伦王室骑士勋章加佩剑，还因五次负伤获得金质战伤勋章。第一次世界大战德国战败，彼得里以少尉衔退伍，回到吉森重拾烟草生意。

与当时德国民众普遍的激愤情绪一致，彼得里对德国在第一次世界大战战败以及法国等战胜国对德国所施恶行，由失望转而不满以至愤恨。战后他在吉森组建右翼的准军事组织钢盔团，并随钢盔团加入冲锋队。尽管彼得里的爱国意识强烈，但是他一直对纳粹保持距离。当钢盔团整体加入纳粹党时，彼得里退出了冲锋队。1936年彼得里卖掉了烟草祖业，加入国防军，成为职业军人。二战伊始，彼得里驻扎法国边境，1939年10月被提升为少校。1940年5月参加征战法国，被加授二级铁十字勋章。东线战争爆发后，彼得里又率部参加莫斯科战役，战役结束后被提升为中校。

在二战中彼得里作为战场经验丰富的中级军官，又因其伤残之躯，主要从事参谋工作，但是在战事中他仍旧身先士卒，先后两次受伤，并在后一次股骨中弹，伤势严重，不得不送回德国医治。1944年6月盟军诺曼底登陆后，彼得里参与德军撤退的组织和管理工作，卓有成效，于7月1日被提升为上校。诺曼底战役失利后，德军大规模东撤，彼得里的部队在撤退行动中负责收容整编散兵游勇，将之重新编入战斗序列。1944年底，彼得里率部参加阿登战役。1945年三四月间，盟军在鲁尔区对德军布设大面积合围。彼得里部跳出包围圈，且战且退，进入哈茨山区，被编入第11军驻防韦尼格罗德，终致舍身成仁。

战后，在西德居住的彼得里遗孀为寻找丈夫的遗骸以及恢复丈夫的名誉四处奔走，但是，在当时的大形势下，无论在东德还是在西德，彼得里夫人的努力都甚少得到同情和共鸣。苏占区以及之后的东德当局则根本不允许彼得里夫人入境。

1947 年，当地的牧师恩斯特·泰希曼（Ernst Teichmann, 1906—1983）为彼得里的义举所感奋，积极帮助彼得里夫人寻找其夫的遗骨。在通向布罗肯峰的登山火车站处，泰希曼发现一处埋葬有六名德国军人的墓地，联想到彼得里在此附近被处决的传闻，泰希曼牧师推测彼得里的遗骸应在其中，便自行在此竖立了一座简易的木质十字架，刻上了"他用他的生命拯救了韦尼格罗德"等纪念文字，权作墓碑。本地人之后习惯将这块墓地呼为"小墓地"，尽管卑微弱小，而且与当时东德的主流意识形态并不和谐，"小墓地"的存在终究在上校为之献身的土地上留下了一个微弱的念想。

不同于彼得里上校在东德几近被遗忘的命运，泰希曼牧师在东德却具有相当的知名度。在哈茨为彼得里上校竖立临时墓碑后不久，泰希曼主动要求前往柏林以南勃兰登堡的哈尔伯（Halbe）担任牧师。1945 年 4 月 24 日夜间，苏俄、白俄罗斯第 1 方面军和乌克兰第 1 方面军在柏林近郊完成了对德军第 9 军和第 4 装甲军共二十余万人的合围。由于德军遵守希特勒的命令拒不投降，苏军对哈尔伯地区的德军实行合围歼击，史称"哈尔伯围歼战"（Kesselschlacht um Halbe）。哈尔伯围歼战是二战中最为血腥的战役之一，气数已尽的德军被大规模围歼，阵亡人数已无法准确统计，只能估算为四至五万，死者中绝大多数为仓促应征入伍、毫无战场经验的新兵，年龄多在二十岁以下，还有不少未成年人。战后，数万具德军尸体或被简单堆入草草挖掘的洞坑，或经年无人收殓。不少尸体由于被重炮轰击、坦克碾轧，已经无法辨识，其惨状可想而知。1951 年泰希曼游历到此，所见所闻使他震惊异常。

1951 年 9 月泰希曼如愿履职哈尔伯后，为了给死者一个有尊

建于两德统一后的哈尔伯墓地中心纪念碑。

严的归宿，即开始为在森林中建立一个战争死难者公墓奔走。泰希曼在墓地收葬的不仅是在哈尔伯战役中阵亡的德国国防军人，也包括不少武装党卫军军人以及在战争中被德军战时法庭处决的德军逃兵。特别让东德当局不满的是，泰希曼还收葬了德国囚犯遗体。这些遗体来自苏俄占领军战后在哈尔伯附近设立的集中营，关押其中的两万名德国人，在1945至1947年间死亡六千余人。墓地另辟一区，埋葬战争期间死于哈尔伯地区的来自苏俄和乌克兰的奴工。关于如何处理这些奴工遗体，泰希曼曾致信驻东德的苏俄占领军当局，希望促成遗体回归故土，但未被理会。由于泰希曼牧师的努力，哈尔伯森林墓地（Waldfriedhof Halbe）成为德国规模最大的阵亡军人公墓，至今共埋葬两万八千多具遗体，其中只有约八千具的身份得到确认。从收集遗骸到迁葬，从确认遗骸身份到对死者亲属的灵性抚慰，哈尔伯森林墓地凝聚了泰希曼牧师的毕生心血。

公墓收葬量尽管巨大，在哈尔伯仍然有孤魂野鬼遍地游走。战争结束七十多年后的今天，几乎在当地的每一个土建工程点都能挖出数量不等的遗骸。由于在公墓的收葬对象、管理问题和对战争特别是对苏俄在战争中角色的评价方面，泰希曼牧师与当局时生龃龉，使得他在东德时期成为著名的"问题人物"，处在监视之下。在当局的眼中，泰希曼牧师的人道行为背后包藏有反苏反社会主义阵营为纳粹张目的祸心。泰希曼为公墓竖立一座中心纪念碑的希望至死也未能如愿，目前人们祭奠的墓地纪念碑始建于东德易帜之后。不过当东德与国际社会打交道，比如争取加入联合国和欧洲安全与合作会议的时候，哈尔伯森林墓地往往又会被当局作为"与国际接轨"的正面范例拿出来说事。

然而历史也的确弄人。由于东德的政治高压和封闭，哈尔伯森林墓地的存在与战后欧洲新纳粹现象并没有发生瓜葛，因此在东德时期与当局相安无事；两德统一之后，森林墓地却意外地变成了新纳粹历年惹是生非的热点。因为哈尔伯德军是拒绝向苏军投降而被全歼的，这在新纳粹眼中乃英雄之举，每年哈尔伯就成了新纳粹的"英雄纪念游行"以及随之而来与警方冲突的场地。

泰希曼牧师逝世于 1983 年，他没有看到两德统一，因而也想象不到他为之努力一生的事业会有这么一个多少带有黑色幽默的蜕变，但是他在墓地落成时，先知般地描述了因为他的仁义之举而得以安息的千万亡灵："他们不是英雄，他们只是想要回家的人。"

1958 年，战争结束十三年之后，经过长期曲折的诉讼，事情终于有了转机——西德联邦内政部裁定彼得里夫人有权因彼得里被处决而获得赔偿。这一裁决在实质上推翻了 1945 年德军军事法庭对彼得里违抗军令的有罪判决，因为根据相关法律，有罪军人的家属是没有权利得到赔偿的。然而，就在人们以为彼得里案件的重审指日可待，事件的原委经过也可望水落石出时，三年之后的 1961 年 12 月，弗里茨·鲍尔（Fritz Bauer, 1903—1968）任总检察长的美因河畔法兰克福检察院（见本书《踽行孤影》）驳回了要求重审彼得里案件并将处死彼得里作为纳粹战争罪行调查的诉求，在驳回决定书中认定处决彼得里是有效的法律行为。因此，彼得里被害一事始终未能立案，也没有任何当事人——无论凶手还是证人——接受过审讯或提问，真正的主谋乃至凶手一直逍遥法外，全部事件的因果真相至今仍旧扑朔迷离。如果当时能够及时立案，

凝聚了泰希曼牧师毕生心血的哈尔伯森林墓地。

是很有可能还原真相的——有两位第 11 军军官在世时曾经承认他们分别参与了逮捕和枪决彼得里,其中承认参与逮捕的直到 1996 年才在哈茨山区去世,承认参与枪决的后移居美国并在美国自杀。

1976 年,东德当局决定将布罗肯火车站旁"小墓地"的六名德国军人骸骨迁葬,在打开墓穴时,意外地又发现了另外六名军人尸体和一个人造牙床。人们起初想当然地认为牙床的主人应该就是彼得里,断定彼得里的遗体肯定就在这十二人中。可是,比对的结果令人失望,所发现的牙床与十二人都无法对号,因此,上校的遗骨终不可寻,连同他被害的详情,随风而逝,踪迹全无。两德统一后,尽管知道"小墓地"与上校并没有关系,心怀感恩的韦尼格罗德市民还是在"小墓地"旧址重新为彼得里立了一座石质纪念碑，碑书"追念彼得里上校"，代替那个因为迁葬而失落的泰希曼牧师于 1947 年竖立的木质十字架。

行笔至此，我想到一位同样被纳粹杀害、同样尸骨无存的德军上校——1944 年 7 月 20 日刺杀希特勒的主谋克劳斯·冯·施陶芬贝格伯爵（见本书《"女武神行动"与所多玛的义人》）。二战之后，有关施陶芬贝格的资料汗牛充栋，而关于彼得里的信息却零落寂寥，几近空白。彼得里育有三子，二战中两个儿子战死，唯一幸存的儿子金特·彼得里（Günther Petri）在战后与母亲相依为命。金特于 2004 年去世，幸运的是，他死后遗留了一些与彼得里有关的家庭资料，如家书、日记等，使得后人对彼得里不再雾里看花，掌握了更多更细致的信息。

与施陶芬贝格的显赫家世相比，彼得里的烟草商出身无疑显得卑微，却也更接地气。根据资料以及同时代人的记忆，彼得里生性幽默乐观，爱开玩笑，也不避讳拿自己当作玩笑对象，这在德国更多的是发生在平民身上，类似施陶芬贝格这样的贵族军官恐怕不太会如此行事。两位上校之间无疑有众多相似之处：在民族情怀方面，根据一战之后彼得里的行止和二战初期施陶芬贝格的战地家书，两人与纳粹的国家理念或多或少声息相通；但是在意识形态方面，两人都对纳粹自始至终保持着距离，都拒绝加入纳粹党。对于纳粹那种粗鄙低俗的狂热，施陶芬贝格的反应是一种源于贵族立场的本能的鄙视和厌恶，而彼得里疏远纳粹更多的是出于一种人性情怀。在战场上两人都奋不顾身，骁勇过人，以致重度伤残，但是，两人的世界观，特别是在行事的风格方面却存在很大的差异。作为伤残军人，他们在战争后期都转入参谋部门，因此相比

施陶芬贝格上校。

其他军人，他们对德国挑起的这场战争的不义和战局发展的不利都
要有更深的体会。最晚在 1944 年诺曼底登陆之后，彼得里已经非
常清楚，德国战败的命运将不可避免。施陶芬贝格对此当然认识得
更早，因而投身于密谋，直至试图使用决绝的方式除去希特勒，视
推翻纳粹政权、挽救国家与民族为己任，终以一位罗曼·罗兰史诗
式的英雄而名垂青史。彼得里与之相比则差异很大，尽管彼得里并
不认同纳粹，但是用政变方式推翻政权、用暗杀手段对付希特勒，
对他来讲是不可想象的。因为出身和经历的差异，彼得里的视野不
可能如同施陶芬贝格那样宽广深邃，同时，彼得里对家庭的眷恋非
常强烈，纳粹的连坐法使他不可能去做任何可能对家庭造成危险或

伤害的事情。可以假设，如果彼得里没有面临韦尼格罗德的处境和抉择，没有被命令以数万平民百姓的生命作为代价对美军进行无谓的抗击，他的良心底线没有因此被触碰，彼得里仍然会继续为纳粹政权战斗，直至战争结束。

施陶芬贝格是一位英雄，一位无可争议的勇士，但是对于彼得里，历史能如何评说？一位传记作家认为，活着的彼得里既非纳粹分子亦非反纳粹勇士，死了的彼得里既不是英雄也不是义无反顾的烈士，因此他对彼得里的历史定位常常感到困惑。

1947 年，帮助彼得里夫人寻找亡夫遗骸的泰希曼牧师有感于彼得里的义举和他的身后寂寞，写下了诗句：

> 他们，有老有少，束手而立，
> 士兵们如今手中已经没有武器。
> 他们的任务是要坚守小城，
> 即使反坦克炮在手也无法完成。

> 上校知道，战争已经结束，
> 他没有继续下达任务。
> 敌方重兵压境，
> 上校如何行事，关系到他的生命。

> 他们，有老有少，束手而立，
> 士兵们已经噤声无语。
> 他们的上校为了保全这座哈茨小城

必须赔上自己的性命。

上校已死，祖国长存，
凶手竟然是自己人。
上校为了全城而死，
为什么钟楼不响起钟声？

他们，有老有少，束手而立，
你的所为无人能够相比。
尽管没有歌曲为你颂吟，
但是他们活着，就意味着你的永生。

　　韦尼格罗德中心广场上的那口感恩井的名字确切应译为"做好事之人井"（Wohltäterbrunnen）。乱世之下，做英雄容易，做好人难。也许，对既非英雄亦非勇士的彼得里上校更贴切的历史定位就是一位"做好事之人"，一位想要回家的好人。
　　故城安然，忆念着你的善举，人们活着，意味着你的永生。

那片天粘地漫的紫色

——吕讷堡石楠草原的前生今世

　　德国北部名城吕讷堡为汉萨同盟自由城市，位于汉堡东南约五十公里处，旧时因为开采经营盐业而富甲一方。在欧洲王室谱系中，吕讷堡侯国因为和汉诺威选帝侯（Kurfürstentum Hannover）的密切关系而高居王亲国戚链的上端，若论资排辈，还是英国王室的祖上。二战时也许是因为怕得罪自己的国王，一贯出手凶狠的英国空军轰炸吕讷堡时显得三心二意，炸弹扔得有一搭没一搭的，打完仗统计下来城市损毁率只有2.6%，旧城则几乎完好无损。

　　劫难过后，故园依旧，不过吕讷堡的市民并没有因此而高兴太久。20世纪50年代末，长期采盐引起吕讷堡城区地面沉降，当局有了理由，开始大手笔进行城区改造，历史久远的吕讷堡旧城命运堪忧。吕讷堡旧城改造引发了20世纪60年代末雕塑家库尔特·蓬普（Curt Pomp，1933—　）领导的市民抗议运动。蓬普建立了"吕讷堡旧城工作圈"（Arbeitskreis Lüneburger Altstadt，简称"ALA"），

吕讷堡石楠草原。

为保护吕讷堡的古旧风貌，发动群众长期向官方表示抗议。最终除了少数几栋古旧建筑由于市政当局出手神速被拆毁，旧城的一千三百余座欧洲北部特有的传统砖砌建筑（Backsteinbau）皆得以保全，吕讷堡因此成为德国最值得游览的古城之一。

ALA 运动使得战后西德城镇重建工作在 20 世纪 70 年代初发生政策性全面转向，蓬普将 1919 年《魏玛宪法》中的"纪念性建筑保护"（Denkmalschutz）概念引入城市重建规划，由主导的大拆大建转为尽可能保留或恢复城镇旧有风貌。可以说，如果没有蓬普在吕讷堡发起的 ALA 运动，我们今天在德国随处可见的古朴原始、修旧如旧的城镇数量和质量定然大打折扣。

吕讷堡不仅仅由于 ALA 运动及其美轮美奂的古城风貌而名行天下，出城西去，壮美辽阔的吕讷堡石楠草原的名气则更加久远深沉，无人不知。所谓"石楠草原"系指坐落于德国北部汉堡、不来梅、汉诺威之间三角地带，面积大约七千五百平方公里的荒原。每年八九月间，草原上石楠花盛开，遍野紫红，铺地粘天，蔚为奇观。常有人将其与法国南部的薰衣草田相比较，故吕讷堡石楠草原又被称为"北方的普罗旺斯"。草原中千余平方公里的面积为国家自然保护公园，每年花季，赏花者纷至沓来。在保护区内，人们的行动被限于步行、自行车、马车三种方式，而且必须在划定的沙土路径上行动，不得超出路径以外。

如此美景，综观其形成的历史却是曲折跌宕。石楠草原地处北海海岸高地，根据考证，高地在远古时代曾经被森林覆盖，由于过度放牧，森林面积蜕减，形成沙质荒原，野生石楠花就是覆盖沙质地面的植被。特别从中世纪开始，森林消失加剧，一个原

吕讷堡风光。

因可能是进入草原区域的移民数量增加，另外由于在本地区发现大型盐矿，大片树木被砍伐用来作为煮盐的燃料，由此土地沙化严重，导致石楠蔓延，最后形成神奇的景观，可以说歪打正着，用文人的语言来讲有一点无心插柳柳成荫的意思。不过在 19 世纪之前，石楠草原却不被文人骚客看好，漠漠郊原黑云荒草，在文学作品中草原常常被描写为孤寂荒蛮阴暗的去处。直至 19 世纪中叶，由于德国北部的全面工业化，人们才发现此地的价值，将之称为"最后一块净土"。

　　随着人类对环境问题开始反思和认识，1909 年自然保护公园协会（Verein Naturschutzpark）在慕尼黑成立，协会计划在德国北部海岸高地、中部丘陵地带和南部高山地区各建一座国家保护公园。协会至 1913 年已经发展有超过一万三千位会员，同年，协会购买了三十多平方公里的石楠草原土地，建立了首个自然保护区。1921

年政府介入，将面积达两百多平方公里的草原划为自然保护区域。随着自然保护区的扩大和工业化时代人们对"净土"的向往，游客数量激增对环境产生影响的新问题出现，1924年，当地成立了民间的志愿者队伍，纠察游客，保护草原不被破坏。

20世纪20年代，纳粹运动在德国兴起。纳粹领袖希特勒、戈林、希姆莱始均为狂热的环境保护主义者。1933年，纳粹上台伊始就表现出了对环境保护的高度重视，一系列的自然保护法令法规接二连三出台。1934年纳粹政府采纳自然保护公园协会的建议，停建了计划中穿越石楠草原的高速公路，关闭了军事演习场地。1935年6月，希特勒签署颁布了即便用当今标准来看亦属前卫的《帝国自然保护法》（Reichsnaturschutzgesetz）。

不过需要特别指出的是，这部世界上的首部自然保护法在魏玛共和国时期已经基本制订完成。起草者本诺·沃尔夫（Benno Wolf, 1871—1943）为改宗新教的犹太人，在柏林任法官，业余进行岩洞探险和研究，是国际公认的洞穴学领军人物。因为其犹太血统，沃尔夫于1933年被纳粹革去法官职，并被驱逐出所有的环境保护和科学研究组织。在朋友的帮助接济下，沃尔夫艰难地继续洞穴研究。1942年，沃尔夫被捕、遣送，次年死于位于捷克苏台德地区的特莱西恩施塔特集中营（KZ Theresienstadt）。纳粹政权不仅剥夺并窃取了沃尔夫关于自然保护的法律遗产，他的洞穴学研究成果也使纳粹如获至宝，被用于开发利用洞穴作为军工生产和秘密研发先进武器场所的技术支持。

尽管对环境和自然保护的关注超前，纳粹政权终究难逃其独裁和意识形态的窠臼，自然保护问题事实上还变成了纳粹反犹宣传的一大利器，比如犹太人被诬为动物实验破坏环境等恶行的始作俑者等。护卫石楠草原的志愿者队伍在1933年被取缔，不过是因为其大部分成员属于左翼的社会民主党青年团成员。1939年自然保护公园协会通过新章程，向纳粹政权靠拢，宣布效忠希特勒并禁止犹太人入会。尽管如此，纳粹对此示好并不领情。1939年纳粹操纵成立规模庞大的帝国德意志自然保护联合会，计划将所有的民间环保组织悉数置于联合会麾下，联合会则直接归帝国森林部管辖。由于不久后战争爆发，这一招安计划终不了了之。

第二次世界大战结束后，德国北部为英国占领区。吕讷堡、汉诺威一带因为从德皇时期就是屯兵之地，英国的莱茵军团遂在此驻扎，石楠草原的一部分竟然被英国人变成坦克实弹训练场，石楠植被因此大面积遭到毁灭性破坏。1959年，加入了北约的西德政府终于鼓起勇气提出交涉，与英国和加拿大政府签订了划定两国驻军坦克训练场地界线的协定，不过协定一直到1963年才生效。其间坦克照样几乎无限制地在草原驰骋冲撞，对环境和德国民众心灵的伤害可以想象。1994年英军撤出吕讷堡地区，草原终得休养生息。

2012年吕讷堡草原开始申请世界遗产，申遗的根据是石楠草原不单是自然景观，也是人类上千年来对这片土地的破坏、保护、再破坏、再保护的文化活动结果。从这个角度看，可以说草原的命运是工业化的先行者留给后人的一份鲜活的教案。

有趣的是，草原的人文历史积淀远远比人们想象的要厚重得多。二战末期，第三帝国最高层最早的投降时间并不是人们通常所说的1945年5月6日、8日或9日，而是发生于5月4日，地点就在吕讷堡石楠草原。1945 年 4 月 18 日，英军在陆军元帅伯纳德·蒙哥马利（Bernard Montgomery, 1887—1976）率领下占领了吕讷堡。随着英美军队陆续到达北海和波罗的海海岸，在希特勒自杀前被任命为帝国总统的海军元帅卡尔·邓尼茨认为德军已经最大限度地达到了阻击苏俄红军西进，以此掩护尽可能多的难民和德国军人撤入英美战区的目的，是放下武器向英美军队投降的时候了。但是由于德军被盟军切割包围，散布于欧洲各地，身处德国北部的邓尼茨尽管名义上是德军最高统帅，实际上已经无法节制军队。5 月 3 日德国北部重镇汉堡单方面向英军无条件投降，英军和平接管汉堡。当天邓尼茨派出海军上将汉斯－格奥尔格·冯·弗里德堡（Hans-Georg von Friedeburg, 1895—1945）到石楠草原与蒙哥马利谈判停战事宜。德人好摆谱，邓尼茨人虽不傻，亦不能免俗。尽管邓尼茨明白自己被希特勒选定为接班人，只是被元首逗着玩儿而已，大厦倾塌，诸神不佑，实际上根本无班可接，其状况之可怜大概还不及"问君能有几多愁"的李后主。但邓尼茨知道瘦死的骆驼比马大的道理，认为自己是帝国总统，蒙哥马利只是英国的武装力量首脑而已，级别不对等，因此不能屈尊与蒙哥马利直接谈判。通过弗里德堡海军上将，邓尼茨煞有介事地向蒙哥马利提出，德国三个集团军将向英美盟军（但不包括苏联）有条件投降，条件是英军必须开放防线，尽可能多地接纳由东向西逃来的德国难民，尽可能地多收编德军俘虏，以免他们落入苏军之手。尽管邓尼茨提出的这些条件可噱，而且对战胜方来讲听上去无疑是比较受用的，但是蒙哥马利没有笑，而是严词拒绝了德国人的投降条件，坚持德军的投降必须是全面无条件的。蒙哥马利所作的唯一让步是承诺不会将向英军投降的德军战俘移交给苏军。

因为在投降条件问题上无法谈拢，蒙哥马利要求弗里德堡上将回家做功课，后者也需要向邓尼茨请示，双方约定隔天再谈。蒙哥马利十分清楚，除了接受无条件投降，德国人根本别无选择。隔天即 5 月 4 日，更会摆谱的蒙哥马利专门在吕讷堡草原找了块叫蒂梅洛山（Timeloberg）的高地，在山顶上支起了一顶军用帐篷。在德国人到达之前，蒙哥马利举行记者招待会，宣布将在"俯瞰群山的蒂梅洛山峰上举行受降仪式"。蒂梅洛山说是山，其实也就是个海拔七十八米高的土丘，地处北德平原的吕讷堡一带其实根本就没有山。弗里德堡等一干德国人到达后，蒙哥马利躲在帐篷里悄悄朝外张望，迟迟不出来，德国人只能站在野地里尴尬地干等，让蒙哥马利召集来的媒体记者拍照。过足了瘾，蒙哥马利隆重走出帐篷，接受弗里德堡海军上将等德国代表的致敬。当天双方签署了德国西北部、荷兰、丹麦的德国军队向盟军无条件投降协议。1945 年 5 月 5 日晨 8 时，欧洲北部全面停火。

受降仪式结束后，蒙哥马利的兴奋点仍然定格在他如何羞辱了德国投降代表。元帅喋喋不休地向身边人描述他是如何让德国人干等，签署协议前又是如何故意不给德国人坐板凳，让他们站着签字等等。为纪念蒙哥马利受降，海拔七十八米的蒂梅洛山被英国人改名为"胜利山"（Victory Hill）。

蒙哥马利元帅的一生中除了蒂梅洛山顶上的高光时刻，晚年还出人意料地出现在中国的政治舞台中心，在当时的中国政治高层圈中被称为"蒙帅"而名噪一时。1958 年，年过七旬的蒙哥马利卸任北约欧洲盟军副总司令职，退出英军现役，但英雄迟暮，容不得寂寞，怎么着也要弄出点响动来。1960 到 1961 年，蒙哥马利毅然决然两次跨过罗湖桥，进入了被西方社会孤立化边缘化的中国，受到了中国领袖异乎寻常的热情接待。毛主席曾经专程从杭州到上海会见蒙哥马利。蒙哥马利回到英国后，则盛赞毛主席是古往今来最伟大的战略家，中国人民称主席为"红太阳"，这个比喻十分恰当。蒙哥马利说，主席给了中国人民三样中国从未有过的东西——和平、平等和安宁。在所到之处，他看到在主席领导下，所有百姓脸上都挂着幸福的笑容，都有十足的安全感。星移斗转，时光流逝，蒙哥马利与中国革命的交集也和石楠草原受降一样，成就了一段历史佳话。

因为蒙哥马利在石楠草原率先受降，使英国抢了先手，拔头筹出风头，引起了盟国伙伴的不满。首先是终生与蒙哥马利不咬弦的盟军统帅、美国的艾森豪威尔，接着是俄国人，他们纷纷表示石楠草原投降不算数，要德国人重新向自己投降。可怜的德国人在接下来的日子里疲于奔命，一遍又一遍地投降，以致到底哪天是德国的投降日至今都没有个准头。5 月 4 日代表帝国统帅邓尼茨在石楠草原向蒙哥马利投降的弗里德堡海军上将次日即赶到法国兰斯（Reims）盟军统帅艾森豪威尔总部，商谈再次向盟军投降事宜。5 月 7 日，由邓尼茨特使、德军大本营作战部部长约德尔上将（见本书《"女武神行动"与所多玛的义人》）主签，弗里德堡海军上将副签，德国全部军事力量向盟军无条件投降。因为签署投降协定时苏军代表仅为一少将，引起斯大林不满，称这次投降德方代表级别不够，还是不能作数。于是弗里德堡海军上将又奉邓尼茨之命，以帝国海军司令的身份赶到柏林，5月8日随同德国国防军最高司令部长官凯特尔陆军元帅再一次向苏军统帅朱可夫以及西线盟军投降。5月23日，弗里德堡与窝在德国和丹麦边境的弗伦斯堡（Flensburg）邓尼茨小朝廷的成员连带跟班跑腿的共四百二十人被英军逮捕，他们必须又一次向英国人投降。两三个星期之内，弗里德堡被迫代表苍生社稷向敌方投了四次降，其间屈辱苦痛唯天可鉴，唯己可谅。当晚，海军上将拒绝与邓尼茨等人同赴英军战俘营，在自己的海军基地服毒自尽。

蒙哥马利在石楠草原受降之后，登高望远，豪气冲天。元帅环顾荒野，怕后人记不住，找不着此刻的辉煌，便在搭帐篷的地方立碑为记。碑为木结构，上书"1945年5月4日16时30分，德国国防军最高司令部代表团在此签字，驻德国西北部、丹麦和荷兰的全部陆海空武装力量向陆军元帅蒙哥马利无条件投降生效"。然而诡异的是，木碑被立起后的几个月里两次被偷，这种不知敬畏之举在当时是十分严重的事件，其恶劣程度堪比日本人修改教科书，吕讷堡英国占领军当局因此大为恼怒。1945年10月，英国人第三次竖起木碑后，要求离木碑最近的文迪施埃沃恩村（Wendisch Evern）村长卡尔·巴塞（Karl Basse）个人担保木牌不再被盗，否则村长必须连坐入狱。军中无戏言，更何况光火的还是外国占领军。受了惊吓的巴塞村长在战争期间已经蹲过法国人的战俘营，吃过了苦头，怕真的再被英国兵抓去坐牢，无奈之下只能组织村民轮班守护，如此坚持多年，木碑倒也安然无事。

后英国人觉得蒙帅石楠草原受降乃世纪大事件，以一木牌纪念不免寒碜，时近1955年，值受降十周年大庆，便于受降处以石代木，立起一大型石碑。碑体为砂石岩，嵌有金属铭牌，镌刻有文字"1945年5月4日根据德国国防军最高司令官命令，在德国西北部、丹麦和荷兰全部陆海空武装力量在此无条件向陆军元帅蒙哥马利投降"。石碑立起后，英国人料那帮偷木碑的蟊贼肯定奈体量如此巨大的石块不得，遂解除巴塞村长的连带责任担保，看守木碑的一应村民亦被准回家。

　　不料在巴塞村长被解除连带责任担保的当天夜间，石碑上的金属铭牌就被歹人拆下盗走，彻底愤怒的英国人重新制作了铭牌，并且对村民下了死命令：要二十四小时守护，并且守护人数不得少于四人。须知吕讷堡乃高纬度地区，与中国最北面的漠河相当，夏季守夜四个人打打麻将、喝喝啤酒倒也好混，而寒冬腊月石楠草原的夜晚恐怕是要冻出人命来的。村民经过申请，在纪念碑附近造了一个茅房用来避寒，消磨冬夜。中国人死了老子，儿子必须结庐守坟，德国人则结庐守护英国人战胜自己的纪念碑，有异曲同工之妙。时间长了，人的忘性也大，村民们觉着闲着也是闲着，竟然在茅房里养起了鸡。那时候养鸡业还没有工厂化，都是生态散养。几年下来，可以想见，如此庄严神圣而荣耀的去处被这帮乡野村夫糟践到了什么地步。

　　1958年，光荣离休之际，蒙哥马利回吕讷堡旧地重游，初衷当然是重温荣耀。在谦卑的德国政府官员陪同下，蒙帅看到了那些守护他的荣耀且同样谦卑的村民，大概也看到了谦卑的德意志散养鸡和满地的鸡毛鸡屎。我们无从得知蒙哥马利当时的感受，但是从接下来发生的事情中多少能看出端倪：蒙哥马利临时做出决定，将近十吨重的纪念碑整体搬迁到英国温莎堡附近的桑德赫斯特皇家军事学院（Royal Military Academy Sandhurst）。桑德赫斯特是蒙哥马利的母校，英国的王公贵族大都在此就读。通过迁移纪念碑，蒙帅将其一生的最高荣耀定格在他军事生涯的起步之处。纪念碑迁走了，村民能够回家过正常的生活，受降遗址也失去了指示标志，加上蒂梅洛山地处军事演习禁区内，蒙帅的辉煌因此被抹去了最后的一点痕迹。德国官方随即将正式地名从胜利山改回到了蒂梅洛山，目前英国出版的地图则仍称胜利山，双方反正鸡同鸭讲，各说各的。

统一之后的德国终于结束了被占领状态，成了与英国平起平坐的"正常国家"。也许是对当年蒙哥马利被戏弄多少心有愧疚，1995 年 5 月 4 日，当地政府在纪念吕讷堡受降五十周年之际，在距纪念碑的原址约两百米，紧临禁区铁丝网处勒石为记，上书"蒂梅洛山受降，1945 年 5 月 4 日—1995 年，永不再战"。几个月后碑石被人掀翻，碑文被部分损毁。此一时彼一时，这次政府没有再逼村民去守夜，而是听之任之，天要下雨娘要嫁人，随它去了，德国人民毕竟站起来了。2002 年，碑文被彻底损毁，政府因势利导，把碑文重新刻在了碑石的背面。2015 年 5 月 4 日，就在这块石头的背面举行了受降七十周年纪念仪式，政府邀请当年的战胜国英国和法国参加，各国代表均向石头敬献了花圈。两天以后，所有的花圈都安然无恙，唯独英国军队送的花圈又莫名其妙地不见了。

迄今为止，政府说这些烂事都是新纳粹光头党之类的宵小之徒所为，这在战后的德国往往是一种思维定式。不过前两年我们赶上花季，在乘坐石楠草原马车的时候与马车夫有过交流互动，

1995 年建起的距蒂梅洛山约二百米处的受降纪念石，后被破坏。

在被破坏的受降纪念石背面重新镌刻了碑文。

多少改变了这种成见。德国的北方人本性质朴淳厚，不善言辞，这位马车夫乃当地村民，看上去没有读过多少书，更加不会讲话。本来游客花了钱坐马车，含讲解费，马车夫就是讲解员，必须讲点什么的，而我们的这位车夫既没有谈德国人源远流长的环保历史，也不曾提及英国人蒙哥马利被捉弄的往事。他的讲解基本上不成句，只是蹦出一个个单词，通过重复某一个单词来强调意思，加强效果。在我的记忆中，他永远重复着："英国人，英国人！坦克，都是坦克！毁了，全毁了！"事后琢磨这位马车夫的言语，再回顾一下福尔摩斯草原系列疑案，不知为什么总感觉政府关于新纳粹光头党作案的说法是有意无意的误导，本地的村民也许才更具备作案的动机和条件。

19世纪曾经有文人写道：云层下的石楠草原仿佛有无穷的秘密。古往今来，石楠草原最大的秘密也许就是纳粹头目海因里希·希姆莱在吕讷堡被捕、死亡之事和尸骨的去向。与此有关的文献充栋，详细复述既无可能亦无必要，但是随着二战的档案相继解密，至少在德国，关于希姆莱不是自杀而是被灭口的阴谋论观点几成定谳，因为如果他被交付审判，有可能泄露战争后期他与英美的秘密交易。

作为第三帝国几乎所有强力部门的首脑，希姆莱对纳粹德国犯下的骇人听闻的罪行无疑负有最直接的责任，史家将之称为"人类历史上最大的刽子手"。与人们对刽子手的惯常想象相悖，希姆莱的长相甚是猥琐懦弱，鸡胸蜂腰，总让人想起发育不全的瘟禽，和纳粹臆想的北欧风格的雅利安人外形更搭不上界。1923年慕尼黑啤酒馆政变时，纳粹党员希姆莱持枪站街，自觉威武雄勃。不料路边的一位看热闹的老太太对矮小瘦弱的希姆莱说，快回家吧，你的妈咪怎么会同意你上街这么玩的？老太太的关心应该对时年已二十三的希姆莱的人生自信造成了巨大的冲击，激活了他因为自卑、胆小和怯懦而形成的逆反心，从他偏爱穿军装蹬马靴戴钢盔，得势前爱走正步被检阅，得势后喜好检阅的怪癖到大规模杀人，可以捉摸到希姆莱的曲折心理轨迹。

　　战争后期，希姆莱自知大限将至，惶恐之下，为了求生，四处寻求与盟国的沟通渠道，以释放被自己抓捕关押的犹太人为交换筹码换取战后的免死牌。1945 年 4 月 26 日，希姆莱带着他的随从和一个营的卫队脱离柏林战区到达什未林观望战局发展。4 月 28 日，躲在柏林总理府地下室的希特勒从英国广播公司的广播中获悉希姆莱私下与英美媾和，狂怒之下剥夺了希姆莱的所有职务并对之发出逮捕令。两天后，希特勒在柏林自杀身亡，邓尼茨在德国北部的湖区普伦（Plön）接任帝国总统，希姆莱遂北上投靠邓尼茨，期望入阁邓尼茨政府，还干他内政部长的老本行。然而由于希姆莱的名声实在太臭，路人无不掩鼻而过，邓尼茨避之都唯恐不及，根本不可能再敢和希姆莱为伍，引火上身。

　　5 月 4 日，邓尼茨在石楠草原向蒙哥马利投降之后，邓尼茨小朝廷的内政部长即规劝希姆莱主动向英军自首，彻底交代问题，争取从宽处理。眼见再混下去弄不好自己会被邓尼茨当作见面礼送给英国人，希姆莱无奈之下，带着几个贴身随从，撕去军装上的军阶和一切标识，持德国战地秘密警察（Geheime Feldpolizei）的假证件于 5 月 10 日从弗伦斯堡南下向巴伐利亚逃亡。希姆莱本人化装成一个独眼龙中士警官，用一个黑色眼罩遮住左眼，有点像德国儿童喜爱的加勒比海盗。运来乘龙，运去山倒，希姆莱有所不知的是，战地秘密警察已经被盟军界定为最危险的敌方单位，其一应人等遇之务必缉拿，不得放行。接下来的十来天中，风餐露宿心惊肉跳，这一伙逃亡者只向南行进了两百公里。5月21日，在接近石楠草原的不来梅和汉堡之间的布雷默弗德（Bremervörde），希姆莱一行被三名苏俄战俘扣押并移送给英军。在布雷默弗德原有一座关押苏俄、波兰等国军人的战俘营，后被英军解放，不少被解救的战俘并没有急于回家，而是协助英军维持占领区的治安，更多的则是在北德一带游荡，意在搜寻战俘营里的德国看守，施以报复，希姆莱一行就是因此落网的。

在英军设在吕讷堡南面的拘留营里，希姆莱起初并没有暴露自己的真实身份，当时被关押在同一个拘留营里的有与希姆莱相识的纳粹汉堡大区区长卡尔·考夫曼（Karl Kaufmann，1900—1969），考夫曼注意到一个独眼警官神情张皇，行止乖僻，躲在树丛里取下眼罩戴上眼镜，便立刻认出此人乃是希姆莱。希姆莱也发现考夫曼在注意他，因此估计自己的身份迟早会被暴露，后人猜测，这一细节导致了希姆莱决定向英军公开身份。

5月22日傍晚，不知为何原因重新戴上眼罩的希姆莱在两个随从陪同下走进拘留营长官办公室，他摘下眼罩戴上眼镜，很有点仪式感地轻声说出："海因里希·希姆莱。"面对着矮小、猥琐、沮丧且呈病态的希姆莱，惊讶不已的拘留营长官事后回忆，实在很难把这个人和大屠杀的领导者联系起来。

根据英国军方的记录，闻讯从吕讷堡赶来的英国第2军军部的情报人员和拘留营长官当晚对希姆莱实施了全身搜查，在希姆莱的背心口袋里，发现了两个类似于弹壳的铜质容器，一个容器中有一个安瓿瓶，希姆莱称是他的胃药，另一个则是空的。情报人员怀疑还有一个安瓿瓶被希姆莱藏在体内，随即将其衣服脱光，在下体和头发中均未寻得。检查人员尽管认为安瓿瓶有可能被希姆莱藏在口腔中，但顾虑到后果，没有贸然行事，而是试探性地给希姆莱送上了面包、三明治和茶，感觉希姆莱在进食过程中并无异样。

5月23日，希姆莱被押解到设在吕讷堡于尔策纳大街（Uelzener Straße）31a号的英国第2军情报总部，在众多英军情报人员面前希姆莱必须又一次脱光衣服接受检查。上尉军医韦尔斯（C. Wells）在检查希姆莱口腔时发现在下其颌处有一深色物体，遂用手指伸入口腔检探。此时希姆莱突然咬破胶囊和韦尔斯的手指，空气里立刻弥漫开氰化钾的气味，希姆莱也随之倒地。韦尔斯一边叫喊"这混蛋咬了我！"，一边试图抢救，当晚11点14分，希姆莱被确认死亡。

5月26日，希姆莱的尸体在吕讷堡以南的石楠草原埋葬，参与者为四名英国军人，他们如今或已不在世，或垂垂老矣，但是对希姆莱尸骨的埋葬位置都一致缄口。人们只能推测，希姆莱应该是被埋在距胜利山不远的地方。尽管生前作恶罄竹难书，死后竟成花下之鬼，比起希特勒、戈培尔们，希姆莱可谓交了狗屎运。

日前我与朋友去吕讷堡办事，时间尚有余裕，遂驱车按图索骥寻找希姆莱在吕讷堡城内的于尔策纳大街身亡处。我们在寻找的过程中，曾向不下七八位有些年纪的路人打听希姆莱，打听于尔策纳大街31号，居然无一人知晓希姆莱为何人，遑论什么于尔

吕讷堡于尔策纳大街31a号，当年英国第2军情报部所在地，希姆莱死于此建筑的一楼客厅。

策纳大街31号了，看来国内关于德国民众人人都在忏悔历史的说法并不那么靠谱。

几经周折，我们终于找到了于尔策纳大街31a号，这是一栋被刻意保留的北德典型的古老烧砖建筑，是不是属于被ALA运动保护下来的系列不得而知。大门紧闭且无任何标示，我们向路人打听，得知此建筑为政府所有，似乎曾改建为学生宿舍云云。

汉堡的一位诗人曾经如此吟诵石楠草原：

古时马车，

沙径留痕，

秋天，石楠争相绽放，

莫非是取悦女王？

古时马车，

沙径留痕，

纵然严冬不期而至，

也只是为了把夏季早早封存。

　　岁月交替，往事无痕，即使不入忘川，也已被早早封存。我们所能面对的充其量仅是镜花水月，模糊不清，唯一能够相约相期的也只有一年一度夏秋之交、冬天到来前的石楠花季以及净土之上那一片天粘地漫的紫色了。

Jedem das Seine

　　乙未仲夏，偕友朋游德国中东部名城——德意志文化古都魏玛（Weimar），临时起意用了半天时间参观布痕瓦尔德集中营纪念遗址。布痕瓦尔德集中营紧邻魏玛，为纳粹建于德国本土的最大集中营之一。集中营共关押过二十五万余人，其中死亡五万六千余人。在此被关押的政治犯以及名人居多，德国共产党领袖、曾经和希特勒竞选过德国总统的恩斯特·台尔曼（Ernst Thälmann，1886—1944）就是在布痕瓦尔德被杀害的。1945 年 4 月 11 日，集中营被巴顿将军的美第 3 军解放，被解救的布痕瓦尔德囚徒中有不少在战后扬名世界，如 1986 年诺贝尔和平奖得主埃利·威塞尔（Elie Wiesel，1928—2016）、2002 年诺贝尔文学奖得主凯尔泰斯·伊姆雷（Kertész Imre，1929—2016）等人。

　　要进入布痕瓦尔德集中营，必须经过一扇仅容一人进出的铁门，门上的铸铁标语"Jedem das Seine"一直是人们的关注焦点。

　　布痕瓦尔德集中营遗址中心组雕，纪念囚徒在共产党的组织下发起暴动并配合美军解放的壮举。

　　布痕瓦尔德集中营铁门。

2014年，专家对此扇铁门做了专业的还原翻新处理，再次引起公众热议。通过这扇铁门的风雨往事，得以一窥德国八十多年来的迷你历史。

首先我们有必要费一些笔墨说一下铁门上的标语文字"Jedem das Seine"的出处，以及怎么样才能比较准确地用汉语表达其原意。"Jedem"为德语"每人"的属格或接受格，"das Seine"的意思是"他的（东西），他的（那份）"，上下文连接起来的意思是"每人属于（或得到）他的那一份"。古希腊先哲在描述公平分配的理想状态时已经表露了这一倾向。从柏拉图到亚里士多德，均将公民公平地得到并守护他应得的一份作为理想社会的游戏规则加以肯定。而把这一伦理概念引入政治和法律范畴的则是古罗马时期的西塞罗。西塞罗首次以拉丁短语"suum cuique"（德语对应译为"Jedem das Seine"）表述这一原则，之后这一短语演变成了强调社会公正的警句。集民法大成者皇帝查士丁尼更是把"suum cuique"作为法律保障公正的精髓，用查士丁尼的话概括说：有尊严地生活，善待他人，谨守其份。

在其后漫长的岁月中，"suum cuique"是欧洲历史上流传最为久远的警句，是在司法建筑、帝王宫舍、钱币纹章上常见的铭文。现代德国国防军宪兵以及其他军兵种的制服臂章上也绣有这一警句。它在刺青行业中也被热捧，尤为适合没有学历但偏爱摆谱的白丁，弄句拉丁语刺在身上还是比较有腔调的。

"Suum cuique"因为是拉丁语，识者无多，倒也见多不怪，相安无事；不像此句的德语对译"Jedem das Seine"，这几年俨然成了问题标语、问题口号，以致风波连连，故事不断。

国人在追根溯源的时候喜欢说"风生于地，起于青蘋之末"，我们故事的大地青蘋就是布痕瓦尔德集中营铁门上的这十三个字母。值得注意的是，当年大型纳粹集中营如奥斯威辛（波兰）、达豪（慕尼黑）、萨克森豪森（柏林）、特莱西恩施塔特（捷克苏台德地区）等，都在入口处的门上标有"劳动创造自由"。此句出自德国 19 世纪经济学家海因里希·贝塔（Heinrich Beta，1813—1876）。贝塔有关论述的原文为："不是信仰成全神圣，而是劳动成圣，因为劳动创造自由。无涉新教还是天主教，自由或保守派，此乃人类通则，是所有生命，所有辛劳，幸运和神圣的基本前提。"至于"劳动创造自由"是如何成为纳粹集中营标语的，目前似乎还没有定论。但是多少总是和德国人向政治靠拢的习惯偏好有关，无论好事坏事都要有一个哲思程序，有一个冠冕堂皇的理由，诸如把人关起来做奴工是为了创造自由，屠戮残疾人是为了人类的健康繁衍，种族灭绝是为了净化生存空间。"政治语言的作用不外乎是使谎言成真，谋杀变为高尚，胡扯蛋的东西听起来煞有介事。"（见本书《踽行孤影》）

在众多集中营中，唯有布痕瓦尔德集中营"别出心裁"地把"Jedem das Seine"做成正门的标语，此举出自谁的主意、来自何方的命令均已不可考。与其他集中营的正门铭文均对着门外不同，布痕瓦尔德集中营的"Jedem das Seine"铭文是向内的，正对着集中营的点名广场（Appellplatz）。点名广场是纳粹集中营的标准配置，是囚徒每天早晚集合点名聆听训话的中心场所。将"Jedem das Seine"铭文朝向点名广场是为了让囚徒们每天早晚能够看到，更有甚者生怕囚徒看得不够真切，还特意将铁门漆成醒目的白底

波兰奥斯威辛集中营入口处的-"劳动创造自由" 标语。

红字。布痕瓦尔德集中营被解放后，铁门被刷上了陆军绿的颜色，岁月荏苒，铁门原始的色彩已经被遗忘。2014 年在对铁门做还原处理时，专家对铁门的油漆层做了专业分析，发现纳粹时期铁门的颜色为白色，铭文则为红色。从 1937 年集中营建立到 1945 年集中营被解放，铭文上的红漆共刷新八次，最后一次刷新竟然是在 1945 年 3 月，其时美国军队已经逼近布痕瓦尔德集中营，可谓"兢兢业业""一丝不苟"。根据对油漆层的分析和发现，2014 年以后始将铁门还原为红白二色。

堪称奇异的是设计和制作这扇铁门的弗朗茨·埃尔利希（Franz Ehrlich, 1907—1984）的故事。来自莱比锡的埃尔利希年轻时思想左倾，因此选择了到德绍（Dessau）的包豪斯学校（Bauhaus Schule）学艺。求学期间，他得以近距离追随瓦尔特·格罗皮乌斯（Walter Gropius, 1883—1969）等大师，成为忠实的包豪斯主义者。而包豪斯主义由于其左倾的政治理念、反古典的艺术倾向、追求简约的实用风格，与纳粹特别是希特勒本人推崇的夸张做作的新古典主义的艺术观念格格不入，因此包豪斯主义一直作为魏玛共和国时期堕落的象征而备受纳粹攻讦。1932 年，纳粹党在德绍通过民主选举掌权，包豪斯被赶出德绍。1933 年，埃尔利希遂跟随格罗皮乌斯辗转柏林。纳粹掌握全国政权后，包豪斯主义即被纳粹打上"犹太阴谋""布尔什维克""颓废艺术"的印记在全国被禁。

除了包豪斯主义，埃尔利希还信仰共产主义，加入了德国共产党。1933 年纳粹上台后，埃尔利希因为参与共产党的反纳粹活动，很快被盖世太保抓捕，并因为"准备叛国罪"（Vorbereitung für Landesverrat）被判刑入狱，1937 年转移到布痕瓦尔德集中营。1938

年，在布痕瓦尔德集中营改造的埃尔利希被党卫军要求设计并制作镶嵌有"Jedem das Seine"标语的集中营大门。而埃尔利希却与纳粹开了个大玩笑，竟然使用了他的老师、包豪斯学派的约斯特·施密特（Joost Schmidt, 1893—1948）发明的包豪斯字体来制作标语。所幸那些党卫军不学无术，尽管查禁了包豪斯主义，其实根本弄不清包豪斯主义为何，因此被埃尔利希捉弄了一把。根据布痕瓦尔德集中营纪念馆的介绍，如果这个把戏穿帮，纳粹意识到自己被戏弄，埃尔利希必死无疑。1939年，埃尔利希被放出布痕瓦尔德集中营，却因为"政治污点"而不得服兵役，结果因祸得福，被分配到柏林的帝国建设部和党卫军总部从事设计工作。1943年战事吃紧，埃尔利希又被强征入伍，编入了惩戒营，实际就是战场上的炮灰，德语将之称作"Kanonenfutter"（大炮的饲料）。可是阴差阳错，埃尔利希的惩戒营被派到了希腊驻防，那儿基本没有战事。埃尔利希每天享受着阳光、海滩、山羊奶酪、橄榄、烤肉，直到战争结束才被抓进南斯拉夫的战俘营。

战后埃尔利希回到东德，起初因为他的共产党员身份和捉弄布痕瓦尔德党卫军的壮举志得意满，开始了他的设计师生涯，但是他崇拜的包豪斯主义在东德的命运并不比在纳粹时期强多少——被定位为"美式世界秩序的产物，与新德国格格不入的、日薄西山的资本主义消亡时期的垃圾"。

尽管如此，如在布痕瓦尔德集中营时一样，埃尔利希继续在他的设计中夹杂了不少包豪斯主义的内容。除了他的经典代表作东柏林的广播大楼，他设计的602家具系列包豪斯的风格明显，曾经风靡一时，并出口西方，为东德创汇颇丰。据说当时在东德，一件 602 的衣橱可换一辆特拉比（Trabi）小汽车。特拉比是东德的国车，在东德计划经济时期曾"一车难求"，往往要等上十年、二十年不等，两德统一后因为其糟糕的安全性和对环境的污染已经停产。

让人啼笑皆非的是，1954 年埃尔利希被东德史塔西发展为线人，史塔西期待他揭发自己的同事或亲友，向政权告密打小报告。但埃尔利希表现得随意散漫，鲜有敬畏之心，更没有保密意识，不仅四处张扬他的线人身份，弄得满柏林都知道他是"安字头"的，还让他的女秘书代他与史塔西联络接头，终于惹火了史塔西。史塔西又另外安排线人，开始监视埃尔利希。埃尔利希于 1984 年去世，没有看到两德统一，否则他的悲剧喜剧相交织的一生又会增加精彩的一幕。

由于"Jedem das Seine"在众多纳粹集中营标语中具有唯一性，因而对它的注意和讨论相对来讲比较密集，特别聚焦在纳粹当局通过这句话试图对集中营的囚徒传递什么样的信息，以及囚徒对此的反应。如前所述，这个警句传统的意义大致为"各得其所，各守其份"，但是如果把这句口号用于所有权利都被剥夺的囚徒身上，意思就会变成"自取其咎，罪有应得"。按照布痕瓦尔德集中营的规矩，如果囚徒夜间死去，室友必须在早点名时将尸体带到点名广场，点名时室友必须扶持尸体站立，以确保点数精准。想象一下饥寒交迫的囚徒扶着被饿殍冻毙的难友尸体并看着"Jedem das Seine"铁门挨训诫的情景，就能够体会到这句标语之诛心。

布痕瓦尔德集中营中关押德国共产党人和左翼亲共人士较

多，因此在囚徒中有地下党组织活动。由于地下党人组织严密高效，斗争勇敢坚定，在囚犯中形成了具有号召力的中坚力量，面对集中营当局有一定的话语权。为便于管理，集中营当局也对地下党组织做一些让步，以换取他们的合作，因此两德统一后，有史家指责集中营里的地下党人助纣为虐的。事实上布痕瓦尔德集中营最终也是被囚徒中的地下党组织解放的：当美国第3军逼近集中营时，狱中共产党已经发起暴动，控制了两百余名党卫军看守，为美第3军打开了"Jedem das Seine"铁门。这种情况在当时所有的集中营里大概绝无仅有。在纳粹建造铁门时，地下党就试图阻止使用这个标语；未果之后，又与集中营长官科赫（Karl-Otto Koch，1897—1945）谈判，要求至少将之改为拉丁语"suum cuique"，也没有达到目的。可见因为该标语的诛心之效，当事各方在其使用问题上已经相当敏感和纠结。

二战结束后，纳粹集中营的黑幕被揭开，令人发指的种种罪行浮上水面。"劳动创造自由"的口号因为奥斯威辛、萨克森豪森、达豪等集中营的知名度而被禁用。在公共场合使用这句口号或行扬臂提肛跺脚的希特勒礼（Hitlergruß），一样都会被入罪。而"Jedem das Seine"却几乎没有遭到抵制，究其原因多是因为其深厚的文化背景：恰恰就是在魏玛，1715年巴赫以"Nur jedem das Seine"为题创作了清唱剧作品163号，以后以此命名的文学、戏剧、电影作品层出不穷，很多大公司也将之用作广告宣传词，直至1998年发生了哈多诉讼案判例，使得情况急转直下。

特鲁茨·哈多（Trutz Hardo）1939年出生于爱森纳赫（Eisenach）。父亲是药剂师，以经营自己的药房养家，业余则用笔名写诗。哈多曾经游历世界，到了东方以后笃信佛教的业报因缘转世理论，到了走火入魔的程度。哈多用在柏林开出租车、在餐馆跑堂的收入维持写作生涯，1996 年出版了他的"七彩小说系列"中的《Jedem das Seine》，其中心思想是，每个人的命运都无法逃脱业缘业报的规律，那些被纳粹迫害虐杀的犹太人经受的苦难也是业因果报的过程。这些被杀害的犹太人前世显然有业，哈多因此认为在毒气室的死亡将使他们纯净而获得重生，而元首希特勒并没有用毒气室杀害犹太人的恶意，进入毒气室是死者主动的命运选择，元首只是帮助他们满足了自己的愿望而已。此书问世即闹得鸡飞狗跳，哈多还因此被起诉。1998 年 5 月，法院一审以煽动民众罪和侮辱死者罪（die Volksverhetzung und Verunglimpfung des Andenkens der Verstorbener）判决哈多一百天罚款，每天四十马克，并禁止《Jedem das Seine》一书发行。哈多不服并上诉。上诉期间哈多遭到枪击，停在家门口的汽车也被人放火烧毁，2000 年 5 月，法院二审宣判仍然判哈多有罪，但改判九十天罚款，每天五十马克，并同样将《Jedem das Seine》列为禁书。针对哈多所惹出是非的言论是出于宗教信仰而发的辩解，二审法院判决认为：所有自由、信仰学说、良心信诚都必须让位于对他人尊严的尊重。

　　输了官司以后，哈多仍然不依不饶，不见消停，在网络上继续销售《Jedem das Seine》，还加上了宣传语：此书因为涉及大屠杀的因缘法则在德国被禁。德国媒体怕沾上政治不正确的腥膻，将其彻底边缘化。好在哈多通过官司一举成名，遂开班兴学，并且价格不菲，几天的课程收费均在两千欧元以上，日子过得相当红火滋润。

哈多案判决后，"Jedem das Seine"逐渐成为禁忌词。曾经将之作为广告语的一些大公司，如宜家、诺基亚、德国咖啡大鳄奇堡等纷纷被牵连，只能撤回广告，自认倒霉。北威州基民盟（CDU）曾经将之用作政治口号，以彰显其立足于社会公正，反而被反对党指责为政治不正确，落下口实，被搞得灰头土脸。

2015年圣诞节前，原东德地区勃兰登堡州奥拉宁堡法院引人注目地受理当地的一起因"Jedem das Seine"标语而引发的案件：一个月之前，在萨克森豪森集中营所在的奥朗宁堡一水上乐园里，一位泳装男子的腰部赫然出现纳粹集中营塔楼电网的图样和"Jedem das Seine"字样的刺青。有一泳客为记者，惊骇之下向乐园管理员反映，却被视作大惊小怪。该记者不依不饶，将男子刺青拍摄后发布在网上，并作为证据直接报警，终于迫使警方调查并起诉该男子。据悉，此人名策希（Zech），事发时二十七岁，为德国右翼国家民族党（NPD）的县议员。

在法庭上，控辩双方交锋激烈而有趣，说出来的基本都是"干货"。控方指控策希在公共场所用奥斯威辛集中营的图影和布痕瓦尔德的铁门标语文字进行纳粹宣传。而策希的律师则认为当事人身上的刺青并没有触犯法律：其一，塔楼和铁丝网并不能说明就是集中营，辩护律师在法庭上称其为"营"（Lager），而不称其为"集中营"（Konzentrationslager）；其二，策希已经主动将身上的塔楼和电网刺青图像用两个家喻户晓的德国幽默人物马克斯和莫里茨（Max und Moritz）的刺青覆盖。因为不便在法庭上脱衣让法官验明，律师出示了策希先生身上充满喜气的淘气鬼刺青图像的照片。然而布痕瓦尔德集中营的标语"Jedem das Seine"并没有被覆盖，因为策希并不认为这句充满"正能量"的口号有什么问题。

　　在法庭取证阶段，那位举报的记者出庭作证，指出策希不仅在后方腰部有纳粹刺青，在前方丹田上方还刺有纳粹的帝国鹰标记，只是鹰爪抓住的不是卍字徽，而是肚脐眼。辩方律师则反诉记者把刺青发布在网上的行为严重侵犯了策希先生的著作权，法官应该抓的是这位记者而不是策希。尽管辩方律师振振有词，一审法官还是以煽动民众罪判了策希六个月监禁，缓期执行。各方对一审判决均不认可，被告上诉检方抗诉。2017年二审判决策希煽动民众罪成立，但是一审量刑过轻，二审改判八个月徒刑且不得缓刑，策希必须蹲班房。二审判决理由为：刺青本身是私人事务，如果刺给自己看，任何图像都不是问题，但是如果在公共场合袒露刺青即涉嫌赞成并宣扬刺青的内容，策希的做法无疑是赞成纳粹大屠杀，因而触犯了刑律。德国的司法系统对这种行为必须给予切实的惩戒，不能退让，否则会向社会发出错误的信号。尽管判决书中对"Jedem das Seine"没有清晰的界定，但是这一口号在今后的实践中被作为问题口号而全面禁用是完全可以想象得到的。

　　1945年4月4日，布痕瓦尔德集中营的奥尔德鲁夫分营（Außenlager Ohrdruf）被美军解放，这是美军解放的第一座集中营。毫无心理准备的美军官兵被营里的残酷情景吓得不轻。2009年奥巴马在参观布痕瓦尔德集中营时提及，他的叔父就是解放奥尔德鲁夫的美军士兵之一。奥巴马说，奥尔德鲁夫的经历是他的叔父终生挥之不去的恶梦。确切地说，第二次世界大战的性质从这一刻发生了质的变化，从一般理解的争夺霸权、列强逐鹿，升华到了黑白分明、正义与邪恶对决的道义之战。

1945 年 4 月 11 日，布痕瓦尔德集中营被解放。四天之后的 4 月 15 日，巴顿将军致信盟军总司令艾森豪威尔，告知布痕瓦尔德集中营的情况比奥尔德鲁夫的还要严重，建议美军宣传力量聚焦前者，因为布痕瓦尔德集中营，"关于德国人的血腥残暴的必要证据（的搜集）将另起篇章"。艾森豪威尔本人并没有到过布痕瓦尔德集中营。事实上，4 月 12 日，艾森豪威尔应巴顿要求参观了奥尔德鲁夫集中营，所谓艾森豪威尔在布痕瓦尔德集中营的照片报道其实都是在奥尔德鲁夫拍摄的，但是他在巴顿来信的次日即作出反应，要求尽可能多地向布痕瓦尔德派遣记者，并命令所有美军部队尽可能组织不在作战的人员参观布痕瓦尔德集中营，以使美国军人"能够知道他们究竟为什么而战"。

4 月 16 日，根据巴顿本人的命令，千余名魏玛市民被集中在市中心的歌德广场上，然后在美军的押送下步行到布痕瓦尔德集中营接受"再教育"（Umerziehung）。巴顿在"Jedem das Seine"铁门前讲演后，惊骇莫名的魏玛市民"被参观"集中营的恐怖场景，成为德意志民族战后谢罪过程中的首次重要事件。

多少有点搞笑的是，尽管当时魏玛市民与绝大多数德国民众无异，均众口一词否认对纳粹的罪行知情（"Wir wißen es nicht!"［我们不知道！］），但是布痕瓦尔德"无中生有"地成为集中营名称的过程多少就是对这种"不知情"辩解的嘲讽。1936 年，纳粹在魏玛近郊筹建集中营，因为集中营依埃特斯山（Ettersberg）而建，故定名为"埃特斯山集中营"，没承想这一名称招致了魏玛市民的激烈反对。当时由魏玛文化协会等上百个民间组织出面抗议纳粹强力部门的这一决定。魏玛人并不是反对在自己的家门口建立集中营，而是反对用埃特斯山命名。他们的理由为，魏玛乃歌德、席勒、巴赫之城，德国文化首善之地，埃特斯山是歌德平生最爱的游历徜徉之处，是文豪的灵感源泉；而集中营是用来关押"社会异类"和"渣滓"的，引发这些"败类"与神圣的埃特斯山的联想乃是对"德国精神"、民族先贤的亵渎。由于魏玛全城上下的抗议，纳粹当局遂计划将集中营用距离最近的小镇霍特斯泰特（Hottelstedt）命名，可是又遭到管理集中营的党卫军人的反对，因为若用小地方命名，集中营管理人员就只能领取小地方标准的薪水，会影响他们的收入。最后由希姆莱亲自拍板，杜撰了布痕瓦尔德（德语直译为"榉树森林"）这一地名，再加上"邻魏玛"的后缀，以便管理人员的薪水标准与魏玛看齐，才算是平息了这一场由"不知情"的市民引起的风波。

也许不被广为人知的是，纳粹的环保意识极为超前。希特勒上台以后，德国相继出台《帝国动物保护法》《帝国自然保护法》等严格的、即使在今天看都不为过时的环保法律法规（见本书《那片天粘地漫的紫色》）。众多纳粹头目如希特勒、戈林、希姆莱都是"可圈可点"的动物或环境保护主义者，布痕瓦尔德集中营的长官科赫更是深具"悲悯"情怀。由于集中营地处山林，常有野生动物出没，某次有一头野鹿吞食了食品包装锡纸而死亡，科赫为此痛心疾首。每次发现有野生动物在集中营附近死亡，科赫都要向囚徒征收罚款，大概是因为有了这些囚徒，政府才被迫在此地修建集中营，破坏了动物的生存环境，所以囚徒必须为受伤害的动物作出赔偿。为了让动物有个休憩之地，1938 年，科赫在布痕瓦尔德集中营修建了一座动物园，也是由设计"Jedem das Seine"铁门的弗朗茨·埃尔利希设计。动物园的熊山紧邻集中营的电网，作为集中营的"第三产业"，向公众特别是附近的魏玛市民收费开放。饥饿的囚徒每天隔着电网看着四只棕熊吞肉食蜜，嬉戏玩耍。曾经有一头名叫贝蒂的棕熊逃出熊山，兴高采烈的党卫军纷纷参加捕猎，气急败坏的科赫下令禁止伤害贝蒂，直到活捉无望，科赫才同意射杀，之后囚徒中的犹太人为此向科赫支付了八千帝国马克的罚款。这种几近变态的分裂人格，联系到用"Jedem das Seine"铁门进行心理虐囚的恶招，尽管没有确切证据，但是可以想象，始作俑者很可能就是科赫。

显而易见，科赫们意欲通过"Jedem das Seine"突破囚徒的心理防线，摧毁他们最后的生存意志，但是这"咎由自取"的诅咒却在科赫一家的命运行转中应验，可谓一语成谶。1943 年 8 月，科赫夫妇因为侵吞囚徒钱财、杀害囚犯等罪行被盖世太保拘捕。后科赫则因贪腐被党卫军纪检法庭判处死刑，于 1945 年 4 月 5 日在其本人经营多年的布痕瓦尔德集中营被处决，时距集中营被美军解放只有六天；其妻子伊尔莎·科赫（Ilse Koch, 1906—1967）即女科赫，被释放了。

中国曾流行过一本描述纳粹恐怖行径的小说，以布痕瓦尔德集中营为故事背景，小说不是苏联人就是东德人弄出来的，后被翻译成中文，情节相当恐怖，大致为一位在二战中失去了儿子的母亲去西德拜访一位德高望重的西方女政治家。在女主人的客厅沙发边，母亲看到一座别致的皮革灯罩，仔细观赏之下，赫然发现灯罩上有一个熟悉的形似花朵的斑点，而这个斑点是她和儿子在战前度假时被篝火爆出的火星烫在皮肤上后留下的。西方女政治家发现了母亲的失态，狰狞面目立现，她给母亲注射了毒针，将母亲残忍杀害。原来这位西方女政治家在战时是布痕瓦尔德的纳粹看守，喜爱收集有美丽花纹的人皮制作家用器具。半个世纪过去了，这个故事引起的惊惧和瘆人的感觉仍然挥之不去，而这本书中的西方女政治家的人物原型就是女科赫。

　　女科赫被党卫军释放不久，德国即战败投降，寄居于亲戚处的女科赫被美军逮捕。1947 年 8 月，美国占领军在达豪开庭审判布痕瓦尔德集中营一案，科赫作为数十名被告中唯一的女性出庭受审。在审判中，女科赫被控反人类罪，不少集中营的囚徒出庭作证，指证她变态般虐囚。据说，女科赫有暴力倾向以及刺青癖好，整天在集中营里骑着她呼为"洋娃娃"的洋马，穿着暴露，马鞭不离手，以剥去囚徒的衣物并用马鞭抽打为乐。如果某个囚徒身上有刺青被她看中，便会被她砍头剥皮，入夜，剥下的带刺青图案的皮肤在集中营长官的豪华别墅中被用来制作灯罩、抹布和皮革相册，头颅则被制成标本作为家庭装饰等。因为这些令人发指的反人类恶行，女科赫被称为"布痕瓦尔德的女巫"（Die Hexe von Buchenwald），一时臭名远扬，不仅是媒体，在法庭上也搬弄着有关女科赫形形色色口味极重的故事，满足了公众对血腥与暴力的嗜好和对纳粹形象的心理期待。

　　女科赫最终被美国占领军军事法庭判处无期徒刑。布痕瓦尔德一案，三十一名被告中有二十二名被判处死刑，而女科赫被关押在美军监狱里期间，莫名其妙有了身孕，宣判时女科赫若非临产，恐难逃一死。然而一年后根据女科赫的申诉，驻德美国占领

伊尔莎·科赫。

军司令卢修斯·D. 克莱（Lucius D. Clay，1897—1978）将女科赫的无期徒刑减为四年监禁，减刑理由为占领军军事法庭只具有处理对盟军人员的犯罪的权限。克莱对纳粹罪恶化身女科赫的减刑决定引起轩然大波。除了舆论通过媒体对克莱大肆鞭挞，甚至有传闻称克莱自己也有对人皮灯罩的偏好，美国国会参议院为此成立了调查委员会调查。在参议院的质询之下，克莱终于道出实情：他认为女科赫的治罪证据不足，多数对其不利的证言均是二手传言，而且互相矛盾，经不起深入推敲。事实上，也确实如克莱所说，作为呈堂证据的人皮制品是战后在科赫夫妇的布痕瓦尔德集中营官邸发现的，而此官邸在科赫们 1943 年被盖世太保抓走之后一直无人居住。更为古怪离奇的是，人皮灯罩传言的始作俑者其实是盖世太保。1943 年拘捕科赫夫妇时，盖世太保就在他们的布痕瓦尔德官邸搜寻传说中的人皮灯罩，未得；战后却在同一所长期空关的房子里搜得人皮灯罩并作为法庭证据，其可靠性确实令人怀疑。地处东德的布痕瓦尔德集中营博物馆一直展出有一盏作为科赫们确凿罪证的人皮灯罩,东德易帜后,经专家鉴定,灯罩上的皮革根本不是人皮。

女科赫被克莱将军减刑并于1949年出狱,然而众怒难平,克莱在美国参议院的证词并没有被采纳。适时德意志联邦共和国(即我们习称的西德)在美英法占领区成立,由于美国的司法机构已经不能再对女科赫重复控罪,美国参议院遂要求新生的西德司法机构重审女科赫一案,这多少有那么一点要西德交投名状的意思。女科赫随即被西德巴伐利亚当局逮捕,于1951年因为协助杀人罪和企图杀人罪,被奥格斯堡法院判处无期徒刑。战后共有一百六十六名纳粹战犯被判处无期徒刑,科赫是其中唯一的女性。这一判决无疑满足了舆论和公众的期望,但判决本身是否无懈可击却多少存在疑问:女科赫在布痕瓦尔德集中营总共居住了三年,其间连续怀孕生养了三个孩子,因此在这个时间段里她到底有多少时间用来作恶,确实值得推敲。根据女科赫在法庭上的自我辩护以及个别囚犯,特别是被纳粹在布痕瓦尔德长期关押的著名社会学家、战后第一部系统揭露纳粹反人类罪行的著作《党卫军的国中之国》(Der SS-Staat: Das System der deutschen Konzentrationslager)的作者欧根·科贡(Eugen Kogon,1903—1987)的法庭证词,女科赫在布痕瓦尔德期间从来没有进入过关押犯人的营地。如果此陈述属实,庭审时诸多囚犯描述女科赫如何在营地虐囚的证词的根基,即女科赫被治罪的重要证据,就会发生动摇。

事实上,女科赫的为人确实乏善可陈,其令人厌恶之处要远多于值得同情之处。女科赫出身贫寒,依仗夫君的纳粹权势,尽管在集中营她只是随军家属，根本没有正式职务，但行事高调，喜好炫富，风格招摇，被讥称为"布痕瓦尔德女司令"，早已不见容于集中营的党卫军同事特别是众多女眷。滑稽的是，女科赫还认为"女司令"这一称呼是人们对她的恭维，直到在法庭上，经过法官的耐心开导，她才明白这是对她的嘲讽戏谑，而且法官如果当真的话，这个称呼可是能让她掉脑袋的。在经济问题方面由于男科赫贪污，她恐怕也很难脱离干系。1943 年 8 月，男女科赫被党卫军逮捕，后被判死刑。希姆莱亲自给党卫军专案组打招呼，女科赫至少也要判上个三年，但后来因为实在缺乏证据，被关押了十六个月后获释。更要命的是，女科赫还有严重的生活作风问题。被法庭正式确认的姘头有：党卫军军官赫尔曼·弗洛尔斯泰特（Hermann Florstedt, 1895—1945），1943 年卷入科赫贪腐杀人案被捕，可能与科赫同时被党卫军处决；集中营医生瓦尔德马·霍芬（Waldemar Hoven, 1903—1948），1947 年被纽伦堡国际军事法庭因反人类罪判处绞刑，次年被绞死。不过话再说回来，在军事法庭上拨弄这些是非也是比较古怪的。

这样一个撒旦式虐待狂，无疑是战后对纳粹的妖魔化宣传所能找到的最佳注解，堪称绝配。1951 年被判刑后，伊尔莎·科赫在巴伐利亚一座女子监狱服刑，表现良好，还学会了三门外语，其间一直没有停止过无罪申诉，她的律师也不断向各方寻求赦免，甚至直接向联合国人权委员会呼吁，但都被一一驳回。而在 1947年布痕瓦尔德案中被判处死刑的多位男性党卫军人，尽管被法庭确认有成百上千命案在身，后来都得到赦免，并且在 20 世纪 50年代前期重获自由。在政治正确的大前提下，除了有良知有正义感的克莱将军，对这样一个女人是不会有人愿意弄脏手的，包括她的德国同胞。巴伐利亚州司法部在阐述驳回女科赫申诉的根据时有这样一段只供内部传阅的文字："作为布痕瓦尔德女司令，科赫的名字已经和纳粹集中营体系密不可分，因此科赫一案已经不是她个人的问题，而是事关政治，（不能被赦免或重审）只能说是这个女人的命中注定。"

在自己的孩子面前，尽管伊尔莎·科赫不息地表白自己的无辜，但是父母的作恶对孩子带来的伤害终究难以逆转。1967年，伊尔莎的大儿子艾特文·科赫（Artwin Koch, 1938—1967）自杀。在得知儿子的死讯后，服刑中的伊尔莎旋即在狱中自缢身亡。在伊尔莎服刑期间，唯有她在美军监狱里怀上的小儿子乌韦（Uwe Köhler）会定期探监。成人后的乌韦还曾经帮助伊尔莎寻求赦免。伊尔莎在上吊前，给乌韦留下了诀别信，其中写道：原谅我，我没有其他的选择，我只能如此自救。

在此重提科赫们的往事，并非因为对科赫的案件有特别的兴趣，事实上我们也没有能力去评判科赫案量刑是否公正和准确，我们更多的是惊讶于"Jedem das Seine"犹如咒语般灵验的现世报：成千上万的人被科赫们囚禁在"咎由自取"的铁门之后，尽管他们无辜无咎；与之相比，科赫们的业缘果报是不是更公正一些，更体现了"Jedem das Seine"呢？

2009年6月5日，德国时任总理默克尔陪同美国时任总统奥巴马参观布痕瓦尔德集中营。在跨入"Jedem das Seine"铁门时，奥巴马恭请默克尔先行。之后，默克尔和奥巴马与布痕瓦尔德集中营幸存者、诺贝尔和平奖得主埃利·威塞尔向亡灵献花。自始至终，默克尔神色凝重肃穆。1970 年，默克尔的前任维利·勃兰特在华沙突然向隔都英雄纪念碑下跪；1985 年，德国时任总统里夏德·冯·魏茨泽克（Richard von Weizsäcker, 1920—2015）在纪念纳粹德国投降四十周年演说时，说到德国的投降日也是德国人民的解放日，"这一天，我们都得到了解放，摆脱了灭绝人性的纳粹暴政"。与这些伟大的前辈相比，默克尔讷于言，亦不敏于行。然而，当 2015 年难民危机在向人道灾难演变之际，德国却突然向难民开放边境。谁能知道，当默克尔总理在决定打开国门之际，是不是想到了这一扇曾经对成千上万无望的人们永远紧锁着的门，想到了门上刻着的那句在德国民众记忆中永远挥之不去的"Jedem das Seine"呢？

踽行孤影

　　在原来的西柏林市中心，有"欧洲王府井""欧洲南京路"之别称的选帝侯大街（Kurfürstendamm）横贯东西。用德语说选帝侯大街实在太长，柏林人口拙，习用短语简称，呼之为"Ku'Damm"。中国人也稀里糊涂跟着叫，听上去就成了"裤裆"，着实怪异。其实"Damm"翻译成"大街"并不合适，其原意为"坝"，是城乡中自然形成或人工构建的地势较高的部位，用来抵挡洪水。比如，荷兰地势低洼，需要到处筑坝杜绝水患，因此地名多以"丹"结尾，如阿姆斯特丹、鹿特丹，凡此种的洋域地名大多都是"坝"的意思。因此，柏林"裤裆大街"的全称应该翻译为"选帝侯坝"。而真正应该翻译成"选帝侯大街"的 Kurfürstenstraße 则是选帝侯大街的东部延伸段，此处环境寂寥，行人稀少，多行政建筑，并不起眼。但是路边一个公共汽车站的风雨棚却很夺人眼球，棚内外布满历史图片，其中的一张党卫军军官正装照，使得不明就里或不谙德文的路人也大致能够猜到这个棚子与纳粹历史有关。照片上的党卫军军官是阿道夫·艾希曼（Adolf Eichmann, 1906—1962）——纳粹大屠杀的象征性人物。公车站位于当年纳粹帝国中央保安总局负责犹太人事务的 IV B4 部门（大概可译为"四局四处"）的办公楼外，部门对外称"犹太人移民出境事务总局"，艾希曼为该部门长官。四局四处办公楼原为犹太兄弟会会址，艾希曼们把犹太人赶走，鸠占鹊巢，据为己有，将之变为排犹屠犹的中枢机构。1961 年，德国人还没有开始深刻地直面历史，竟然浑浑噩噩把这座历史意义巨大的楼房拆毁，在原址上新起了一座酒店。在德国人变成好人、开始反省历史罪恶之后，柏林市政府亡羊补牢，利用这个公车站建起了警诫点（Mahnort），用以警示告诫后人不忘德意志民族曾犯下的骇人听闻的罪孽。

第二次世界大战之后，战败的德国走上了一条艰难曲折、不寻常的反省悔罪之路。在描述这一过程时，擅长于宏大叙事的中国知识精英喜好拿德国人的基督教传统，比如原罪理论、忏悔习惯之类的说事，高屋建瓴，大气磅礴，听者则往往被弄得一惊一乍，折服之余，自以为找到了为什么欧洲人能够悔罪、亚洲人至今不愿意悔罪的科学真谛、终极真理：原来西洋人信基督，东洋人不信基督，西洋人会忏悔，东洋人不会忏悔，信基督会忏悔的人会悔罪，不信基督不会忏悔的不会悔罪。这里的东洋人专指日本人。

殊不知，在奥斯威辛集中营、布痕瓦尔德集中营（见本书《Jedem das Seine》）之后，在"神既爱世人，又为何如此对待世人，又为何容许如此对待世人"的奥斯威辛之问面前，任何信仰、任

柏林市政府将选帝侯大街东段的公共汽车站作为警诫点，唤起人们对曾经在此办公、如今已经被拆毁的纳粹帝国犹太人移民出境事务总局所在建筑的记忆。

何理论乃至任何科学都已经失去了意义，因为它们在人类作恶能力的面前显得是那么羸弱，那么苍白无力，那么无语无解。而在真实的、鲜活的历史进程中，尽管作恶的绝大部分都是基督徒，但是除了电影里催人泪下的虚构情节，鲜见其中有谁认罪悔罪的。

事实上，德国能够在战后认罪悔罪，如果没有弗里茨·鲍尔，没有这位孤独、愤世嫉俗，也许很难相处并顽固到甚至可以称作偏执的老人，大概是很难想象的。没有弗里茨·鲍尔，逍遥法外十五年的艾希曼就不可能被送上耶路撒冷的绞架，奥斯威辛对大多数德国人来讲仍旧只是一个普普通通的波兰小镇，我们也不会知道柏林选帝侯大街上那栋曾经属于犹太兄弟会的办公楼对被虐杀的数百万欧洲犹太人意味着什么。一句话，没有弗里茨·鲍尔，没有这位先知般的引路者，德意志就几乎不可能走上其他国家和

弗里茨·鲍尔。

民族永远不可企及的、充满痛楚艰辛的，并最终达成民族共识的反省自身罪恶之路。

　　弗里茨·鲍尔 1903 年生于斯图加特，父母均为血统纯正的犹太人，鲍尔本人却早早地宣称自己为无神论者，并且加入了社会民主党，投身于左翼社会主义运动。从鲍尔这一典型的日耳曼姓氏亦可推知其家族融入德国社会的程度。鲍尔本人也极少在公开场合谈及自己的犹太血统。1927 年鲍尔获得博士学位，次年在斯图加特任法院助理，1930 年后已执法官衔，为魏玛共和国史上最年轻的法官，可谓少年得志。1933 年纳粹党在上台伊始，利用国会纵火案打压左翼政党。鲍尔因为参与策划社会民主党发起反纳粹政权的全国大罢工于同年 5 月被捕，关押在乌尔姆（Ulm）拘留营，同年年底获释。

战后由于鲍尔对第三帝国时期纳粹罪行的不妥协和彻底清算的立场，犯了众怒，屡遭彻查，1933 年底鲍尔被纳粹释放的原委背景因此被起获：在鲍尔等八位社会民主党人被从乌尔姆拘留营释放的同时，当地报纸刊出了一份由涉事八位社会民主党人署名、致符腾堡州帝国代表威廉·穆尔（Wilhelm Murr, 1888—1945）并请转呈希特勒的"悔过书"。不过弗里茨·鲍尔的名字并不在其中，署名者中有一位弗里茨·豪尔（Fritz Hauer），而当时在乌尔姆拘留营中并无弗里茨·豪尔其人，因此几乎可以肯定，豪尔就是鲍尔，前者乃后者排版印刷中的误植，也就是说，鲍尔是向希特勒悔过才得以出狱的。这样一来，反抗纳粹的英雄反转成了叛徒，至少以我们的标准来看也多少可以算是个变节分子，而鲍尔本人又对此讳莫如深，从来不曾公开提及这段经历，舆论一时沸沸扬扬，特别是被右翼势力高调炒作。

其实，细观"悔过书"内容，不难发现，此乃纳粹统治下被关押的异议分子重获自由必须履行的手续。当时绝大多数被纳粹政权关押者都是签署了效忠信（Treuebekenntnis）或表忠诚书（Loyalitätserklärung）才得以出狱的。在被纳粹拘捕的左翼人士中唯一有据可查的例外是社会民主党领袖库尔特·舒马赫（Kurt Schumacher, 1895—1952），他因为拒绝签署此类文件而被纳粹政权整整关押十年。事实上，鲍尔等八人具结出狱后，几乎都没有消停，继续鼓捣反抗纳粹的左翼活动，因此后人对鲍尔们所谓的变节行为大可一笑了之。不过近来随着对鲍尔高、大、全宣传的趋势，德国的政治正确派亦有对这段历史翻案的。在没有充分证据的情况下，就断言效忠信是穆尔这些纳粹分子在鲍尔等人不知情的情况下为宣传目的而伪造炮制的，此乃为圣贤隐，多少有画蛇添足之嫌。

鲍尔入狱前后，根据纳粹的整顿公务员法，他的法官职务被解除。1936年，鲍尔离开德国，迁居丹麦。1940年纳粹德国占领丹麦后，鲍尔在丹麦的居留许可被吊销，并被丹麦当局拘留数月。为保护自己，鲍尔于1943年6月与丹麦的幼儿园教师安娜（Anna）结婚。当年10月纳粹开始在丹麦围捕犹太人，在丹麦民众的帮助下，鲍尔与七千余名丹麦犹太人成功脱逃到中立国瑞典。

在此值得大书特书的是丹麦、瑞典两国国民和政府以及纳粹德国外交官格奥尔格·费迪南德·杜克维茨（Georg Ferdinand Duckwitz，1904—1973）的公义和勇气。杜克维茨本是一位有名望的海事专家，1932年纳粹还未上台，杜克维茨就已经亲近纳粹党，加入纳粹外围组织乃至入党，1933年进入纳粹党外事办公室（APA），任斯堪的纳维亚事务专员，是一位纳粹老党员干部。1934年6月底的"长刀之夜"，希特勒为讨好军方，卸磨杀驴，亲自带领党卫队残杀他的纳粹党老战友、老干部，使得杜克维茨开始与纳粹政权保持距离。不久后杜克维茨退出纳粹党外事办，重拾他的海事专业。1943年9月下旬，时任德国驻丹麦海事代表的杜克维茨从德国驻丹麦最高专员维尔纳·贝斯特（Werner Best，1903—1989）处得知纳粹围捕丹麦犹太人的计划，旋即前往柏林，试图通过自己的人脉，游说纳粹高层，阻止实施围捕计划。未果，他无奈转道瑞典，得到瑞典政府将接纳丹麦犹太人的承诺后，即在贝斯特的默许下将纳粹的围捕计划泄漏给丹麦的犹太社团。在无数丹麦国民的帮助下，一切可能的交通工具都被动用，甚至有救护车、消防车，在丹麦生活的约八千名犹太人中的七千多人一夜之间从人间蒸发，并在之后的数星期内通过海路、陆路被秘密转移到瑞典。在被营救的犹太人中有物理学家玻尔父子，弗里茨·鲍尔也在其中。纳粹最终只抓到了四百八十一位犹太人，悉数关进苏台德地区的特莱西恩施塔特集中营。由于丹麦和瑞典政府及民间组织的不懈关注和干预，被关押的四百八十一人中至战争结束只有五十一人死亡，堪称奇迹，为二战中由全民族出手营救犹太人的伟大的人道范例。

此一全民义举的表率是丹麦国王克里斯蒂安十世（Christian X von Dänemark，1870—1947）。纳粹德国占领丹麦后，滞留国内的国王为丹麦争取到了相对独立自治的地位。当纳粹强制犹太人佩戴"大卫星"时，国王宣称丹麦的犹太人也是他的臣民，因此他本人将率先佩戴。1942 年的"贺电危机"则更能体现国王的风骨。国王七十二岁生日时，丹麦已经被纳粹德国占领两年有余，希特勒以个人名义发来热情洋溢的贺电。大凡草根独夫对王室贵族都有一种古怪的爱恨交织的"红与黑"情结，希特勒当然希望能够因此得到国王热烈的回应，从而获得被王室贵族认可的荣耀感。然而国王仅以"Meinen besten Dank, Chr. Rex."（衷心感谢，国王克里）回复，连自己的全名都懒得签署，使得希特勒本人感到莫大的羞辱，导致德国驻丹麦大使被召回，德国驻丹麦最高专员被撤换，代之以维尔纳·贝斯特，丹麦首相也被德国强制换人。在 1943 年被德国人软禁前，国王每日单独在哥本哈根街头骑马巡游，以此鼓舞处于纳粹占领下的子民的勇气，而哥本哈根市民则自发组成自行车队为国王护卫，场面甚为感人。正是由于国王的感召，才能够发生全民族共同营救犹太人的壮举。无垠黑暗之中，让苦难的人们看见了最后一束公义光芒，感受到了最后一丝人性温暖，寰宇之内，丹麦可谓首善之国。

在流亡瑞典时期，鲍尔结识了由挪威逃亡而来、后来成为联邦德国总理的社会民主党人维利·勃兰特，共同投身于海外左翼的反纳粹运动，一起创立了"社会主义论坛"（Sozialistische Tribüne），是为德国社会民主党的流亡组织。战后，勃兰特从政，与长期担任检察官的鲍尔没有太多实质性交集。因为政治上的需要，勃兰特常常必须作出一些让步和妥协，多少造成了他与鲍尔之间的疏远和误解。1970年12月7日，鲍尔离世已逾两年，作为联邦总理首访波兰的勃兰特在华沙隔都犹太人起义的纪念碑前肃然下跪，代表德意志民族向世界谢罪。勃兰特这一改变世界的下跪也可以看作对战友的缅怀，是对鲍尔独自奋斗一生而开创的事业的认同与感激（见本书《枪口前举起双手的男孩》）。

1949年，鲍尔在前述社会民主党领袖舒马赫的运作下返回德国，首先在下萨克森的不伦瑞克（Braunschweig）法院任职，一年后转任不伦瑞克地方检察长。尽管不伦瑞克不是大都市，但是1952年鲍尔公诉雷默案却使之成为德国在战后重新审视纳粹罪行的进程中的一个重要地理节点。

奥托·恩斯特·雷默（Otto Ernst Remer，1912—1997），1930年志愿加入德国陆军，二战时分别在西线、巴尔干战线和东线服役，领衔少校。特别在东线战场，由于他打仗玩命不怕死，屡得嘉奖，

鲍尔在不伦瑞克任检察长虽然时间不长，但是给城市留下了鲜明的痕迹。战后重建的不伦瑞克检察院建筑上，根据鲍尔的建议，将欧洲司法建筑上常见的正义女神像做了修改，与女神一手握剑一手执天平的流行造型不同，不伦瑞克正义女神平伸出的双手上各站一人，意味着女神自身是一具天平。

为纪念鲍尔，不伦瑞克检察院所在地址现更名为"弗里茨·鲍尔广场1号"。检察院入口处墙上，根据检察长鲍尔的意愿，镌刻着1949年联邦德国赖以建国的《基本法》的第一条第一款之表述："人的尊严不可触碰，对之保护乃国家公权之义务。"（Die Würde des Menschen ist unantastbar, sie zu schützen ist Verpflichtung aller staatlichen Gewalt.）改动过的正义女神形象和门墙上的《基本法》条款摘录，凸显鲍尔的政治抱负和公义情怀。

1943 年获橡树叶骑士铁十字勋章，后者仅有数百德国军人获颁。雷默因在战场上受重伤，1944 年奉调卫戍柏林的大德意志师。同年 7 月 20 日政变发生（见本书《"女武神行动"与所多玛的义人》），一头雾水的雷默被政变领导方告知希特勒已在东普鲁士元首大本营"狼穴"死于叛乱，并受命率部封锁柏林市内的政府区，同时要逮捕当时在柏林留守的纳粹党最重要人物——帝国国民教育与宣传部长戈培尔。

一个不可思议的巧合给了戈培尔说服雷默反戈并化险为夷的机会。戈培尔被奉为世界宣传工作之圭臬，他成功的秘诀之一是巧舌如簧，语速飞快，在紧急关头用绕口令式的快节奏说话方式能够在非数码化时代成功传送"大数据"，从而逆转局面。在雷默的手枪前，戈培尔开始用打机关枪的速度说话，主题简约，没有任何说教论理，就是重复强调，元首没有死，元首还活着。戈培尔的自信使得雷默开始疑惑。见雷默踌躇迟疑，戈培尔又成功拨通"狼穴"的电话，让雷默与希特勒直接通话。在通话中希特勒使雷默相信他还活着并授予其全权在柏林平息政变。在确信希特勒没有死，还在蹦跶之后，雷默即手举电话听筒，向希特勒行纳粹礼宣示效忠。

雷默的临阵反水对挫败"女武神行动"所起的作用由于其戏剧性经常被夸大，事实上，"女武神行动"很大程度上是毁于起事者自身。希特勒与雷默通话时间为 7 月 20 日晚上 6 点 35 分到 7 点，由于政变领导人水平低得惊人，"狼穴"与柏林的电讯联系居然一直没有被切断，也没有人想到去控制广播电台。当天下午 4 点，身处"狼穴"的德国国防军最高司令部长官凯特尔元帅已经通过电讯成功控制军队。至 5 点 42 分，柏林的广播电台开始反复播送希特勒仍然活着、刺杀失败的消息，由此刻起，政变的败局已经注定。尽管如此，雷默事后仍然受到希特勒重奖，被提升为上校，任重新组建的元首亲卫装甲旅旅长，并率部参加当年 12 月的阿登战役。作为战场指挥官，一介武夫的雷默其实乏善可陈，军事上并无多大建树，然而由于得到希特勒的赏识，亲卫装甲旅被扩充为师，三十二岁的雷默任师长，晋衔少将，为第三帝国最年轻的将官。在战争末期，雷默率部转战东线西里西亚，参加纳粹德国最后一次能称得上绝地反击的劳班战役，重创风头正劲的苏军。雷默后被美军俘虏，在战俘营关押的八十七位德国将军中，雷默是"唯一因为他的勇气和尊严"而受到美军尊敬的战俘。

　　雷默于 1947 年由美军战俘营获释后，不忘希特勒的知遇之恩，组建具有纳粹倾向的社会主义帝国党（SRP），意图参政。在一次右翼集会上，雷默将参与"女武神行动"的人员斥之为懦弱的叛国者，被鲍尔抓住把柄，以诽谤已逝者名誉罪于 1952 年提起公诉。诉讼结果，雷默罪名成立，被判处三个月监禁。尽管刑期微不足道，雷默也溜之大吉，根本没有服刑，但是雷默组建的极右翼社会主义帝国党就此式微，而在此之前，该党在德国北部选民支持率已经达到 10% 左右，势头强健。1952 年 10 月，社会主义帝国党更因违宪被查禁。在对雷默的公诉词中，鲍尔直言不讳地将当时还处于法律灰色地带的"7·20 事件"参与者称作英雄，使他们获得了事实上的平反。当然，在法律上对参与政变的义士进行平反则远远押后。最为重要的是，在诉讼中，鲍尔提出了"不法国家"（Unrechtsstaat）的概念，将纳粹德国定义为不法国家。在法庭上，鲍尔驳斥雷默关于"7·20事件"是叛国行为的指责，称不法国家因为其不法，根本就不具备被背叛的价值，因此雷默对"7·20事件"参与者的叛国指责当以诽谤定罪。鲍尔使用"不法国家"这一概念，抽去了为纳粹罪行辩护的法律基石，"以国家的名义"或者以"奉命行事"为借口犯罪作恶同样必须受到惩处，为今后一系列针对纳粹罪行的法律清算做了铺垫。不过需要提请人们注意，鲍尔对"不法国家"概念的应用是相当谨慎的。在一次访谈中，被问及墨索里尼时期的法西斯意大利是不是也属于他定义的不法国家，鲍尔答称他对此抱有"强烈的疑问"。

雷默1952年被判刑后即逃离德国，投身于渐呈燎原之势的世界反帝反殖进步运动，除了为埃及以及叙利亚等革命政权充当军事顾问，还积极为阿尔及利亚民族解放阵线（ANLF）提供军火，支持援助其反对法国殖民主义的民族独立战争。1960年，鲍尔试图剥夺雷默德国公民身份的申请被德国联邦法院驳回，雷默因此又得以回到德国，重新整合战后被打压的德国亲纳粹组织，被称为新纳粹运动的教父。吊诡的是，雷默本人从来没有加入过纳粹党。其间，雷默出版书籍发表文章，用一些不三不四的言论妄议大屠杀（Holocaust），触犯了禁忌。他引用公开发布的关于奥斯威辛集中营毒气室的法庭研究和一些专家调查报告，以子之矛攻子之盾，"在不否认第三帝国大屠杀罪行的前提下，对奥斯威辛的死亡人数和屠杀方法提出疑问"。比如，他根据焚尸炉的数量、火化尸体一般所需要的时间，"科学和有逻辑"地推算奥斯威辛集中营的死亡人数等，意在质疑官方公布的数据。尽管雷默是非暴力地表达自己的观点，但已经触犯战后德国不得对纳粹大屠杀罪行做任何公开质疑的刑律。1992 年 10 月，雷默被德国法院以"煽动仇恨罪"（Volkshetzung）判处二十二个月监禁。1994 年，雷默逃到西班牙。西班牙政府以"思想犯罪"在西班牙不违法为由拒绝了德国政府的引渡要求。三年后，雷默客死西班牙，遗体火化后归葬德国。

雷默诉讼案之后，鲍尔一战成名，同时也更使得他形单影只，倍感孤独。二战后的德国司法界基本被纳粹时期的旧人员占据，类似鲍尔这样与纳粹政权没有瓜葛的人士在法律界实属凤毛麟角。与人事现象相似，纳粹时期的司法体系也几乎被全盘继承。汉斯·菲尔宾格（Hans Filbinger, 1913—2007）自纳粹时期曾经在海军担任军法官，在战后长期作为基民盟党内大佬，也出任过巴登-符腾堡州州长，当时的德国司法界流传着一句据说出自他的名言：如果过去（纳粹时期）是合法的，现在就不可能非法。菲尔宾格本人在 1945 年 3 月和 4 月纳粹德国垮台在即之时，还以逃兵罪判处海军军人死刑。在被媒体曝光后，他没有表示丝毫悔意，后于 1978 年 8 月被迫辞去州长职务。

战后发生的罗兰·弗赖斯勒（Roland Freisler, 1893—1945）赔偿金丑闻则更是匪夷所思。纳粹上台以后设立的专门审理政治案件的人民法院（Volksgerichtshof）院长弗赖斯勒以残忍血腥闻名于世（见本书《众神居所，生死因缘》），"7·20 事件"爆发后，疯狂失态的希特勒的第一反应就是让弗赖斯勒去报复事件参与者。希特勒称弗赖斯勒为"我们的维辛斯基，他能够搞定"。维辛斯基是大清洗时期的总检察长，杀人如麻，象征着死与恐怖。弗赖斯勒没有辜负希特勒的期望，他在法庭上谩骂被告，音调之高致使麦克风失灵；他故意收去 1940 年在南部战线越过马其诺防线并征服法国的功臣埃尔温·冯·维茨莱本（Erwin von Witzleben，1881—1944）陆军元帅的腰带，迫使元帅提着裤子出庭，然后再加以羞辱。他是一个无耻的、没有任何道德底线的恶棍。

1945年2月3日，弗赖斯勒在柏林审理"7·20"案件参与者法比安·冯·施拉布伦多夫（Fabian von Schlabrendorff，1907—1980）时，遭美军轰炸毙命。战后，弗赖斯勒的遗孀不仅领取战争死亡者退休金，巴伐利亚州政府还每年额外发给她工伤赔偿金，根据大致是弗赖斯勒是在工作岗位上的工作时间内遇害，相当于因公殉职。如果弗赖斯勒不死，现在肯定不是大律师，就是身居高位的官员。1982年弗赖斯勒赔偿金丑闻被媒体曝光，舆论哗然，指责这种做法是对无数冤魂亡灵的羞辱嘲弄，但是在法律的保护下，其遗孀领取赔偿金如旧，直至1997年去世，如同德国人的一句口头禅"法律就是法律"（Gesetz ist Gesetz）。在这样一个大环境下，可以想见鲍尔孤独艰难的处境，用他自己的话说："只要我走出我自己的办公室，我就如同走进了敌国。"

战后，数量众多的纳粹战犯逃亡南美，据粗略统计，大概有五千人之多，其中就有被各国政府包括联邦德国政府正式通缉的重要战犯阿道夫·艾希曼。艾希曼生于鲁尔区的刀具之城索林根（Solingen），但自幼随家庭移居奥地利林茨，因此操一口南方土话。由于个头矮小，皮肤黝黑，艾希曼自小在学校就被同学歧视为犹太人，被起绰号"唧唧"（Giggi）讥讽嘲笑，之后没有继续升学高中，而是在不同的中专职校打转，始终没有拿到一个文凭。青少年时期的挫败生涯构成了艾希曼严重的自卑情结。艾希曼1932年在奥地利加入纳粹党和党卫军，后纳粹党在奥地利被查禁，艾希曼移居巴伐利亚。在德国，他接受了十四个月的纳粹军训，这次总算得到了文凭，从而开始了在纳粹体系中的一番事业。从表面上看，艾希曼在纳粹德国最辉煌的仕途顶点也只是执掌帝国保安总部负责犹太人事务的四局四处，在党卫军中衔职为一级大队长（SS-Obersturmbannführer），并没有多少显赫之处。20 世纪 30 年代，艾希曼参与了先将德国犹太人洗劫一空，再将其放逐到中东地区的计划。为此，艾希曼 1937 年曾到巴勒斯坦和埃及开罗，与当地犹太复国主义组织接触，试图联手抗击阻止犹太人移民巴勒斯坦的英国托管当局，后者因为地缘政治的考量，对犹太移民活动持敌对打压政策。由于将犹太人逐出欧洲的计划无所进展，1942 年 1 月，纳粹政权各部门在柏林郊区万湖（Wannsee）一别墅中召开会议，决定了"最终解决"方案以及具体实施计划。

近年来，这一历史事件引发了一场政治风波：以色列总理内塔尼亚胡于 2015 年 10 月在一次发言中提及，"最终解决"方案的中心人物乃耶路撒冷大穆夫提阿明·侯赛尼（Hadsch Amin al-Husseini，1897—1974）。1941 年 11 月，侯赛尼与希特勒在柏林会晤。据说当时希特勒并没有灭绝犹太人的计划，而只是打算将犹太人驱逐出欧洲，是侯赛尼要求并启发希特勒（用火）消灭犹太人的。尽管这一多少可以理解是为希特勒开脱的说法，已非新闻，但出自以色列总理之口却是不同寻常，导致舆论大哗。

万湖会议由纳粹头目海德里希主持，艾希曼担任会议记录。会议之后，艾希曼的职能可以说是"最终解决"方案的总协调人。由于他的"敬业""勤勉"，及其"工作效率"与"协调能力"之高，纳粹的种族灭绝机器能够高效运转。纳粹时期，荒诞而不靠谱的种族理论登堂入室，俨然成了时尚的专业科学，参与排犹屠犹的凶手因此也自认为是学术专家或科学家，这给了混混艾希曼极大的心理满足。艾希曼会少许意第绪语和希伯来语单词，但是他喜好在各种场合将之挂在嘴上显摆，以显示自己的学术专业性。当时有不少艾希曼是犹太语言专家的讹传，艾希曼从不纠正，而是以神秘而矜持的微笑默认之，人模狗样的，显得很有腔调。"勤奋""机遇"加摆谱，使得艾希曼这样一个从来没有得到与希特勒见面机会的小人物在战后能够一举跻身纳粹大牌战犯前列。

1945 年初，欧洲战事将尽，德国的败局已定，艾希曼未雨绸缪，逃离柏林，理由是去特莱西恩施塔特集中营处理公务。但是，彼时道路已被东进的美军截断，他遂南下奥地利回到家中，据说是奉其同乡上司、继海德里希任帝国保安总部首脑的恩斯特·卡尔滕布鲁纳（Ernst Kaltenbrunner, 1903—1946）的命令，在奥地利重建军队，构筑子虚乌有的"阿尔卑斯山堡垒"（见本书《众神居所，生死因缘》），而艾希曼搜罗到的百把人中多为朽迈老翁，不少人连枪都没有摸过，估摸着肯定无法上阵打仗。眼看建军无望，艾希曼遂别妻离子，开始逃亡，不久即被美军抓获，关进战俘营。起初艾希曼自称空军上等兵，后发现当时党卫军已经被盟军界定为犯罪组织，美军会根据战俘腋下的党卫军血型刺青甄别党卫军人员，将之与一般国防军人区分关押。艾希曼遂自报为党卫军下级军官奥托·埃克曼（Otto Eckmann），与自己的真名发音相近，防止在战俘营被同僚熟人称名道姓而穿帮。后因战俘营的战犯甄别日渐吃紧，艾希曼恐被党卫军难友出卖，又逃离战俘营，藏身于德国北部吕讷堡石楠草原一带（见本书《那片天粘地漫的紫色》），以当伐木工为生。躲藏在辽阔壮美的石楠草原的生活对艾希曼来讲应该是惬意而浪漫的，他经常在乡村聚会或婚礼喜庆的场合拉小提琴给村民伴舞助兴。艾希曼毕竟是见过场面的城里人，待人接物温文尔雅，迥然有异于一般的乡野村夫，得到当地民众的认同，亦不乏女伴。

1948年，艾希曼工作的伐木公司倒闭，艾希曼不敢向政府申请失业补助，而是投资了一个蛋鸡场，以卖蛋为生。然而在做投资决定时，艾希曼显然没有注意到蛋鸡场的风水，紧邻蛋鸡场就是闻名于世的贝尔根－贝尔森集中营。贝尔根－贝尔森集中营被英军解放时堆积有数万具囚犯尸体，被解放后还有上万幸存的囚徒陆续死亡，为了防止瘟疫流行，英军只能挖掘坑穴集体掩埋尸体。这一过程被英军记录下来后震惊全球，贝尔根－贝尔森集中营也成为最著名的纳粹集中营之一。当艾希曼经营蛋鸡场时，集中营被英军改用作收容营，用以临时安置劫后余生的难民，其中多为被纳粹洗劫一空、无处可去的犹太人。虎落平阳的艾希曼不仅必须与他还没有来得及杀光的屠戮对象比邻而居，更憋屈的是这些犹太难民居然成了他的客户。在逃亡阿根廷后，艾希曼在与威廉·扎森（Willem Sassen, 1918—2002）访谈时曾经愤愤然忆及当时的感受："吕讷堡石楠草原紧邻贝尔根－贝尔森集中营，附近到处都充斥着大蒜味，那里都是犹太人，只有犹太人会来买东西。我告诉自己说，我把木材卖给犹太人，现在又把鸡蛋卖给犹太人。我感到震惊困惑。你想想看，这些该死的家伙应该都被杀光了，可是他们却正在为几个鸡蛋和我讨价还价！"

战后盟军对纳粹罪行的清算步步深入，艾希曼在大屠杀中扮演的角色也日渐清晰。随着自己在战犯通缉名单上的排序日益靠前，艾希曼的心情喜忧参半，一方面为自己终于能够出人头地、名扬世界感到成功的欣慰，另一方面也知道一旦落到盟军手里肯定死路一条。艾希曼意识到，石楠花开虽然美好，但此处终究不是久藏之地。1948年西德政府施行的废除帝国旧币、引进西德马克的货币改革对艾希曼来说更是雪上加霜，因为不敢去银行合法兑换，他出逃时携带的大量从犹太人那里搜刮来的旧币一夜之间变成废纸。如果不是风里雨里骑着自行车向犹太人兜售鸡蛋赚的那些辛苦钱，艾希曼的逃亡终点恐怕早已经定格在了石楠草原。

1950年，在旧日党卫军战友和天主教会的帮助下，艾希曼经奥地利越境到意大利，进入南蒂罗尔风景壮美的多洛米蒂。在博尔扎诺的方济各会修道院躲藏了一段时间之后，艾希曼得到了化名里卡尔多·克莱门特（Riccardo Klement）的假身份证件，再经由天主教会开通的接转罗马的南方"鼠道"逃亡路线，由意大利热那亚登船逃离欧洲，与随后抵达的妻子和三个儿子定居于阿根廷首都布宜诺斯艾利斯。

当时不少南美国家都是军人擅权，对纳粹政权及其理念抱有天然好感，明里暗里容留众多纳粹战犯；而欧美各国尽管大张旗鼓通缉战犯，实际上并没有认真缉拿。根据解密的档案资料，西德联邦情报局的前身盖伦组织（Gehlen Organization）最晚在1952年已经掌握了艾希曼藏身阿根廷的线索。战后德国情报机构的创始人、德国前陆军少将莱因哈特·盖伦（Reinhard Gehlen，1902—1979）在二战中主要在东线战场从事针对苏军的情报工作，卓有成效。战后盖伦搜罗旧部，为美英等战胜国提供服务情报。1956年在盖伦组织的基础上成立了西德联邦情报局，主要成员多为纳粹时期东线德军情报人员。

在当时的冷战大背景下，欧美各国情报部门的合作十分紧密，美国中央情报局也早已经知道艾希曼的藏身之处。因此可以说，战后众多纳粹战犯的潜逃藏匿都在欧美各国政府的掌控甚至庇护之下。当时生活在南美的纳粹战犯对于自身的身份与活动几乎都不思掩盖，不思伪装。与艾希曼生活在一起的三个儿子甚至连姓名都没有更改，也正是这一疏忽大意，给艾希曼招来杀身之祸。

艾希曼的行踪被俗称"摩萨德"（Mossad）的以色列情报和特殊使命局所掌握，其身份被确认及最终被绑架的背景和过程因为事涉多国幕后运作，特别是涉及以色列违反国际法的蛮横操作，导致权威档案长期被封存，真相至今没有大白于天下。长期流行的"瞎眼人怒擒艾希曼"的演义掺和了《基督山恩仇记》和《罗密欧与朱丽叶》的元素，听上去尽管戏剧性，但也并非完全是捕风捉影：1954 年，在布宜诺斯艾利斯生活的德国犹太人洛塔尔·赫尔曼（Lothar Hermann, 1901—1974）十二岁的女儿西尔维娅（Silvia）在电影院结识了艾希曼的长子——十七岁的克劳斯·艾希曼（Klaus Eichmann）。赫尔曼本人参加过德国共产党，后来因为参加犹太复国运动，向法国走私外汇，资助在巴勒斯坦的犹太移民被盖世太保抓进达豪集中营，刑讯逼供之下被打瞎了一只眼睛，后导致全盲。1936 年赫尔曼流亡荷兰，两年后又逃至南美，虎口余生，得以活到战后，而他的家族绝大部分成员都死于纳粹的屠刀之下。女儿结识的小伙子克劳斯的艾希曼姓氏首先引起了赫尔曼的注意。在西尔维娅的帮助下，赫尔曼确认了克劳斯的父亲就是在逃的艾希曼。

1954 年，赫尔曼首先将艾希曼藏身在布宜诺斯艾利斯的信息通报当地的犹太人社团和以色列驻阿根廷的代表机构，但是一直不见动静。鉴于艾希曼也是被联邦德国通缉的要犯，赫尔曼遂直接向黑森州检察系统举报。当时在法兰克福任检察长的阿诺尔德·布赫塔尔（Arnold Buchthal, 1900—1965）和黑森州总检察长的弗里茨·鲍尔都是犹太裔德国人，纳粹时期均遭到迫害，被迫背井离乡，流亡海外。赫尔曼直接向他们提供信息，希望西德政府能够有所行动。鲍尔在得到情报后颇费踌躇，直觉告诉他，赫尔曼的情报很可能属实，但他很清楚当时西德政府内部的实际情况，如果艾希曼确实藏身在布宜诺斯艾利斯，通知政府只会打草惊蛇，使艾希曼再度脱逃，因此抓捕艾希曼的最后希望只能寄托于以色列的海外特工组织摩萨德。为此鲍尔曾经与时任黑森州州长的社会民主党人、有黑森州战后重建之父之誉的格奥尔格 - 奥古斯特·齐恩（Georg-August Zinn, 1901—1976）商讨。尽管齐恩引鲍尔为知己，鲍尔出任黑森州总检察长也是他运作的结果，但是向摩萨德提供有关艾希曼藏身处情报的想法还是把齐恩吓得不轻。他警告鲍尔，作为国家公职人员，与外国情报机构私下合作，非但违法，甚至可以叛国罪论处。

对德国政府完全失去信任的鲍尔只能孤注一掷，铤而走险。他将艾希曼藏身于布宜诺斯艾利斯的情报秘密转交给了摩萨德，并和以方合作上演了一出双簧。1959 年底，在艾希曼的身份被确认，摩萨德紧锣密鼓策划在阿根廷抓捕艾希曼的同时，鲍尔通过媒体高调宣称德方得到了艾希曼藏身中东的可靠情报，并表示要积极推进调查缉拿艾希曼，最终将要把艾希曼引渡回德国审判。鲍尔用声东击西的手法，避免打草惊蛇，确保摩萨德的阿根廷抓捕行动顺利实施。

1960 年 5 月，摩萨德罔顾国际公法，用非法手段将艾希曼从布宜诺斯艾利斯绑架到以色列。次年在耶路撒冷开庭公审，艾希曼被判绞刑。1962 年 6 月 1 日凌晨，艾希曼在以色列被绞死，而后当即被焚尸并扬灰于地中海。以色列尽管保留有死刑，但艾希曼之死是以色列建国以来唯一执行的死刑判决。根据以色列官方的说法，在绞架上，艾希曼最后说的话是："德国、阿根廷和奥地利万岁！我的主啊，我们即将重逢！"身负数百万人命、双手沾满鲜血，据说曾经说过"想到五百万条人命算在我的账上，我就感到极大的满足，我会笑着跳进坟墓"的艾希曼对死亡却是相当惧怕。他在法庭上的全部努力就是推卸责任，将自己说成是一条小鱼，也是纳粹体系的受害者，以逃避死刑。当一审宣判死刑后，艾希曼又奴颜婢膝上书以色列总统请求赦免。在一次访谈中，一位监刑的以色列官员在被问及艾希曼在行刑前的表现时回答说："细节我不能透露，但是我可以负责任地说，艾希曼死得并不体面。"

鲍尔向摩萨德传送情报的冒险行为对艾希曼的落网起到了决定性的作用。由于事涉非法跨国绑架，涉案材料仍被加密封存，因此艾希曼落网的来龙去脉众说纷纭，但是鲍尔所起的作用确实极为关键，鲍尔此举同时也触犯了德国公职人员的大忌。尽管有传闻流言，但德国政府并没有掌握他里通外国、与摩萨德合作的确凿证据，并且政府对占据了道德高地的鲍尔毕竟无法下手，最多也只能将鲍尔置于西德联邦情报局的秘密监控之下。

持续了八个月之久的艾希曼审判是战后历史上的里程碑事件，它不仅伸张公义，告慰亡灵，同时还引发了当事国，特别是以色列和德国的新生代对各自民族历史的反思和儆醒。引申开去，个人在群体犯罪中所起的作用和必须承担的责任、人性作恶的本能和原动力等法律和哲学伦理问题在学界引起了热议。汉娜·阿伦特（Hannah Arendt, 1906—1975）根据对艾希曼审判的观察而作出的一系列广义论断，诸如"平庸之恶"，至今仍然鲜活。但事实上，阿伦特对艾希曼个人的观察和议论失之武断甚至轻浮，艾希曼并非如她所描述的只是专制统治体系中的一条小鱼，亦非平凡无趣、近乎乏味且"个人素质极为肤浅的"、被纳粹语言规则迷惑或蛊惑的一介平庸之辈。

艾希曼的罪恶绝不仅仅是阿伦特所说的"平庸之恶"，事实上，艾希曼是一个浸润于意识形态癫狂之中嗜血成性的变态杀人犯。1956年开始，艾希曼在阿根廷接受新纳粹刊物《道路》（Der Weg）的记者、原武装党卫军"维京师"的荷兰籍成员威廉·扎森持续数年的录音访谈。在访谈中，艾希曼多次亲口表示，他一生中最大的遗憾就是没有能够将欧洲的一千零三十万犹太人斩尽杀绝，而只是消灭了五百万。尽管采访发生在艾希曼落网之前，阿伦特尚未发出"平庸之恶"的高论，但是艾希曼几乎先知先觉地用自己的语言狠狠地扇了阿伦特一个耳光——我可不是一个一般的执行命令者，若果真如此，那我岂不成了傻瓜笨蛋了吗？这件事（指大屠杀）是我共谋的成果，因为我是一个理想主义者。

汉娜·阿伦特看到的只是在法庭上竭力求生、拼命推脱责任的艾希曼，尽管在法庭上播放了一小部分扎森访谈的内容作为证据，但只是直接谈及万湖会议的一段。如果阿伦特在下笔之前听到全部扎森访谈，恐怕著名的"平庸之恶"之高论就会胎死腹中。阿伦特在晚年对她使用"平庸之恶"的概念而引起巨大争议的往事亦有所反省，她在1971年的一次电视访谈中对此感到抱歉，称若在今天，她肯定不会使用这个名词。

对鲍尔来说，艾希曼事件也留下了深深的遗憾：他终究没有能够如愿将艾希曼送上德国法庭。当鲍尔向摩萨德提供有关艾希曼的情报时，就明确要求以色列方面在艾希曼落网以后将其引渡到德国审判。艾希曼被以色列成功绑架后，鲍尔立即通过黑森州司法部向联邦德国阿登纳政府动议引渡艾希曼，但当天即遭到阿登纳政府拒绝，理由是联邦德国和以色列之间没有签订引渡协议。这也从侧面证实了当初鲍尔的担心是不无根据的，把艾希曼等战犯绳之以法的希望寄托于欧美政府是徒劳的。因为，如同鲍尔所预见的，当时的德国政府是不可能听任艾希曼在德国法庭上开口乱说话的，扯出萝卜会带出泥，艾希曼毕竟知道得太多太多，这样会使德国政府处于尴尬境地。事实上，德国政府与艾希曼之间是有沟通渠道的。1956年，艾希曼曾致信联邦总理阿登纳（Konrad Adenauer，1876—1967），表示希望回德国自首。也许是艾希曼希望通过公开审判"自证清白"，也许是他已经感觉到了危险，而在已经废除死刑的德国受审，至少能免除杀身之祸。

1959年初，鲍尔从一位记者处得到七份文件。这些文件是一位大屠杀幸存者从布雷斯劳（Breslau，原为德意志帝国东部西里西亚地区重镇，二战后被划归波兰，现波兰地名为弗罗茨瓦夫［Wrocław］）党卫军法院起火的建筑中抢救出来，一直作为"纪念品"保存，后来因为其巨大的历史意义，被史学界称作"布雷斯劳文件"。文件中有一份奥斯威辛集中营对越狱囚徒的处决名单以及执行枪决的集中营看守名单，签署者为集中营长官鲁道夫·霍斯（Rudolf Höß）和集中营长官助理罗伯特·穆尔卡（Robert Mulka，1895—1969）。战后霍斯作为战犯被引渡波兰，1947年在波兰受审，同年在奥斯威辛集中营旧址被绞死。霍斯已死，当然不能追诉，但是处决名单的共同签署人、霍斯的副手穆尔卡很可能还在世。只要能抓到穆尔卡，就有可能对这个案件开庭公诉。

将艾希曼引渡德国的努力未果后，鲍尔就一直想在德国对大屠杀的参与人员提起公诉，交付德国司法部门审判，以改变联邦德国举国上下对纳粹反人类罪行保持缄默的现状，但是苦于没有掌握可供提起公诉的证据，布雷斯劳文件的出现对鲍尔来讲如同天赐。用这份处决名单作为主要证据，鲍尔启动对穆尔卡及其他人的刑事诉讼（Strafsache gegen Mulka u.a.），并成功说服联邦法院，将奥斯威辛案件审理权移交地处黑森州的法兰克福地方法院，以便他作为州总检察长能够介入案件公诉。当时在斯图加特等地亦有对奥斯威辛其他管理人员的诉讼，联邦法院同意与穆尔卡案并案起诉。

说来也是令人难以置信，鲍尔尽管有了穆尔卡签署的处决名单作为犯罪证据，但是办案人员并不知道穆尔卡人在何处。毕竟当时还不是大数据时代，想发传票抓人也没有个地址，而穆尔卡不到案，就无法开庭。1960年，夏季奥运会在罗马举行，罗伯特·穆尔卡的儿子罗尔夫·穆尔卡（Rolf Mulka，1927—2012）代表德国参赛，赢得帆船比赛铜牌，从此开始了德国奥运水上运动一路走强的新时期。鲍尔麾下的一位年轻检察官是体育爱好者，在读报纸上的体育新闻时，他注意到了相对生僻的穆尔卡姓氏，怀疑此穆尔卡与正在寻找的奥斯威辛的穆尔卡可能有亲属关系。于是检方顺藤摸瓜，居然最后真将老穆尔卡从汉堡拘捕归案。儿子为国争光，结果把老子送进班房，鬼使神差，故事跌宕得无以复加。主要被告穆尔卡的到案，使得这场被告达二十多人的空前大型审判成为可能。

　　按照德国司法惯例，此类案件一般都是个案处理，对众多被告作为一个集体起诉，多少有作秀的成分，并不被鲍尔的司法界同事认同，然而，集体诉讼却正是鲍尔的神来之笔。鲍尔希望通过集体诉讼，向德国公众特别是年轻一代展示，纳粹所犯下的骇人听闻的罪行不是因为某个疯子或少数恶棍的癫狂所致，恰恰相反，如鲍尔所说，"我们中的绝大多数不是凶手就是帮凶"。鲍尔计划起诉的被告人数其实远远不止最终被送上法庭的二十余人。他已经对二百九十名奥斯威辛的工作人员开展侦讯调查，打算将尽可能多的被告同时送上法庭。鲍尔认为，奥斯威辛的谋杀是一个运行整体（Handlungseinheit）。用现代工业化的流程作业进行种族灭绝，如同一台高效率的杀戮机器，每个参与者都是机器上的组部件，正是这些组部件的默契配合使得杀戮机器能够流畅运行。因此任何一个在奥斯威辛工作过的人原则上都应该接受审判，受到应有的惩治，而不是把审判的对象局限于少数纳粹头目。

　　1961 年 7 月 12 日，案件进入预审阶段。经过四年的准备，1963 年 12 月 20 日，临近圣诞节，德国历史上规模最大的刑事诉讼案"对穆尔卡及其他人的刑事诉讼"在法兰克福市中心罗马广场（Römerberg）的市政厅开庭。因为法院空间有限，法兰克福市政府慨然相助，腾出自己的办公场所临时改作法庭，习惯称为"第一次奥斯威辛审判"。事实上，之前已经有20世纪40年代在波兰克拉科夫（Kraków）对奥斯威辛集中营涉案人员的审判，而于1963年之后在法兰克福又有五次奥斯威辛审判，20世纪70年代以后，在德国又有大约五十次关于奥斯威辛集中营的审判。

虽然奥斯威辛审判乃鲍尔呕心沥血之作，是他的法律生涯之巅峰，但他本人并没有作为公诉人出现在法庭上，很可能是出于身为犹太人应该回避的顾虑。根据不少在法兰克福出庭作证的奥斯威辛幸存者回忆，他们曾经试图当面向鲍尔表示敬意，鲍尔则避免与他们进行可见的接触，刻意与他们保持距离。不过鲍尔在他的办公桌上端放着一块幸存者送给他的来自奥斯威辛集中营的石头，直到去世。

作为公诉人出庭的是鲍尔遴选的几位于20世纪20年代后期出生的年轻助手，这也是鲍尔苦心孤诣、特意营造的法庭效果：二十余名被告人都已经垂垂老矣，他们的辩护律师中也鲜见有黑发人；而对这些老人提起公诉的则是生气勃勃的战后一代，其中一位甚至是纳粹高官的儿子，然而这些新生代执法者的手上没有沾血，思想也没有被纳粹污染。用鲍尔的话说，这种在法庭上出现的强烈反差，德国的新生代面对面向他们的父辈提起公诉，进行问责，场面本身就已经充满了象征意义。

在二十四名被告中，一人死于拘留所，三人因病中止起诉，实际最终被宣判的为二十人。该二十名被告涉及集中营的各行各业，包括党卫军看守、盖世太保人员、医生、牙医、护士、服装管理员，甚至还有一个波兰籍的"犯人干部"，大约相当于中国的牢头。在法庭上，与战后所有对纳粹的审判无异，被告中鲜见有认罪悔罪的表示，在法庭上喧嚣、举止傲慢、威胁刁难证人的事时有发生，还屡屡出现法警向被告行礼致敬的场景。

开庭不久，鲍尔做出了一个在当时形势下极不寻常的决定，即向敌对的波兰政府寻求帮助，允许德国办案人员到奥斯威辛进行现场勘验取证。按照国际惯例，如果外国司法机构在某国领土独立办案，意味着当事国已经将领土主权和司法管辖权暂时移交给该外国司法机构。20 世纪 60 年代欧洲冷战却正热，东西方剑拔弩张，波兰和联邦德国正处战线前沿，楚河汉界，两国根本没有外交关系，实难想象鲍尔的希望能够成真。然而，1964 年 12 月，在开庭一年后，大批办案人员得到波兰政府允准，进入奥斯威辛，对犯罪现场进行实地勘验取证，其中包括法官、检察官、辩护律师，甚至还有一名被告——集中营的党卫军医生弗朗茨·卢卡斯（Franz Lucas，1911—1994）。这些办案人员大多是第一次到奥斯威辛，所见所闻引起的震惊不难想象。次年 1 月，法庭重开，氛围发生大逆转，直到 8 月 19 日宣判，开庭之初那种乱哄哄的场面已不复出现。

根据民意调查，大多数德国民众对法兰克福审判持不认可态度。主犯穆尔卡在被判有罪后，甚至于 1965 年正式起诉办案检察官，因为后者在公诉书中称穆尔卡为"身穿制服的杀人匪帮成员"。穆尔卡为此感觉相当不忿，认为自己的名誉受到损害，要求法院查办该检察官的人身侮辱罪。

穆尔卡出生于汉堡，曾在帝国陆军服役，晋升至中尉。后来他被发现隐瞒曾因为窝赃罪名坐牢的经历而被开除出军队，遂转投党卫军——早期党卫军中收容有不少因为行为不检被开除出军队的军人。在奥斯威辛，穆尔卡得以晋升到集中营长官助理。1943 年穆尔卡被党卫军战友举报，说他讲了戈培尔坏话，根据 1934 年纳粹颁布的《反阴毒攻击国家和党及保护党制服法》（Gesetz gegen heimtückische Angriffe auf Staat und Partei und zum Schutz der Parteiuniformen），穆尔卡被盖世太保逮捕，后来案件虽然不了了之，但穆尔卡的纳粹仕途就此一蹶不振。战后，穆尔卡的人生因为奥斯威辛的经历不仅没有翻盘，反而更加坎坷。战争结束伊始，穆尔卡在英国人拘留营待了一阵，又被汉堡一法院判处短期监禁，后上诉成功，恢复自由。经历了战后初期被抓抓放放的岁月后，穆尔卡开始在家乡汉堡做进出口生意，终于顺风顺水，是西德战后经济复兴大潮中一位典型的成功人士。1960 年，穆尔卡在生意上志得意满，儿子罗尔夫还为国家夺得帆船奥运奖牌，开创了德国水上运动的辉煌。没想到烧香引了鬼来，自己因此被抓到了法兰克福，心中感觉当然是窝囊透顶。在审判拘留期间，穆尔卡被特许周末回汉堡打理生意，但是身后总有记者跟东跟西，提的问题肯定也是哪壶不开提哪壶，弄得他想死的心都有。

在法庭上，穆尔卡对所有指控一概否认，称自己从来不知道奥斯威辛有什么毒气室，也没见过什么焚尸炉，他本人也不曾有杀人的行为，更不存在杀人的动机，甚至连集中营的犯人区都没有进去过。对此，检察官出示了那份处决名单和另一份由他签名的齐克隆 B（用于毒气室的氰化物）送货单，更有奥斯威辛集中营幸存者在法庭上指认，穆尔卡当年曾在甄选区（Rampe）对新到的囚犯进行有无工作能力的甄选。他身着引人注目的白狐皮镶边的党卫军军服，以"优雅的手势"对囚徒进行甄别，将他认为没有工作能力的妇孺等送进毒气室。尽管证据确凿，穆尔卡仍然拒不认账。1965年，穆尔卡因在四起案件中协助谋杀至少三千人，被判处有期徒刑十四年。法庭在判决书中认为，作为集中营负责人的穆尔卡尽管有高度嫌疑是出于内心的认同，主动参与纳粹犯罪，但是也不能完全排除穆尔卡只是出于服从命令和对履行职责的错误理解，从而支持协助犯罪元凶实施种族灭绝行动的可能。穆尔卡被判刑后，在卡塞尔监狱服刑时曾试图自杀，1968年即因病重获释，1969年死于汉堡。

在被宣判的二十名被告中，六人因谋杀罪被判无期徒刑，十一人因协助谋杀被判有期徒刑，其中集中营医生弗朗茨·卢卡斯不服初审有罪判决上诉。二审时有四名集中营囚徒出庭作证，卢卡斯曾对他们有过人道主义的帮助，因此联邦法院于1970年改判卢卡斯无罪，另外三名被告因证据不足被释放。在当时的情况下，量刑尺度可以说是相当严厉，可视作检方完胜。尽管原主审法官汉斯·福雷斯特（Hans Forester，1902—1976）因为是犹太人，亦有亲友死于集中营而申请回避，临阵换将曾经产生许多不确定性，然而继任的主审法官汉斯·霍夫迈耶（Hans Hofmeyer，1904—1992）在审判过程中表现得自信、专业、公正，可圈可点。

因为成功主审奥斯威辛集中营案，汉斯·霍夫迈耶法官赢得国际声誉，长期以来被司法界视为公允、正义的楷模。1965年8月20日，审判进入收尾阶段，霍夫迈耶在法庭上突然说了以下这段言辞："长时间以来我们不少人已经不敢直视孩子们充满欢愉信任的双眼，那会使人想起在奥斯威辛走在人生末途上的那些孩子的空洞、困顿、迷惑和充满恐惧的眼光。"霍夫迈耶法官在庭审过程中的表现中立、客观、内敛，因此他有感而发的这段话使得法庭上不少人当场落泪，更成为德国司法史上的经典传奇。然而，2019 年，一位研究霍夫迈耶的学者公布了他的最新研究成果，证实了已有的传闻，即霍夫迈耶在纳粹统治时期任吉森民法庭法官时，曾经判决对患有所谓遗传疾病的未成年人实行强制绝育。

　　第三帝国时期曾有四十万至七十万未成年人被强制绝育，乃纳粹反人类一大恶行。战争期间，霍夫迈耶从军，在陆军司法部门工作，参与组建和指导恶名昭著的临时军事法庭（Standgericht，亦称"飞行军事法庭"），可谓双手沾血。霍夫迈耶本人于 1992 年去世，他本人已经无法对迟来的问责进行辩答，我们也无从知晓霍夫迈耶的心路历程，无法判断他关于孩子眼光之叹是因不可为人道也的悔恨由衷而发，还只是人前作秀，也许两者兼而有之。不过，经历过黑暗的人们对霍夫迈耶作出道德评判的时候，当不能忘记那句警示："你们中间谁是没有罪的，谁就可以先拿石头打她。"

　　法兰克福的奥斯威辛审判取得了巨大成功，但是鲍尔对审判的结果并不满意，甚至可以说是相当失望。鲍尔的失望是多方面的，量刑尺度以及刑期长短也许并不是鲍尔的考量重点，"重点不在于清算，更不是报复，而是在于一个更好的未来，在于重建一个尊重生命，尊重人权的新德国"。在司法实践中，法庭原则上并没有采纳检方也就是鲍尔关于奥斯威辛犯罪的特点是一个运行整体的公诉基点，而是偏重于对被告个人的问责。尽管所有被告均被控谋杀，但最终只有六人因为有证据表明不是因为执行命令或履行职责，而是出于个人动机，比如因意识形态、种族仇恨、以虐杀为乐而杀人，被法庭认定谋杀罪名成立，其他人则大多因协助谋杀（Beihilfe zum Morde）而入罪。在判决书中特别强调，法兰克福审判判决的法理依据是基于19世纪以来的德意志法统（此前的奥斯威辛审判都不是在联邦德国领土上举行，因此法理依据也都不是基于德国法律），也就是说，被法庭认定的罪行从法理上看，即使是在德皇或纳粹时期也是要受到惩处的。而在鲍尔看来，对纳粹罪行进行清算，用过时的方法实不可取，因为纳粹的犯罪无论在规模、方式、程度、动机，还是在参与犯罪主体的数量以及性质，特别是在由国家组织发动对国民集体进行谋杀方面，都已经远远超出百年之前那些法律制定者的想象。

时光荏苒，沧海桑田，鲍尔的失望已经变成了历史。1963年在法兰克福对奥斯威辛罪行开启的清算开一代风气之先，之后又于1965年、1967年、1973年和1977年相继在法兰克福开庭，持续不断对奥斯威辛集中营工作人员提起公诉。法兰克福审判连同鲍尔的失望、司法的瑕疵都已经成了战后德国对纳粹罪行清算的重要遗产。

首先，法兰克福审判使"奥斯威辛"一词成为一个通用的符号（Chiffre der Terminologie）。"恶止于奥斯威辛"，奥斯威辛意味着人类作恶的极致，是工业化社会人类犯罪能力空前提升的标志，为后来20世纪60年代开启严肃的思想启蒙、建立道德反思的术语体系做了有效的必要技术准备。

其次，法兰克福审判开启了德国现代史上著名的"厨房问责"。奥斯威辛的罪恶使得德国战后年轻一代由震惊转而警觉再到愤怒，战后全民族对自身罪恶历史长期的掩饰、持续的沉默被中止。在家庭的厨房和餐桌上，青年一代向父辈进行问责，他们的问题是：那时候你们在哪里？那时候你们在干什么？那时候你们听说过奥斯威辛吗？"厨房问责"是1968年德国学生运动的导火索之一，因此可以说法兰克福审判是西方社会现代化转型的思想准备。

最后，法兰克福审判的影响表现在司法实践方面。尽管战后联邦德国的《基本法》以尊重保障人权为立国之本，本应与之相适应的具体法律法规的制定却远远滞后。法兰克福审判对德国社会的震动直接迫使联邦议会修订纳粹罪行至1965年5月8日（即欧战结束二十年）追诉时效期满的现行法律。考虑到1945年战争结束到1949年联邦德国建国的四年间，德国处于被占领状态，不具有司法主权，联邦议会首先将追诉时效期限延长了四年，即至1969年仍然可以对纳粹罪行进行追诉。1979年，联邦议会更是取消了对纳粹谋杀和群体谋杀罪行的追诉时效限制，因此在德国，对纳粹罪行的清算和追究、对纳粹罪犯的追捕将无限期地继续下去。审判同时使德国陈旧保守的司法体系各方面的弊端毕露，最终推动了德国的司法改革，可谓德国法律现代化转型之开端。

1968年鲍尔逝世之后，德国又进行了大约五十场奥斯威辛审判，被告基本上都是些"小虾小鱼"。在司法实践中，鲍尔关于犯罪运行整体的法理观点已经成为被普遍接受的原则。被告只要被指控曾经在奥斯威辛或其他集中营工作过，哪怕干的只是扫地看门，谋杀或协助谋杀罪名即可成立，至于是否曾经亲手或参与杀人虐囚，有没有证人证据已不再重要。"当你走进集中营，你是不可能不知道集中营是用来干什么的，这时你已经和犯罪脱不了干系。只要你在集中营工作，无论是什么性质，在哪个部门，就已经犯下了杀人罪。你哪怕无所作为，只是在一旁站立，就已经在精神上支持了犯罪。对罪犯来讲，之所以能够作恶，精神上的互相支持是必不可少的。"鲍尔于1967年对法兰克福审判上诉案如此抗辩道。

2011年在慕尼黑开审的轰动一时的约翰·德米扬鲁克案堪称战后新时期清算纳粹战争罪行的经典。德米扬鲁克（John Demjanuk，1920—2012）出身为乌克兰农民，后应征入苏联红军，战争中被德军俘虏，在战俘营中加入党卫军支援队（Travniki）。支援队主要为党卫军提供服务，比如烧饭、修车、擦皮靴之类，有时也被用作集中营警卫。德米扬鲁克后来加入纳粹在苏联红军战俘中招募组织的弗拉索夫解放军（ROA），协同德国军队与苏联军队作战。作为一个在20世纪30年代差点饿死的乌克兰农民，如此行事也情有可原。战争后期，为逃避苏方的报复，弗拉索夫解放军纷纷向英美方投降，英美方则承诺不会将他们遣返苏方。1945年2月，英美苏达成《雅尔塔协定》，英美遂食言，将弗拉索夫解放军成员悉数引渡回苏，其悲惨下场可以想见。德米扬鲁克比较机灵，先躲进难民营，后又为美国人开卡车，几经周折，终移民美国，1958年加入美国籍，算是逃过一劫。

20世纪70年代中期，苏联方面向美国提供了七十个移民美国的纳粹战争罪行凶手的信息，德米扬鲁克榜上有名，并被苏方指称曾在索比堡灭绝营当看守。1981年德米扬鲁克因此被剥夺美国国籍。在调查过程中，他又被在以色列生活的特雷布林卡灭绝营幸存者指认，吃准他就是当年集中营那个绰号"可怕的伊万"的作恶多端的看守。德米扬鲁克因此于1986年被引渡至以色列受审。经五名特雷布林卡幸存者法庭指认，以色列法庭确认德米扬鲁克就是"可怕的伊万"，并于1988年判处其死刑。德米扬鲁克不服上诉，上诉期间，苏联解体，以色列调查人员得以查阅苏联审判特雷布林卡灭绝营看守案中三十七名被告的供词，发现"可怕的伊万"另有其人，并且极有可能早在1943年已经死亡。根据苏方提供的档案，德米扬鲁克根本没有到过特雷布林卡灭绝营。以色列方面同时发现，美国司法部下属的特别调查办公室（OSI）在剥夺德米扬鲁克美国国籍前就已经发现苏方提供的情报有讹，但刻意隐瞒了相关信息。1993年，以色列最高法院法官一致判决德米扬鲁克无罪释放，此时德米扬鲁克已经在以色列坐牢七年，其中五年是关在死囚牢房。1998年，美国政府恢复其美国国籍。

2001年，美国司法部特别调查办公室又开始指控德米扬鲁克曾经在其他的集中营当过看守。2002年，美国政府又一次剥夺德米扬鲁克国籍，并打算将其驱逐出境。其间，美国政府与德国政府接触，请后者接收，德国同意以索比堡灭绝营看守胁从谋杀罪引渡德米扬鲁克至德国审判。2009年5月，年近九十岁的德米扬鲁克乘坐装备有救护设施的专机被从美国押送到德国。同年11月，巴伐利亚州法院在慕尼黑开庭审理德米扬鲁克案。尽管德米扬鲁克根本否认曾经到过索比堡灭绝营，出庭作证的两位索比堡灭绝营幸存者也不能确认德米扬鲁克的看守身份，作为唯一物证的德米扬鲁克的党卫军身份证在法律可靠性上亦不无瑕疵，很有可能是伪造的，法庭仍旧于2011年5月判决九十一岁的德米扬鲁克因在索比堡灭绝营参与两万八千又六十宗胁从谋杀案，处五年监禁。

　　法庭认为，由于索比堡灭绝营是一台巨大的杀人机器，德米扬鲁克又被认定曾在其中工作过，在此情况下，德米扬鲁克本人是否曾经作恶以及证据证人的可靠性都已经不再重要，因此作出有罪判决。德米扬鲁克不服判决，提出上诉，后在上诉期间于2012年3月死亡。根据德国的诉讼法，上诉期间若上诉人死亡，上诉程序即告终止，一审判决亦不能生效。也就是说，年过九旬的德米扬鲁克死得其时，好歹为自己挣了个无罪之身。尽管德米扬鲁克案疑窦丛生，欲探知真相，恐已无望，但是从此案的审理过程，人们可以看到德国及其法律界与自身历史上的邪恶切割得何等彻底，何等决绝，当然，占据道德高地、坚守政治正确也是要付出代价的。若矫枉，难免过正，也许这正是鲍尔为德意志民族留下的精神遗产中积极的一面。

　　毋庸讳言，当时鲍尔的所作所为并不被德国大多数民众认可。对他们来讲，战后德国政治昌明，社会民主，经济复苏，发展神速，仅用了二十年时间即从一个被炸得稀烂的一无所有的国家跻身全世界最发达国家之列。人民生活富足，有房住，有车开，有肉吃，冬天滑雪，夏天观海，还能出国旅游，幸福指数极高。纳粹的历史已经翻篇，用当时流行的一句话说，就是"现在必须结束了"（Nun endlich Schluss sein müsse），谁再去翻历史旧账，就常常会被怀疑是别有用心。德国重建之父、时任联邦总理阿登纳就把鲍尔称为"刺儿头"（Querkopf），看着心烦。在法兰克福审判之后，鲍尔不断受到死亡恐吓威胁，以致为自己申请了佩枪护身。

　　1968年7月1日，鲍尔被发现死于法兰克福家中浴缸里。法兰克福法医约阿希姆·格肖（Joachim Gerchow）当时做了尸体解剖，发现鲍尔的心脏早有损伤，并患有严重哮喘，死亡前曾服用安眠药，体内酒精含量较高，而在公共场合鲍尔并不饮酒。死亡现场没有发现外部作用力痕迹。格肖认定死亡原因为自杀。格肖乃德国法医界权威，晚年获联邦贡献大十字勋章，他出具的验尸结果应该是比较可靠的。鉴于鲍尔死亡前的表现与自杀结论不符，他的副手申请保存遗体，进行正式法医鉴定，但被管辖此案的法兰克福检察院拒绝，原因至今不明，并且法兰克福检察院在很短的时间里便同意将鲍尔的遗体火化——尽管火化有违犹太教教义，但这是鲍尔本人1967年底所立遗嘱中的遗愿。令人费解的是，一般被水浸泡过的遗体因为确定死因难度较大，按照法医常识，不应过快入殓，更别说火化。由于遗体被火化，鲍尔的死因一直不能确定。除了自杀结论，也有谋杀假说。当时的第一报案人是鲍尔的邻居，系一位退休老人，他因为隔墙听不见鲍尔的咳嗽声而生疑报警。他说曾看见"黑暗的元素"进入鲍尔的住宅，听上去着实有些阴谋论的色彩。

鲍尔的突然离世，无疑伴随着深深的遗憾。鲍尔本应于1968年7月年满六十五岁退休，但是为了应付法兰克福审判的上诉，特别是准备大规模起诉纳粹"安乐死计划"案，鲍尔已经被特许延长工作三年。据检察院同事回忆，为此鲍尔非常高兴，期盼尽早开庭。鲍尔的离世也带走了无数的秘密，那些或为人知或不为人知的秘密，直到今日仍争议不断。

数年前，法兰克福高等法院原院长格奥尔格·D. 法尔克（Georg D. Falk，1949——）领衔开展一个关于法兰克福高等法院历史的研究项目。在整理鲍尔办案档案时，他惊讶地发现，鲍尔曾经对百余名纳粹时期对异见者宣判过死刑，即所谓手上沾血的法官展开刑事调查并提起诉讼，但是后来全部或撤诉或终止调查。之后由于鲍尔的去世，实际上联邦德国对纳粹司法系统的清算几乎没有进行过，纳粹时期很多对无辜者做的有罪判决并没有得到改正或平反。一直到 20 世纪 90 年代，即战争结束半个世纪后，统一后的德国议会才通过法令，无区别无条件推翻纳粹特别军事法院的所有判决。

特别让法尔克困惑不解的是鲍尔经手过的波兰妇女斯坦尼斯瓦娃·扬奇申案。战争期间，扬奇申（Stanisława Janczyszyn）在她的家中藏匿了一个三岁的犹太幼童马里安·弗里施曼（Marjan Frischmann）。1943 年事情败露，三岁的弗里施曼被一党卫军人当场枪杀，扬奇申则被一德国特别军事法庭判处死刑并遇害。战后，弗里施曼的父亲追责，起诉开枪的党卫军人和特别法庭的主审法官。尽管案情特别残忍恶劣，但却在 1964 年被鲍尔撤诉。鲍尔给出的撤诉原因也相当古怪。他对弗里施曼的父亲解释说案件已过追诉期限，而实际上当时的追诉期限是到 1965 年截止；对黑森州司法部，鲍尔则说他认为相关法院不会继续审理此案，而法尔克认为，类似这类案件只要检方正式起诉，法院就必须审理；在正式撤诉书中，鲍尔给出的撤诉理由又变成了被告犯罪的恶劣动机（niedrige Beweggründe）不能完全被证实。法尔克在公布这一发现时，为避免政治不正确的误会，特别声明，鲍尔是他心中的灯塔，公布材料的目的只是作为研究，没有其他的意思。

斯人已逝，往事如烟如絮，或随风飘散，或归于尘黯，使得无数未解之谜愈不能测愈不可说。回顾德意志战后的历程，鲍尔就是迷途的德意志的先知，犹如当年摩西引领以色列人出埃及。跟随摩西出埃及的这一代以色列人，迷惘胜于信心，愚妄多于敬畏，尽管有摩西指引劝导乃至责骂、威胁、利诱，终不悔改，以致在荒野中游荡四十年，直到一代人死绝后，神才兑现承诺，使摩西带领以色列新生代至应许之地，而老迈的摩西却不得进入。1968 年，正是德国战后两代人交替之际，当年的学生运动让西方社会向现代转型，使得新时代的应许之地呼之欲出，心力交瘁的鲍尔却孤独地撒手人寰，如同摩西，只得远眺，无缘身受。

亦与摩西相似，鲍尔死后也没有高岸陵冢、巍峨大堂，到今日也没多少人知道他的坟墓所在，然而，鲍尔留给德意志的记忆和遗产——从首都心脏地带的数千块死难者的墓碑到遍布欧洲的铭记遇难者姓名的金色绊脚石，随处可见，无处不在。1979 年，奥斯威辛集中营遗址被联合国教科文组织列入世界文化遗产名录，每日游人如织。文化遗产奥斯威辛与柏林选帝侯大街公车站那座冷寂的风雨亭一样，都在向人们发出警诫：文化不仅仅意味着真善美，文化也会生发出巨大的邪恶。为子孙计，为社稷计，当以此戒，当以此鉴，当不敢忘，当不可忘。

阿尔卑斯山逃生记
——伊特尔堡之役

若去欧洲游历，首选当是意大利与奥地利交界的蒂罗尔山区。蒂罗尔位于阿尔卑斯东部山脉，有南北之分：位于意大利境内的为南蒂罗尔，涵括名闻遐迩的多洛米蒂山区（见本书《众神居所，生死因缘》）；在奥地利境内的则称北蒂罗尔（Nordtirol），景色之壮美不输南蒂罗尔。中国人通常将到过安徽黄山标志为人生巅峰，而欧洲人心目中的"黄山"就是蒂罗尔。耸立在北蒂罗尔因河（Inn）河谷的伊特尔堡（Schloss Itter）并不是旅游热点，但一直被史学家关注，盖因第二次世界大战结束前夕此地发生了一件神奇之事：德国国防军军人为解救被纳粹政权关押的法国人犯，与美国军队并肩作战，抗击德国武装亲卫队。此役之匪夷所思，当是二战史上空前绝后的一次。

伊特尔堡首见于文字记载为 1240 年，其确切的起源已不可考，很可能在公元 900 年左右就已经是雷根斯堡主教区（Hochstift

Regensburg）的边卡堡垒，以后又作为教产打包卖给了萨尔茨堡主教。与一般的城堡通常归属于王公贵族的命运相异，伊特尔堡的历史坎坷多舛，屡毁屡建，转卖易手数不胜数。1526 年在德国农民战争中城堡被彻底摧毁，重建之后曾被当地法院征用。法院迁走后，城堡被废弃，以十五古尔盾（Gulden）的价格卖给当地，成了当地农民盖房建院的建材来源，窃砖盗瓦，不久就又被农民变成了废墟。

19 世纪后期，伊特尔堡经历了一次中兴。起初城堡被改建成有五十间客房的高级酒店，后来由于经营不善，酒店被当红女钢琴家索菲·门特（Sophie Menter, 1846—1918）买下。门特在此居住了十五年，城堡成为名噪一时的艺术沙龙。无数乐坛巨擘均曾在此下榻，包括门特的恩师李斯特以及鲁宾斯坦、柴可夫斯基等，城堡因此还成就了音乐史上的一段佳话。文人相轻，大师"互怼"，自古难免，世人皆知后辈柴可夫斯基尽管受到前辈李斯特尤其是李斯特领军的魏玛乐派的影响，两人却一直若即若离。李斯特曾经放话说柴可夫斯基钢琴弹得太烂，根本不懂钢琴；柴可夫斯基则阴阳怪气地暗示李斯特的作品重在玩弄技巧，徒有华丽的皮囊。然而不太为人所知的是，正是在伊特尔堡，柴可夫斯基于 1892 年根据门特提供的总谱与门特合作完成了《匈牙利吉卜赛人》（Ungarische Zigeunerweisen）钢琴协奏曲。次年 1 月，门特担纲钢琴演奏，柴可夫斯基亲自指挥，在敖德萨（Odessa）成功首秀，十个月后柴可夫斯基即溘然长逝。关于这个作品的原创作者身份一直讳莫如深，一般认为门特在城堡提供的总谱出自已经于 1886 年去世的李斯特，因为匈牙利吉卜赛曲式几乎是李斯特的专利，而柴可夫斯基也不可能对总谱中的李斯特元素熟视无睹，因此更有人猜测说是柴可夫斯基难弃前嫌，刻意回避李斯特原创的事实。其实，当时柴可夫斯基的声望已经如日中天，根本不屑这种小肚鸡肠的勾当。在后人眼中显而易见的是，英雄迟暮，其鸣也哀，其言也善，琴瑟声中得知音、泯恩仇，柴可夫斯基是在通过这首作品向前辈李斯特表达最后的敬意，而伊特尔堡则是这段动人因缘的发生地。

1902 年，门特迁居慕尼黑，将城堡出售给来自柏林的一位企业家。城堡被按照英国都铎式风格改建，成为欧洲美好年代时期的建筑象征。美好年代系指从 1871 年到第一次世界大战爆发前近半个世纪的时间段，伴随着第二次工业浪潮，欧洲大陆——主要是法国——引领世界进入了一个新时代。社会进步繁荣，思想活跃开放，文学艺术绽放异彩，人们对未来普遍持乐观态度。美好年代时期，现代生活模式初见端倪，埃菲尔铁塔、奥运会、毕加索、爱因斯坦、人道主义、蒙马特的圣心圣殿（Basilique du Sacré-Cœur de Montmartre）和红磨坊（Moulin rouge）等，都是美好年代的产物。恭逢盛世，交通不便的伊特尔堡因为其私密性也成了上流社会人士和新贵喜爱的去处。

20 世纪 30 年代纳粹德国兴起，1938 年奥地利被并入帝国版图，伊特尔堡亦被纳粹政府征用。1940 年，城堡成为德国与烟草危害开战联合会（Deutsche Verein zur Bekämpfung der Gefahren des Tabaks）奥地利支部的办公场所。与一般的独裁者不同，希特勒厌恶抽烟，党卫军人唯元首是瞻，身体力行，率先禁烟，因而出现了这个古怪的官僚机构。1942 年，城堡被党卫军接管，次年根据希姆莱的命令被改建成监狱，归属慕尼黑近郊的达豪集中营辖理，用来关押从欧洲——主要是法国——抓来的高端犯人，如政治领袖、军事统帅、政要亲属、体育明星等，党卫军内部不伦不类地称之为"尊贵囚犯"（Ehrenhäftlinge）。到二战末期，城堡中共关押有十四名尊贵囚犯。

关押在城堡的尊贵囚犯中有两位法国的前总理：爱德华·达拉第（Édouard Daladier，1884—1970）和保罗·雷诺（Paul Reynaud，1878—1966）。达拉第因为奉持绥靖政策，与英国人合伙搞了《慕尼黑协定》，纵容纳粹肆虐，出卖盟友而遗臭万年。雷诺则是达拉第的政敌，反纳粹德国的立场鲜明。1940年3月，雷诺临危受命出任总理，领导法国抗击德国，结果被军事方面的一帮"猪队友"弄得一败涂地。在法国战败已不可挽回之际，雷诺帮助戴高乐逃去英国。戴高乐后来在伦敦组建自由法国，继续抗击纳粹，强硬搭乘英美顺风车，体面收复巴黎，战后让法国挤进了联合国五常，总算为法国多少挽回了一些面子。法国战败投降后，雷诺因为在法国南部遭遇车祸，没有来得及逃出法国，先被贝当的维希政府软禁，后又被德国人拘捕，关押在柏林附近的萨克森豪森集中营，战争后期被转移到了伊特尔堡。达拉第和雷诺是政治上的死敌，不期又在城堡狭路相逢，尽管都已经沦为南冠客、阶下囚，处境都不甚乐观，但仍然还在因不同政见相互攻讦诋毁。

雷诺两位最著名的"猪队友"、导致法国战败的前后两任法军战时统帅莫里斯·甘末林将军（Maurice Gamelin，1872—1958）和马克西姆·魏刚将军（Maxime Weygand，1867—1965）也被德国人关在伊特尔堡。甘末林根本看不懂德国人玩闪电战弄的那一套花里胡哨的招数，输得一塌糊涂。

魏刚则为一战英雄，一战后任波兰毕苏斯基（Józef Klemens Piłsudski, 1867—1935）元帅的军事顾问，1920年大败苏俄于华沙城下，一时名倾天下；二战时则廉颇老矣，尚能饭，其他都不能干了。在英法联军溃败至敦刻尔克前夕，法国临阵易帅，魏刚替换甘末林，接任法军总司令。在德军机械化部队的疯狂进攻速度和锐利攻势面前，魏刚竟然还用第一次世界大战的战法布防，构建所谓固若金汤的"魏刚防线"，结果弄得德国人在穿越魏刚防线时有点烦。烦恼的原因，一是没有能力收容争先恐后缴械投降的法军官兵，二是蜂拥来降的法国兵造成道路堵塞，弄得德国人想闪电战也战不起来，只能在坦克上装上扩音器请法国兵进行"自助"投降，自律自爱，武器辎重一干物品须在道路自行整齐有序码放，保持道路畅通，然后一干人等自觉回家，成了战争史上的一大笑柄。

一山不容二虎，况且都是败落平阳之虎，魏刚与甘末林之间当然不共戴天，而达拉第和雷诺则不待见魏刚。除了因为魏刚指挥打烂仗，主要是因为他与贝当元帅一起策划了火线停战，实际上就是向德国投降。停战后，魏刚出任维希政府的第一任国防部长，用我们的话说就是"法奸"，因此魏刚在城堡为他人不待见亦顺理成章。

另外，法国工会领袖、1951年诺贝尔和平奖得主莱昂·儒奥（Léon Jouhaux, 1879—1954）与法国战前右翼火十字团领袖弗朗索瓦·德拉罗克（François de La Rocque, 1885—1946）也同被关在城堡，而工会与火十字团生来就是势不两立、互相打杀的对手。

网球明星、被誉为"巴斯克飞人"的让·博罗特拉（Jean Borotra, 1898—1994）也是尊贵囚犯之一。博罗特拉因为对自己网球以外的天分过于自信，贸然参政，蹚浑水当了维希政府的教育和体育部长，用中文说就是"附逆"。结果仗还没有打完，他先被德国人抓了关进伊特尔堡，等到仗打完了，又被法国人因为叛国罪作为"法奸"惩办，差点被枪毙，方知当官和打网球不是一搭子事。因为囚犯之间敌意太深，加之洋人进餐不谙竹筷、喜用刀叉等尖锐利器，城堡的党卫军看守为避免囚犯在用餐时互相伤害，还专门为每个人建立了小餐厅。

尽管伊特尔堡名义上是达豪集中营的分营，但因为设置城堡监所乃希姆莱本人的命令，并且关押的多为名流，资源可贵，奇货可居，因此城堡监所的生活条件与一般的集中营不可同日而语。囚犯可以带家属坐牢，如家属不愿连坐，考虑到法国人天性浪漫，还可以申请让其他人入狱共处共宿。囚犯有一定的自由活动空间，城堡中有图书馆供囚犯使用，党卫军的医疗机构会为囚犯提供体检诊治服务。囚犯每人每周可以得到两瓶红酒和零花钱。更有甚者，在城堡干体力活的南斯拉夫囚犯兹沃尼米尔·丘奇科维奇（Zvonimir Čučković）略通无线电知识，通过丘奇科维奇，达拉第可以使用看守的收音机定期收听英国广播公司电台等"敌对势力"对欧陆的广播，而后再将信息在囚犯中传播扩散。"收听敌台"本身就恐为一罪，身处监所却能公开或半公开为之，不可不谓之怪诞。伊特尔堡优越的监禁条件使得尊贵囚犯乐不思蜀，1944年，城堡内的一批奴工曾计划和尊贵囚犯一起越狱逃亡瑞士，因为后者临阵变卦，舍不得离开城堡，导致计划流产。

战争末期，德国的供应日益吃紧，囚犯的生活水平明显开始下降，甚至出现了电力供应中断，需用蜡烛照明的非常状况。囚犯对用蜡烛照明不满的同时，更为焦虑的是当下前途未卜、性命堪忧的处境。为此，法国前总理、《凡尔赛和约》的始作俑者"老虎"乔治·克里孟梭（Georges Clemenceau，1841—1929）的儿子小克里孟梭（Michel Clemenceau，1873—1964）约了雷诺、甘末林，对城堡监所长官、党卫军上尉塞巴斯蒂安·维默尔（Sebastian Wimmer，1902—1952）开了一次吹风会。小克里孟梭会讲德语，在吹风会上既是囚犯代表，也是翻译。囚犯方除了抱怨照明的不便，主要是对维默尔挑明，城堡囚犯的安危决定着他战后的命运。机灵的维默尔则表示城堡囚犯如果受到伤害，将不符合德国的利益。这次谈话在短时间内给了惶惶不可终日的囚犯些许安慰。

　　小克里孟梭成为尊贵囚犯、被关进伊特尔堡，着实有些莫名其妙，尽管是受其父"老虎"克里孟梭的株连所致，但若深究，恐怕仅仅是一次乌龙。克里孟梭一贯反德仇德，在第一次世界大战结束后的巴黎和会上，他是三巨头中最为坚定要压制德国的一方，嚷嚷着要让德国"赔至最后一个马克"，是极为苛刻刁钻的《凡尔赛和约》的主要推手，这也为日后纳粹德国的崛起埋下了祸根。"老虎"的儿子小克里孟梭尽管是政坛首脑之后，其实根本不关心政治。20世纪初，小克里孟梭利用其父的关系，坑蒙拐骗，因为诈骗罪还吃了官司，弄得作为政治家的老克里孟梭极为尴尬被动，父子关系因此破裂。至1914年第一次世界大战爆发，已入不惑之年的小克里孟梭慨然从军，保家卫国，感动了老父，父子关系才得以恢复。小克里孟梭的人生巅峰是在父子言归于好之后，他为其父在枫丹白露附近的卢万河畔莫雷（Moret-Sur-Loing）设计了一座完全使用生态材料建造的茅屋，说是用来给其父养老。老克里孟梭大概是怕被儿子再坑一次，并没有入住茅屋，而是长期住在法国西部大西洋沿岸、其印象派画家好友莫奈为他设计的"印象花园"中。通过茅屋，小克里孟梭歪打正着，在国际建筑界赢得名声，茅屋后来成为"老虎"克里孟梭的纪念馆。不过大多数购票参观者感兴趣的并不是被纪念者的生平，而是茅屋建筑本身，久而久之，卢万河畔的"克里孟梭之家"成了建筑设计界贯彻低碳环保理念的著名前卫标杆作品。

1945年4月30日，希特勒在柏林自杀，帝国崩溃在即，一些自知罪孽深重的党卫军人开始逃亡。伊特尔堡因为地处偏远，扼进入阿尔卑斯山之要津，不少寻求天主教会庇护、向意大利逃亡的党卫军人将其作为逃亡的中继站。达豪集中营长官爱德华·魏特（Eduard Weiter，1889—1945）于4月30日携家人到达伊特尔堡，在他离开达豪集中营时，亲自下令屠杀了两千多名囚徒。他之前还根据希特勒的命令，在达豪集中营焚尸间处决了"元首亲犯"、在慕尼黑啤酒馆试图刺杀希特勒却功败垂成的格奥尔格·埃尔泽（见本书《众神居所，生死因缘》）。魏特到达城堡的消息引起了因犯恐慌，但是他并没有继续逃亡，而是两天后在城堡中莫名死亡，很有可能是自杀。魏特死后，陈尸城堡。城堡长官维默尔上尉让手下的看守把尸体抬到伊特尔村墓地埋葬，但是遭到村庄的本堂神父拒绝，最后只能私下里随便找了一处空地掩埋了事。

5月3日，美军解放了距城堡以西四十公里的奥地利的阿尔卑斯重镇因斯布鲁克，而在城堡所处的因河河谷区域，尚有从巴登和巴伐利亚东撤于此的武装亲卫队第 17 "格茨·冯·贝利欣根" 装甲掷弹兵师（Die 17. SS-Panzergrenadier-Division "Götz von Berlichingen"，又称"铁手骑士师"）在成建制地抵御美军的东进。魏特之死使城堡笼罩上了一种末日气氛。囚犯意识到尽管战争结束指日可待，但是能否逃出生天，尚需运气加上自己的努力。

在美军占领因斯布鲁克的 5 月 3 日当天，丘奇科维奇身负双重使命离开城堡：表面上是被城堡长官维默尔上尉派遣，寻找分散在城堡周围山区的德军部队对城堡施行保护；实际上丘奇科维奇是受囚犯的委托，试图向美军求救。丘奇科维奇没有去五公里外仍被德军控制的城市沃格尔（Wörgl），而是西行六十余公里，径直奔向因斯布鲁克。当天夜间，丘奇科维奇在因斯布鲁克城郊遇到美军第 6 军第 103 步兵师第 409 步兵团的前哨部队，展示了随身携带的英文求救信。美军意识到城堡情况危急，但因为自身兵力单薄，加之天色已晚，遂报告上级，并答应丘奇科维奇第二天一定会采取援救行动。次日清晨，美军第 103 步兵师派出一支装甲车队沿因河河谷下行驰援伊特尔堡，但在途中被德军的炮火拦截，车队受阻，又因为军事行动已越出第 103 步兵师防区，坦克等重装甲车辆因此被上级召回，留下两辆吉普车和四名士兵在克拉默斯（John T. Kramers, 1917—2012）少校率领下绕路向城堡移动。

5 月 4 日，由于丘奇科维奇一去不返，杳无音信，陷入慌乱的维默尔害怕也像魏特那样死得不明不白，决定带上老婆逃亡。逃亡之前，维默尔还请尊贵囚犯给他写了一份文件，证明他一直善待囚徒，以备被美军抓到时能够免死，同时伴称让城堡的党卫军看守去寻找已死的魏特。看守遂作鸟兽散，这样一来城堡囚犯的命运就被置于自生自灭的境地。逃跑之前，维默尔装模作样地将城堡的指挥权移交给因为受伤在城堡休养的武装亲卫队上尉库尔特－西格弗里德·施拉德尔（Kurt-Siegfried Schrader, 1916—? ）。

　　一夜间莫名其妙成为城堡司令的施拉德尔上尉早就厌倦了这场无义之战，由于看守也已经跑路，施拉德尔当然无人可以指挥。情急之下，施拉德尔打开了城堡的武器库，将武器分发给囚犯以防不测，使得囚犯在事实上接管了城堡。作为一位武装亲卫队军官，施拉德尔这一举动无疑是完成了一次自我救赎。5月4日中午，鉴于丘奇科维奇没有返回城堡、维默尔连同城堡看守跑路，城堡的捷克厨师安德烈亚斯·克罗博特（Andreas Krobot）骑自行车去沃格尔寻求援救。此时沃格尔的局面混乱不堪，城市一部分仍然被武装亲卫队占领，另一部分则被奥地利抵抗力量控制。通过抵抗力量，克罗博特见到了德国国防军掷弹兵少校约瑟夫·泽普·甘格尔（Josef Sepp Gangl, 1910—1945）。

　　甘格尔出生于巴伐利亚，是职业军人。二战爆发时，甘格尔驻守萨尔地区德法南部边界。可能不太为人所知的是，1939年9月1日德国入侵波兰时，法国并没有只是在口头上对德国宣战，9月7日，为减轻波兰面临的压力以及宣示法国对波兰安全的承诺，法军十一个师曾进击德国，纵深达八公里。但是法国人三心二意，行动迟疑，两个星期以后就被德国人赶回了法国。甘格尔在此役中受伤。在战争的大部分时间中，甘格尔均在东线服役，他还作为南方集团军群火箭炮兵军官参加基辅合围，表现骁勇，连续获颁一级和二级铁十字勋章。1944年，甘格尔所在的第7掷弹兵旅调防法国。6月，盟军诺曼底登陆，甘格尔部参加卡昂战役后陷入盟军的法莱斯合围，第7掷弹兵旅以折损过半的代价突围成功。之后，甘格尔部且战且退，在撤退过程中还参加了阿登战役和萨尔布吕肯保卫战。由于甘格尔智勇过人，1945年3月再获颁金质铁十字勋章并被擢升为少校。

这时候甘格尔手中已经没有火箭炮等重型武器，部下也仅有数十人。在退入因河河谷后，作为所谓"阿尔卑斯山堡垒"的一部分，甘格尔奉命驻防沃格尔。甘格尔对纳粹政权已经没有任何期望，他对生死与共的下属承诺，他一定会让他们活着回家。在沃格尔，德军得到的命令是不惜一切代价抵抗美军，而城内的平民并没有疏散，一旦开打，肯定会造成巨大伤亡。由于美军逼近，城内居民已经在居所等建筑上挂出白旗，以免遭到美军攻击。而根据希姆莱的命令，凡是悬挂白旗的居民，家中男性均格杀勿论。为防止纳粹对平民施害，甘格尔决定和当地的反德抵抗力量联手保护城内居民。

当甘格尔遇到前来求救的克罗博特时，颇费踌躇：一方面他很清楚城堡面临的风险，良知逼使他不能见死不救；另一方面他又不能为救援伊特尔堡而丢下城内居民不顾，同时他要信守他对部下的承诺，让他们活着回家，而以他们现有的实力驰援伊特尔堡无疑是以卵击石，将他们置于巨大危险之下。权衡再三，甘格尔做出惊人决定，他将自己的大部下属留在沃格尔城内，与抵抗力量一起保护平民，他本人则带了十余名士兵，打着白旗往已经被美军控制的库夫施泰因（Kufstein）而去。甘格尔很清楚，若要解救城堡的囚犯，只能求助于美军的帮助。在库夫施泰因，甘格尔遇到了由美军上尉约翰·C."杰克"·李（John C. "Jack" Lee）率领的第 21 集团军群第 12 坦克师的侦察连。在甘格尔介绍情况后，鉴于人命关天，李立刻决定转向伊特尔堡。由于通往城堡的山路桥梁坍塌，李最终只能够率领一辆绰号"谢尔曼"的 M4 中型坦克、一辆大众运输车和一辆美式吉普，捎上甘格尔等十余名德国兵和临时搜罗到的美军第 36 步兵师的十余名美国兵，不顾散布在城堡周围的武装亲卫队铁手骑士师的火力拦截，径直冲进城堡。

李上尉和甘格尔少校率领的救兵受到了城堡"司令"、武装亲卫队上尉施拉德尔的热忱欢迎。不过这样一支怪异的美德"混编"军队却不能使囚犯高兴起来，这不仅仅是由于他们的力量单薄，更是因为其中还混杂着他们避之唯恐不及的来路不明的德国兵。囚犯不加掩饰的失望和困惑使得李上尉多少有些扫兴，他对那些穿着名牌西装、挎着冲锋枪在城堡里乱逛的显贵们自然也不会有好言好语。李要求把所有的囚犯立刻转移到地窖等安全地带，同时态度生硬，举止粗鲁。新大陆板块冲撞了老欧洲，喝咖啡的遇到了吃生大蒜的，弄得这些大概是第一次近距离与美国大兵打交道的彬儒雅致的高端人士很没面子，很不愉快，以致前总理雷诺在当天写道："（战后）欧洲未来将被这种人掌控，那将是多么可怕！"

两害相权取其轻，可怕的未来毕竟不能与恐怖的现实同日而语。城堡外的森林里已经明显有武装亲卫队在集结，李上尉将唯一的坦克——他把这辆跟随他转战欧洲的"谢尔曼"坦克称作"迷醉的珍妮"（besotten Jenny）——转向布防，炮口正对通向城堡的公路桥。尽管甘格尔少校的军衔高于李上尉，但是所有德国军人均顺从地服从李的指挥调遣。为了在战斗打响后便于识别，李命令所有德国军人在左臂绑上布条。对一个在历史上第一个指挥德国兵打仗的美国军官来讲，李在此时此地的感觉应该是畅快的，他不无讽刺地把他的德国战友称作"酸菜宝宝"（zahmen Krauts）。来自纽约的李是橄榄球运动员，对德国的全部认知是德国人吃酸菜，除了会吃酸菜，德国人一无所长，因此德国的正式国名在上尉的口中也一直是"该死的酸菜国"（Fucking Krautsland）。

5月5日清晨，铁手骑士师的百多名武装亲卫队开始对城堡发起攻击，吵醒了前晚布防完毕就去睡觉的李上尉。铁手骑士师于1943年在巴尔干建制，以德意志历史上的传奇铁手骑士"格茨"·冯·贝利欣根命名，前身为曾在巴尔干半岛和南斯拉夫铁托游击队恶战的党卫军第5山地集群，成员多为克罗地亚的德裔天主教徒。与北欧、荷兰等外籍武装亲卫队组织相似，外籍亲卫队军人的纳粹意识形态信仰往往比德国本土军人更加狂热，性格更为彪悍，战场上的表现更为勇敢。二战期间，特别在战争后期，武装亲卫队里的外籍军人数量远远多于德国。在武装亲卫队的三十八个成建制师中，以外籍人员组成或有外籍背景的几达三十个。

铁手骑士师建制后的作战序列为武装亲卫队第17装甲掷弹兵师，建制伊始就成为德军最高统帅部预备队、事实上的战略救火队，哪里战况吃紧就被投向哪里。1944年，英美开辟第二战场在即，法国北部风声鹤唳，铁手骑士师调防法国圣洛（Saint-Lô），诺曼底战役中的卡朗唐（Carentan）、圣洛等恶仗都是铁手骑士师主打。在卡朗唐，铁手骑士师以寡敌众，同时向美军三个师发起进攻，让人生畏。在退回德国本土之前，铁手骑士师向占据优势的盟军不断发起反击。1945年1月，铁手骑士师在阿尔萨斯－洛林

（Alsace-Lorraine）参与西线对盟军的最后一次反击"北风行动"，表现卓著，在盟军中也赢得了声望和尊重。

至于在 1945 年 5 月 5 日德国战败已成定局的情况下，铁手骑士师为什么会进攻伊特尔堡，其动机至今还没有厘清。进攻是因为城堡中的名人囚犯还是因为李上尉率领的美军士兵出现在城堡而引起的，迄今仍不清楚。

李上尉被枪炮声吵醒之后，铁手骑士师进攻的坚决和火力的凶猛使他吃惊。原来李认为用坦克的火力封锁通往城堡的路桥可以抵挡一阵，没承想对方居然拉出了八十八毫米反坦克炮，不仅把城堡的建筑轰得千疮百孔，还有一发直接命中"迷醉的珍妮"，引起爆炸。危急关头，"巴斯克飞人"让·博罗特拉利用自己网球大师的体格优势，步行闯过火线去寻求美军的帮助，李上尉和甘格尔少校则分别向美第 12 坦克师和沃格尔的奥地利抵抗力量呼叫求援。

混乱之中，李和甘格尔共同指挥美军与德军士兵，并肩战斗，对抗铁手骑士师的进攻。尽管李不准囚犯参加战斗，但仍旧有个别人不甘寂寞，披挂上阵。没有作战经验的雷诺弄了把冲锋枪胡扫乱射。事后雷诺回忆说，端着冲锋枪照着人打的感觉真是棒极了，就是烟雾太大，什么也看不见，不知道是不是真的打到人了。雷诺亢奋之下，忘乎所以，以致暴露太多，甘格尔少校上前把他拉下火线，结果被对方的狙击手击中头部，当场阵亡。

战斗至当天下午，城堡守卫一方弹药告罄，李命令所有人退上塔楼，前总理达拉第在塔楼上则忙着和两名德国兵干完了一瓶意大利比特酒壮胆，事后达拉第却薄情地回忆说："那玩意儿极其恶心。"即使在大难临头的时刻，法国人在酿酒的问题上依旧优越感无限。就在大家开始绝望之时，传来了美军坦克履带滚动的声音：前一天被德军阻截的美军第103步兵师的四名士兵在克拉默斯少校率领下已经接近城堡，他们遇到应甘格尔求援而来的奥地利抵抗力量成员和闯过火线的"巴斯克飞人"博罗特拉，得知在伊特尔堡双方已经交火且形势凶险，随即向美军第142步兵团求援。第142步兵团的装甲救援部队很快抵达城堡，击溃了围困城堡的铁手骑士师，伊特尔堡终得拯救。

被救出的十余名法国尊贵囚犯当晚在美军的严密护卫下离开城堡，5月10日回到巴黎，那些与美军并肩固守伊特尔堡的德国军人则在当天被关进了美军战俘营。甘格尔少校的遗体被移送到沃格尔埋葬，他用生命兑现了他对那些生死与共的下属的承诺，他的死使他们能够活着回家，而少校本人却长眠在异国他乡。因为少校护卫沃格尔免遭纳粹施虐和以生命相救伊特尔堡囚犯的义举，奥地利视其为国家英雄，沃格尔市民视其为城市的荣耀，至今当地仍有以甘格尔命名的街道和纪念龛。晚年的雷诺总理在他的回忆录中则对甘格尔的救命之恩铭怀不忘。

事隔一个多甲子，当事人皆已作古，这段惊心动魄又不可思议的故事却一直不曾被人遗忘。2016年，瑞典的重金属乐队萨巴东（Sabaton）曾选择古往今来的十一个战争故事为素材，出了专辑《最后结局》（*The Last Stand*）。专辑中有一首曲即为描述1945年5月5日伊特尔堡之役的《终极之战》（"The Last Battle"），风行一时。有趣的是，除了能把人耳震聋的重金属摇滚乐声，萨巴东的歌词倒是和我们小时候唱的打日本的《歌唱二小放牛郎》有异曲同工之妙：

> （领唱）五月初五呀那个打胜仗，
>
> 1945 年呀那个元首已经没戏唱，
>
> 坦克珍妮守在城堡前，那个党卫军呀对她开炮又放枪，
>
> 俺们已经没有时间了，
>
> 那个终极之战呀已经打响。
>
> （合唱）城堡上降下了那个天兵天将，
>
> 纳粹呀那个猝不及防，
>
> 甘格尔呀李呀带兵那个厉害呀，
>
> 一下子把那个亲犯全解放。

　　伊特尔堡援救故事之所以令人难忘，是因为它鲜活地映射了在一个帝国解体、强权崩溃的历史时刻的混乱，以及面对混乱时人们的恐惧、困惑和迷茫。每个人几乎是被逼迫重新选边站队，他们的选择已经脱离了传统的爱憎、秩序、服从、意识形态、族群的禁锢和束缚，更多的是以良知、向善之心和奉献取而代之。

　　伊特尔堡之后，在法国的尊贵囚犯中，达拉第和雷诺继续从政，继续为敌，终生"互怼"。魏刚和网球明星博罗特拉因为叛国罪被送上法庭，后得总统戴高乐特赦。博罗特拉获释后成立保卫贝当民族阵线，终生担任主席，致力于为贝当元帅翻案，看来网球大师对政治还是没太搞明白。莱昂·儒奥则继续专注工会事业，蜚声世界，1951 年获诺贝尔和平奖。

　　末任城堡长官施拉德尔上尉曾被美军关押进战俘营，后因为

其在城堡的行为被法国政府保释，之后携家带口在北威州的明斯特（Münster）定居，以当泥瓦匠为生。20世纪50年代在法国政府的干预下，施拉德尔进入北威州内政部任职，90年代在德国去世，安享天年。

带着妻子一起逃亡的城堡监所长官塞巴斯蒂安·维默尔被盟军抓获，因曾经在达豪集中营和马伊达内克集中营犯有战争罪行被盟军起诉。其妻求助于当年的法国尊贵囚犯，在他们的帮助下，维默尔得以在1949年早早获释，后因酗酒恶习与妻子离婚，于1952年自杀。

伊特尔堡战后被一家列支敦士登的酒店集团收购，整修扩建后成为一家可容直升机起降的豪华酒店，未几又一次破产。现在城堡是私人物产，不向公众开放。

有趣的是攻打城堡的武装亲卫队铁手骑士师的命运。由于铁手骑士师彪悍善战，使盟军吃了不少苦头，一方面屡次出现缴械后遭盟军报复并被成批杀害的情况，另一方面使得美国的巴顿将军对铁手骑士师印象深刻。1945年5月，在德国投降后两星期，英美在丘吉尔的同意下制定"不可思议行动"计划，准备在同年7月1日从德累斯顿方向对驻德苏军发起攻击，行动目标是将苏军逐出东欧，保证波兰独立。在制定计划时，巴顿将军曾经考虑过征召十万德国战俘以解决英美方面兵源不足的问题，而铁手骑士师将是新组建德军军官的主要来源。"不可思议行动"计划因双方军事力量不均衡、英美方无胜算而放弃。

城堡一战，由于营救出的对象"含金量"高，美军大肆宣扬，李上尉一举成名，满世界巡回讲用，并获颁杰出服役十字勋章，出过一阵风头。战后李继续打橄榄球，1950年美国橄榄球界开始职业化转型，李没能被职业队录用，曾经尝试经营酒店未成，后以在酒馆跑堂为生。1973年李因酒精中毒去世，终年五十四岁。不明了的是，伊特尔堡之后的上尉是不是仍然认为，德国人除了会吃酸菜外一无所长。

我感受着痛苦的馈赠

——悲情魏玛

　　德国中东部古城魏玛，乃德意志文明之都、首善之地。由于历代王侯特别是萨克森-魏玛-爱森纳赫大公卡尔·奥古斯特（Karl August，1757—1828）知书识礼，敬畏文化，一时鸿儒云集，群贤毕至，使得魏玛有"德意志之雅典"的别称。

　　行走在魏玛，投足举手，瞻前顾后，几乎无时无刻不与先贤巨匠相遭遇：歌德住过的房子、席勒吃过的餐厅、巴赫的祖宅基地、李斯特的琴房，还有马丁·路德以降所有来过魏玛的德国名人住过的大象酒店（Hotel Elephant），不过有点令人泄气的是希特勒也曾在此下榻——当年希特勒就是站在酒店阳台上接受魏玛市民的狂热欢呼。彼时我们看见的放在阳台上的塑像当然不可能是希特勒，而是马丁·路德。市中心国家大剧院之所以出名并不只是因为门前的歌德和席勒纪念像，还是由于第一次世界大战后的第一部共和国宪法在此诞生，魏玛共和国也因此得名。

德国文化的象征——魏玛大剧院门前广场上的歌德和席勒纪念像。

与国家大剧院相对的，就是包豪斯博物馆。包豪斯运动改变了人类现代衣食住行的生活模式。严格地讲，魏玛才是包豪斯学派的发源地，包豪斯学校迁往德绍是 1925 年以后的事情。1996年，魏玛和德绍因包豪斯艺术对人类的贡献成功申遗。两年后，即 1998 年，魏玛又因城市的历史价值再获入选世界文化遗产名录。艺术、文化、历史，跨中古、近代、现代，作为世界上罕见的入选双世界文化遗产名录的城市，魏玛实至名归。

夏日黄昏，根据酒店服务生的指点，吃喝完最经典的图林根烤肠配图林根黑啤酒和酸菜土豆泥，在城内闲逛看景至席勒街（Schillerstraße）。席勒街因席勒故居而得名。席勒街 5a 号，几乎正对着席勒故居，为格奥尔格·哈尔博士基金会（Stiftung Dr. Georg

Haar）会址。这栋楼房曾经是魏玛纺织品富商哈尔家族的店铺，临街商铺租给了连锁书店塔利亚（Thalia）经营，看似平常，其后隐略的故事却凄婉伤感，可以说是 20 世纪德意志命运的缩影。

1945 年 7 月 22 日，欧洲的战事早已经结束，魏玛富商、收藏家、律师格奥尔格·哈尔（Georg Haar, 1887—1945）博士与他的夫人费莉西塔斯·哈尔（Felicitas Haar）用自杀的方式平静离世。在 1945 年 6 月 6 日修改的遗嘱中，哈尔博士将身后事做了井井有条的安排：他们所有的财产遗赠给魏玛市，魏玛市为唯一继承人。用我们的网络流行语讲，哈尔博士的捐赠方式就是"裸捐"。作为遗产继承人，魏玛市的义务为继续经营并扩展哈尔家族的传统企业马克斯·哈尔公司（Max Haar）的业务，而哈尔夫妇位于伊尔姆（Ilm）河畔公园里的豪华别墅——仿意大利罗马附近的名宅埃斯特别墅（Villa d'Este）而建，是魏玛的地标性建筑——亦遗赠给魏玛市。根据哈尔博士的意愿，别墅改作孤儿院，用来收养孤儿，孤儿院名称应为"哈尔别墅儿童之家"（Kinderheim Villa Haar）。大战后的德国，孤儿的数量和悲惨状况可以想见，马克斯·哈尔公司的商业盈利以及市中心席勒街 5a 号商业楼房和其他房产的出租收入将用于孤儿院的开支。

蹊跷的是，在遗嘱中哈尔博士并没有提及他们夫妇一起自杀的计划，而是做哈尔夫人先于哈尔死亡或两人同时死亡从而形成没有遗产继承人状况的假设，很可能在修改过遗嘱之后，他们其中一人想到了自杀，另一人不愿意就此分手而最终选择共同赴死。

行笔至此，我想起了同样也是两个儿子父母的上海的傅雷夫妇。在五十多年前的那个夜晚，他们共同赴死前也是极其从容地将后事向妻兄朱人秀——做了交代，不仅提及了与亲友的未了琐碎事务，留下了火葬费用，连家中保姆的今后生计都做了安排。可能是出于对逝者的尊重，关于哈尔夫妇选择何种方式离世，遍查史料终不可究，而傅雷夫妇死亡的细节则大致还能够还原。傅雷在感情和生活上都相当依赖夫人朱梅馥，这一次也是朱梅馥首先帮助傅雷上路，傅雷死后两小时，朱梅馥自缢身亡。因为是夜间，怕踢倒垫脚板凳的声音影响邻居，他们还特意在板凳下铺上了棉被。但是人们永远不可能知道的是，朱梅馥是如何度过这两个小时的？她在这两小时中想了什么？做了什么？独自守在夫君那渐渐变冷、渐渐僵硬的尸身旁，她流泪了吗？她肯定会想到他们的两个儿子，在遗嘱中，作为父母甚至不敢把自用的手表留给儿子，怕因此影响他们的政治立场。她流泪了吗？在那座湮没在无尽黑暗中的江苏路的楼房里，在那个人神同悲的年代，在那个漫漫长夜中。

人们推测，哈尔夫妇之所以如此决绝离世应该是有两个原因。一是他们的两个儿子相继在战争中丧生。大儿子里夏德（Richard）是学有所成的东方学学者，曾经在日本生活学习过，入伍后于1941年7月阵亡。小儿子弗里德里希（Friedrich）在大学学习音乐，1939年战争爆发即应征入伍，不久承受不了军队的压力，同年在军营跳楼自杀。哈尔夫妇知道，除了追随儿子们而去，他们在心理上是不可能越过这道天人隔绝的阴阳大坎的。二是魏玛所在的图林根虽然是由美国军队于1945年4月占领并开始行政管理，但是美国人为了进驻柏林，将他们在图林根和萨克森西部的占领区域与苏军交换了。这笔交易尽管在1945年5月已经达成，但为了

魏玛古老的蔻斯特里兹黑啤酒之家，在此可品尝到最传统的图林根烤肠和黑啤酒。

避免发生恐慌，美军占领当局一直讳莫如深。直至 7 月，美军开始向下萨克森西撤，苏军东进，流言始被证实，由此引发了第二次难民潮。从苏占区逃难而来的人群惊魂未定，没想到苏联红军又接踵而来，只能继续向西跑反。由于哈尔家族在魏玛的名望，美军在撤出魏玛时曾经提议带上哈尔夫妇一起西撤，但是被哈尔拒绝。根据伊丽莎白·舍伦贝格（Elisabeth Schellenberg）——哈尔的发小、诗人恩斯特·路德维希·舍伦贝格（Ernst Ludwig Schellenberg，1883—1964）的夫人——的回忆，哈尔博士在 1945 年 6 月 16 日曾经登门造访。"他在我们的来宾留言簿上签名。这次拜访的目的不言而喻，诀别的时刻到了。他给我们留下的是一种回归自我的安详的印象。他闲散地坐在老祖父的旧式沙发里，仿佛一切烦恼都已远去。"

哈尔家族在魏玛尽管富甲一方，但是作为长子继承家产并将家族企业做强做大并不是哈尔博士的初衷，因此格奥尔格·哈尔让他的弟弟马克斯·哈尔掌管家族公司。他的主要兴趣在文学艺术领域，谈笑有鸿儒，往来无白丁。从哈尔的藏书题赠可以知道，他和当时在魏玛的包豪斯巨匠瓦尔特·格罗皮乌斯、瓦西里·康定斯基（Wassili Kandinsky）和保罗·克莱（Paul Klee）等人交往甚密。哈尔博士的私人图书馆收藏甚丰，是远近文人雅士聚会的首选所在。后来由于马克斯与他们的父亲发生争执，离家出走，哈尔博士无奈之下只能遵从父命，执掌公司业务。

根据熟人的回忆，作为经历过第一次世界大战前线的军官，哈尔博士人文情怀深厚，非常反感纳粹发动的侵略战争。1940年，当第三帝国正处于巅峰时期，哈尔博士已经预言了它的覆灭。然而，他的两个儿子却还是为这个他所厌恶的政权发动的不义之战付出了生命的代价，悲何以堪，痛何以堪。美军撤离魏玛也许就是压倒哈尔夫妇的最后一根稻草。1945年6月6日，哈尔博士在拒绝了与美军一起撤离魏玛的邀约之后，修改了他的遗嘱，将家族所有财产遗赠魏玛市，受益对象是战后的孤儿，而他和他的夫人则决定永远留在魏玛。

是的，当生活的意义和生命的希望不复存在，把故乡作为最后的归宿也许是最好的选择。

哈尔夫妇给魏玛市留下的遗产极为丰厚，除了前面提及的房地产，哈尔的两类收藏均价值连城：一为千余卷古印刷书籍，其中不乏绝世孤本；二为四十二帧极珍贵的俄罗斯东正教古代圣像（Ikone）。哈尔遗存的书籍和圣像现均为魏玛著名的安娜·阿玛利亚公爵夫人图书馆（Herzogin Anna Amalia Bibliothek）珍贵藏品。

根据哈尔夫妇的遗愿，在他们离世三个多月后，有六位孤儿住进了哈尔别墅，一年后收养孤儿数达到三十一位，到 20 世纪 40 年代末，入住孤儿已有五十人，远远超过了孤儿院的收养能力。1947 年，格奥尔格·哈尔基金会在魏玛成立，经营哈尔的遗产，管理孤儿院。在战后初期，供给困难，食品匮乏，孤儿院利用别墅的花园种植蔬菜、水果，养鸡生蛋、养羊挤奶进行自救。战后的德国百业凋敝，时日艰难，但是根据魏玛市有关管理部门的报告，孤儿院孩子们的体重平均每年居然有七磅（约三千克）的增长。在 1950 年，孤儿院甚至通过哈尔公司的捐赠装备了电动洗衣机和电动吸尘器，这在当时对一般市民来讲乃是闻所未闻的奢华之物。

1949 年东西德分别建国，冷战格局形成，魏玛地处东德，事情开始起变化。1952 年，魏玛市政府决定注销格奥尔格·哈尔基金会，基金会管理的所有财产收归国有，理由为"社会关系的进步，特别是在教育，经济和法律方面，使得满足（哈尔）遗嘱的愿望以及达到基金会的目的不再可能"。1952 年 12 月 21 日，孤儿院被隆重改名为"罗莎·台尔曼儿童之家"。罗莎·台尔曼是在紧邻魏玛的布痕瓦尔德集中营被纳粹杀害的德国共产党领袖恩斯特·台尔曼的遗孀，在东德时期任全国妇联主席。悬挂在别墅里的哈尔博士的肖像被撤下，换上了应时的领导人标准像，几乎同时，马克斯·哈尔公司也被国有企业兼并。一直到东德政权瓦解，哈尔家族的故事在魏玛都是禁区，相关的档案资料均被封锁加密，不得检索，不得查找。一个高尚的名字、一段悲情的往事在被有意识地强制遗忘，但是在魏玛市民的口口相传中，"哈尔别墅"仍然存活着，它指的不仅仅是那座地标性的建筑，更多的是对被湮没的人性光辉的敬仰和缅怀。

1990 年，东德易帜，哈尔遗产作为东德国有资产被托管，随时有被出卖或分割的危险。面对由西方蜂拥而来、如狼似虎的淘金者，魏玛以及一些来自德国南部和瑞士的有识之士认识到，只能用重新成立基金会的方式才能阻止哈尔遗产的流失。1990 年 5 月，"罗莎·台尔曼儿童之家"改名为"哈尔别墅儿童之家"。1991 年 3 月，格奥尔格·哈尔博士基金会在魏玛成立，经过一系列艰难复杂的法律程序，哈尔遗产终得保全和重组，哈尔别墅也归还给了基金会。

1992 年，哈尔别墅经过维修曾经用作厌食症少女的康复中心，但是由于建筑本身在东德时期年久失修，内部设施和格局已经不能满足 20 世纪 90 年代少年儿童寄宿场所的要求。21 世纪初，经过又一次大规模翻新改造后，哈尔别墅主要用作基金会的礼仪庆典活动，人们在此缅怀哈尔博士夫妇悲世悯人的仁厚情怀，叙述基金会的岁月沧桑。因为孤儿现象在现今的德国日渐趋微，格奥尔格·哈尔博士基金会的关注重点转移到德国社会的弱势群体，比如"问题青少年"乃至"问题家庭"。目前基金会所辖接纳有救助需要的青少年和家庭的工作点（Standort）已逾二十多个，基金会的规模扩大，工作人员早已过百人，工作范围也已经不限于魏玛一地，在图林根州的爱尔福特（Erfurt）、耶拿（Jena）等主要城市都有基金会的活动。

黄昏的余晖下，塔利亚书店已经打烊，基金会门前了无行人。

街道对面，紧挨着席勒故居的是一个露天咖啡座，年轻人懒散地就着啤酒消磨夏夜。格奥尔格·哈尔年轻时曾经有过成为诗人的梦想，他在学生时代还出版过诗集，在诗集的扉页上，印着易卜生的诗句：我感受着痛苦的馈赠。

　　而我们此时此刻在席勒街 5a 号，与就着啤酒闲聊的那些年轻人一样，感受到的是夏夜降临时的一片静谧安详。

被绊倒的是人的心灵

——"绊脚石行动"侧记

步行在欧洲特别是在德国城市的人行道上，如果用心注意一下脚下，会发现被上海人称为"弹格路"的拼石路面中常常出现金黄色铜面石块，铜面上镌刻有文字，一般是以"这里曾住有"（Hier wohnte）起首，之后是当年的居住人姓名、出生时间、被抓走的时间和死亡的地点与时间等信息，也有当事人确切死亡信息不详，在其最后消失处之下以三个问号结束的。这些铜面石块是一个民间发起的项目，用以纪念在纳粹暴政下被杀害或被迫害致死的众多亡灵，被称为"绊脚石行动"或"金色绊脚石行动"（Die Aktion Stolpersteine）。

"绊脚石行动"的创意构思源于 1947 年出生在柏林的艺术家冈特·德姆尼希（Gunter Demnig）。绊脚石（Stolpenstein）是十厘米见方的混凝土块，朝上的一面贴嵌了镌刻有纪念文字的黄铜板，亦有长条形的，被称作"绊脚槛"（Stolperschwelle）。绊脚石一般铺

2021 年 6 月 28 日，德姆尼希在汉堡曾经的华人聚居区为
被纳粹当局迫害致死的旅德华人安放绊脚石。（顾强供图）

设在遇难者生前住所门前的路面上，与铺路石平齐。目前，已经
有超过七万五千块绊脚石被铺设在德国和欧洲其他的国家。2019
年 12 月 29 日，德姆尼希在巴伐利亚的梅明根（Memmingen）铺下
了第七万五千块绊脚石。

　　1990 年，适逢纳粹德国驱逐犹太人五十周年，居住在科隆
的德姆尼希注意到了科隆当年一千名吉卜赛人被驱逐的历史。德
姆尼希认为，驱逐这批吉卜赛人的行动是纳粹大规模驱逐犹太人

的预演。德姆尼希驾驶着用于市政建设的路面喷涂机，在马路路面上喷涂他自己调制的色彩斑斓的涂料，从当年吉卜赛人的居所到他们被集中的位置，再到他们被运去波兰的科隆多伊茨火车站（Bahnhof Köln-Deutz），在科隆市区的地面上划出了一道长达十五公里、灿烂绚丽的彩线。德姆尼希之所以选用绚丽的色彩来描述这段历史，是因为他考虑到当时那些被驱逐的吉卜赛人并不知道会发生什么，因此他们对驱逐行动并不抗拒，甚至在谎言的诱骗之下还会主动配合，然而大多数被驱逐者最终死在了波兰的集中营。随着时间的消逝，德姆尼希喷涂的彩线也在路面上褪色消失，于是他收集了不少黄铜片，钉在彩线的残痕上，以使这条"死亡之线"的痕迹不至于被时间抹去。德姆尼希在钉铜片的时候，一位过路老太太问他在干什么，还称赞他的手工活干得漂亮。"这条路的一端是吉卜赛人的居所，另一端是他们死去的集中营。"戴姆尼解释道。"我想你一定是弄错了，"这位老人年纪很大，应该经历过大屠杀时期，但却对此十分惊讶，"我在这里住了许多年，从没有听说过邻居里有吉卜赛人。"

通过和老太太的对话，德姆尼希突然醒悟，他在城里马路上画的彩线很难说明什么。在遇难者曾经生活过的社区，他们的痕迹已经被抹去了。"如果奥斯威辛是终点，起点就是遇难者自己的家。他们的名字应该被带回家！"把遇难者姓名带回家的念头激活了戴姆尼希的"绊脚石行动"的灵感。

1990 年 10 月，德国吉卜赛人协会（Rom e.V.）向科隆市政府申请将当年吉卜赛人被纳粹驱逐的路线列为被保护纪念物，并在沿线使用金属路石作为标记。科隆市政府对此不置可否，通过不停讨论、反复论证的合法程序，市政府终于成功使其无疾而终。
1992 年 12 月 16 日，是帝国党卫军领袖海因里希·希姆莱（见本
书《那片天粘地漫的紫色》）下达驱逐吉卜赛人的《奥斯威辛法令》
（Auschwitz-Erlass）五十周年纪念日。在这一天，未经当局许可，德
姆尼希将一块带有纪念铜板的石块镶嵌在科隆市政厅前的路面上，
铜板上的铭文是《奥斯威辛法令》的起首文字。这一明显具有挑
衅意味的行动收到了效果。科隆市政府尽管很不愉快，称之为
"非法"，但是并没有对之采取措施，反倒表示出了容忍的态度。
在当时的媒体报道中有人将之称为"绊脚石"，此乃"绊脚石"名
称之滥觞。

　　随着对受害族群的关注日益扩大，德姆尼希发起了"绊脚石
行动"，他的原初计划是要在全欧洲为六百万被杀害的犹太人铺设
六百万块绊脚石，不过，一旦进入计划的实施阶段，骨感的现实
使德姆尼希发现自己面临一系列困难，对这个"自大狂之欧洲艺
术项目"（Größenwahn-Kunstprojekte für Europa）根本无从下手。困
惑之中，科隆安东尼特教堂的库尔特-维尔纳·皮克（Kurt-Werner
Pick）牧师启发他说："也许你不能从一百万人开始，但你可以从
一个人开始。"

　　位于科隆市中心的安东尼特教堂是科隆的第一个新教路德宗
教堂，有支持和援助具有历史担当意识的艺术家的传统。德国表
现主义雕塑家恩斯特·巴拉赫最重要的作品《悬浮天使》就是通
过安东尼特教堂得以保存和传世（见本书《死亡也并非所向披靡》）。

　　1994 年，德姆尼希制作的首批二百五十块绊脚石在安东尼特
教堂向公众展出。1995 年 1 月 4 日，还是未经当局许可，德姆尼

希将首批绊脚石铺装在科隆的街道上。1996 年 5 月，德姆尼希参与了在柏林克罗伊茨贝格（Kreuzberg）举办的"艺术家调研奥斯威辛"（Künstler forschen nach Auschwitz）的艺术展览。在展览期间，德姆尼希未经当局许可，再次在柏林的奥拉尼恩街（Oranienstraße）上铺装了五十一块绊脚石。

1997 年 7 月 19 日，在奥地利犹太人大屠杀纪念服务中心的努力下，德姆尼希得到萨尔茨堡市政府许可，在萨尔茨堡旁的圣格奥尔根镇（St. Georgen bei Salzburg）首次合法铺设了两块绊脚石，以纪念约翰·诺比斯（Johann Nobis, 1899—1940）和马蒂亚斯·诺比斯（Matthias Nobis, 1910—1940）兄弟。诺比斯兄弟并不是犹太人，但他们的信仰要求信徒不得接触武器，因而不得当兵。1935 年 3 月德国实行义务兵役制后，信仰与国家法律发生直接冲撞。1938 年德国兼并奥地利，诺比斯兄弟拒绝服兵役。1939 年 11 月 23 日，德国发动波兰战争后近三个月，诺比斯兄弟等一批信徒被帝国战争法庭以"腐蚀战斗力"（Wehrkraftzersetzung）罪名判处死刑。1940 年 1 月，诺比斯兄弟在柏林先后被纳粹当局处决。

战后，因为拒服兵役的确触犯了当时的法律，这些遇难者的身后命运一直处于灰色地带。绊脚石的铺设以及萨尔茨堡市政府将诺比斯兄弟界定为"抵抗运动战士"（Widerstandskämpfer），结束了长期的困惑和干扰，使死者安息，生者足诫。

2000 年，德姆尼希终于获得科隆市政府的许可，得以在科隆合法铺设绊脚石。之后，局面被打开，越来越多的欧洲国家加入"绊脚石行动"。除了绝大部分欧盟国家，俄罗斯、乌克兰等国也先后加入。截至 2020 年初，共有二十六个欧洲国家加入行动。

2010年上海世博会期间，德国馆中有专门的"绊脚石行动"的实物展示和场景播演，德姆尼希本人也曾到世博会举办讲座、接受采访，宣传绊脚石理念。

绊脚石被称作是人类历史上"规模最大的去中心化纪念物"（die größten dezentralen Mahnmale）。德姆尼希经常引用犹太教经典《塔木德》中"当一个人的名字被忘却时，这个人才算真正被遗忘"这一警句，通过把死者的名字带回家乡、带回故园、带回他们曾经生活过的社区的行动，以此反对失忆、反对遗忘。德姆尼希以"绊脚石行动"表达他对设立中心纪念场所或纪念碑的质疑。在每年的某几天，会有政治人物、社会名流到场献花圈致敬，但是对大多数民众来讲，这些纪念场所往往只是走过、路过、看到过而已。而当在你居住的街道上有绊脚石出现，叙述遇难者已知或未知的归宿，你会惊惧地感知到，遇难者就是你曾经的邻居，罪恶就曾经发生在你的身边。

"他们被带走了，他们再也没有回来。"在他们被带去的集中营里，他们被编号关押，名字被变成了一串数字，他们被凌虐、被屠戮，却卑微得不能说出自己的姓名。绊脚石的作用不仅是把他们的名字带回家，当人们俯身弯腰阅读绊脚石上的文字时，也是人们对遇难者象征性的鞠躬致敬。在一次电视采访中，有一个孩子天真地问德姆尼希，绊脚石是不是真的会绊倒人？德姆尼希回答说，人当然不会被绊倒，被绊倒的是人的心灵。

因为"绊脚石行动"的成功，德姆尼希获奖无数。2006年10月，德国总统授予德姆尼希联邦十字勋章。然而对绊脚石的争议也没有平息过。影响巨大的德国犹太人中央委员会前会长夏洛

  慕尼黑的"邪恶三角地"，右侧为在被炸毁的纳粹党总部地基上建起的纳粹文献中心（NS Dokumentationszentrum），左侧为当年希特勒在慕尼黑的官邸"元首行馆"，现为慕尼黑音乐戏剧学院，数百块被禁止铺设的绊脚石就堆放在此。慕尼黑"邪恶三角地"傍国王广场，与纳粹统治有不解之缘，希特勒官邸、纳粹党总部与荣誉圣殿（Ehrentempel，用来纪念 1923 年"啤酒馆暴动"被杀的纳粹早期党徒，慕尼黑人称为"神庙"，纳粹时期每年会在此举行庆典）曾在此三足鼎立。1945 年美军解放慕尼黑后，先将荣誉圣殿彻底炸毁，唯余地基，迄今为止没有进行过任何改造利用，看上去就是一个坟墩头。荣誉圣殿东侧曾为纳粹党总部，人称"褐宫"（Braunes Haus），二战时在盟军空袭中被炸毁，地基被空置六十余年，2009 年开始建造纳粹文献中心，2015 年开放，成为对德国民众进行自身罪恶历史教育和反思的重要基地。尽管德国媒体认为文献中心自省的程度仍然不够而痛加鞭挞，特别是慕尼黑市政府对希特勒为什么能够在本地"妖孽出世"的问题没有深挖自身原因，但参观文献中心对吾辈已经是一大震撼。在设计理念方面，文献中心利用自身的地理位置，用大屏幕实地还原了当年的情景，将魑魅魍魉重现，此举可圈可点。

特·克诺布洛赫（Charlotte Knobloch）女士曾经表示，将遇难者的名字摆放在地上任人践踏是不能容忍的做法。她尖刻地指责"绊脚石行动"的支持者是当年将犹太人赶尽杀绝的凶手的后代，是一帮"纪念凶手"（Gedenktäter），其中的潜台词就是：你们的父辈曾经是凶手，现在你们又要来纪念，让遇难者的名字再次被践踏被亵渎。因为克诺布洛赫女士的激烈反对，有不少德国城市抵制"绊脚石行动"。比如在慕尼黑只允许在私人宅地上铺设绊脚石，曾经在街道上铺设的绊脚石被去除，原先制作好的数百块绊脚石因为没有市政当局的许可，只能临时堆放在慕尼黑音乐戏剧学院。让人啼笑皆非的是，处于慕尼黑"邪恶三角地"的慕尼黑音乐戏剧学院，其建筑前身是著名的"元首行馆"（Führerbau），亦即希特勒当年在慕尼黑的官邸，1938年《慕尼黑协定》就是在此签订的。

反对"绊脚石行动"的缘由五花八门、多种多样，有房屋主人顾虑门前的绊脚石可能导致房产贬值的，也有害怕因为绊脚石招惹是非甚或招致新纳粹分子袭击的。但是，与克诺布洛赫女士的观点相左，即使在犹太人中，支持"绊脚石行动"的也不在少数。所以在不少城镇，绊脚石的铺设往往伴随着法律争讼。在北威州克雷费尔德（Krefeld），因为当地的犹太人协会支持克诺布洛赫女士的观点，反对铺设绊脚石，导致了一场民意公投。根据公投结果，双方作出了妥协：如果物业主人与遇难者家属同意便可以在物业前公共用地铺设绊脚石。斯图加特州法院（Landgericht Stuttgart）曾对当地的一个绊脚石民事诉讼案作出判决，认为绊脚石不会对个人的房地产带来损害或造成贬值。之前北威州法院也驳回了科隆一起认为个人不动产因为绊脚石的铺设招致十万欧元损失的诉状。这些判决后来在众多争讼案中经常被作为支持"绊脚石行动"的判决成例来引用。

2018年，德姆尼希在德国南部临近博登湖的辛根（Singen）为已故德国共产党主席、被纳粹杀害的恩斯特·台尔曼一家三口铺设绊脚石，引起了一场波及全国的辩论。台尔曼是土生土长的北部港口汉堡人，从来没有到过辛根，其女伊尔玛（Irma Thälmann）于1940年因为婚姻迁往辛根居住，后因受父母株连被纳粹当局在辛根逮捕，与母亲一同被关押在集中营直至战争结束。战后台尔曼母女因为台尔曼的福荫在东德均身居高位，尽享天年（见本书《我感受着痛苦的馈赠》）。2018年，德姆尼希在伊尔玛当年的住所前为台尔曼三人分别铺设了三块绊脚石，尽管台尔曼并没有到过辛根，其妻罗莎只是根据后世的"考证"，曾经在辛根与女儿同住过数月，而且母亲和女儿并没有死于纳粹之手。纪念台尔曼家庭的绊脚石在辛根市议会激起争议。右翼政党德国选择党（AfD）责骂为台尔曼一家铺设绊脚石是"记忆独裁者"（Erinnerungsdiktatur）的决定，而时任联邦司法部长海科·马斯（Heiko Maas，后任德国外交部长）则公开反击道："你叫得越响，就越证明我们需要更多的绊脚石！"

"绊脚石行动"的经济来源主要是捐助和"认领"，个人或集体交纳费用后可成为石块的"领养人"。有趣的是，由于北威州税务局的介入，如何对绊脚石的性质进行界定在全国范围引起了热议。2010年税务检查后，德姆尼希接到税务部门通知，称绊脚石是大规模生产的铜质指示标记，不能作为艺术创作作品对待，原定对艺术品所征收的7%的优惠增值税率不合理，因此不仅要将税率提高到对普通商品征收的 19%，德姆尼希还必须补交过去十余年的税率差额，约为十五万欧元。随着德姆尼希将这则通知公之于众，全国各大电视台和各大报刊均有专题专栏报道，对当局形成不小的压力。很快政府就作出妥协，表示放弃对税率差额补交款项的收取，但今后将对绊脚石征收 19% 的增值税。德姆尼希将这一妥协称作"丑闻"，依然不依不饶地通过法律途径和媒体渠道抗争，直至北威州财政部长亲自给他打电话，宣布收回增税决定并对绊脚石作出如下定义："绊脚石行动被认为是集约型艺术创作（Gesamtkunstwerk），因此增值税率仍旧保持 7% 不变。绊脚石不应被单个看待，而是一个整体，是正在成长壮大的艺术纪念形式。"

2008 年 10 月 8 日，德姆尼希在捷克布拉格为十六岁死于奥斯威辛集中营的犹太少年彼得·金兹（Petr Ginz, 1928—1944）铺下了绊脚石。彼得的父亲是布拉格的一位犹太商人，母亲没有犹太血统，父母亲为志同道合的世界语者，而世界语当时并不被纳粹政权待见。彼得自幼聪慧，堪称神童，从八到十四岁间已经模仿法国科幻作家儒勒·凡尔纳的风格写了《从布拉格到中国》、《阿勒泰山的男巫》、《地心之旅》、《一秒环球》和《史前来客》五本小说，现在尚有《史前来客》存世，小说还附有彼得自己创作的插图。彼得的求知欲极强，对科学有特别的兴趣。在父母的影响下，他还能流利地讲世界语。

纳粹占领捷克之后，根据反犹太人法，年满十四岁、有二分之一犹太血统的彼得于 1942 年 10 月被关进了距布拉格北部约一百公里的特莱西恩施塔特集中营。特莱西恩施塔特集中营是纳粹用来宣传其"善待"犹太人的窗口，特别在早期，营内的气氛相对宽松，生活条件也相对人道。为了缓解国际社会方面的压力，纳粹政权常常邀请国外名流媒体前来集中营参观，作为犹太人在纳粹治下被善待的实例样板。在集中营里，彼得仍然保持着对知识的饥渴，堆满了从被抓进集中营的犹太人那里查抄来的书籍的图书馆则给他提供了求知的条件。彼得在集中营和几位同住编号 L417 监房的小伙伴们冒着巨大风险编辑出版了期刊《Vedem》——意为"我们来引导"，每逢周五出版，坚持了两年。在集中营里彼得还编过世界语－捷克语词典，写过小说散文。其中一篇文章《漫步特莱西恩施塔特》，对集中营里的各色人等、建筑甚至焚尸房都有描述，极具史料价值。彼得尽管年幼，然情商甚高，在一首怀念布拉格的诗里，彼得将布拉格称为"在石头间的童话"。他非常想念布拉格，但是却知道布拉格并不想念他，在诗中他告诉布拉格自己不能回到布拉格的原因，因为他像一只动物一样正被关在笼中，读来令人心碎。

1944 年 9 月，彼得被转押奥斯威辛集中营。9 月 28 日，在到达奥斯威辛的当天，彼得在毒气室遇害。在离开特莱西恩施塔特集中营时，彼得把他的大部分文章和画作交给了 1944 年被抓进集中营的胞妹埃娃（Eva，1930—2022，后更名为哈娃·普雷斯布格尔 [Chava Pressburger]）。埃娃活到了战后，彼得在集中营时期的作品因而得以保存。在被关进集中营之前，彼得有写日记的习惯，遗憾的是，战后这些日记一直不知所终。然而在 2003 年发生的一系列事情使人不得不相信，冥冥之中存在着某种神秘的运作和安排。

2003 年，参与美国航天计划的以色列宇航员伊兰·拉蒙（Ilan Ramon）将要执飞哥伦比亚号航天飞机。拉蒙为以色列空军上校飞行员，祖父等家人死于纳粹之手。拉蒙向以色列犹太人大屠杀纪念馆（Yad Vashem）表示，希望带一件大屠杀纪念品进入太空，纪念馆推荐了彼得·金兹的画作《从月亮上看地球》。2003年1月16日，拉蒙携带一幅《从月亮上看地球》的复制品升空。2月1日，哥伦比亚号航天飞机在重返大气层时机毁人亡，而这一天正是彼得·金兹的七十五岁冥诞。

除了这一令人心悸的巧合，更匪夷所思的是，拉蒙的牺牲间接导致了彼得日记重见天日。如前所述，彼得在集中营时期之前的文字以及日记等已经佚失不可寻。哥伦比亚号航天飞机失事以后，举世震惊，各国媒体密集报道有关信息，其中自然提及了拉蒙的命运和彼得·金兹的画作。反复出现在媒体中的彼得·金兹的姓名引起了一位与金兹家族相识的老人的注意，他想起了在他位于布拉格十二区家中的阁楼里存放的那些文字和图画手稿，经过鉴定，居然就是佚失的彼得在被关进集中营前所写的日记以及其他文字作品和画作！在犹太人大屠杀纪念馆的支持下，埃娃整理出版了彼得从1941年9月18日到1942年8月9日的日记，书名为《我哥哥的日记》。2007年4月，彼得日记英文版《彼得·金兹日记（1941—1942）》问世，引起巨大轰动，被认为是继《安妮日记》之后最重要的二战见证人资料。

2018年，哥伦比亚号悲剧发生十五年后，拉蒙的遗孀由大屠杀纪念馆获赠重新复制的《从月亮上看地球》，她将之交给即将升空的国际空间站第56远征队（ISS-Expedition 56）的宇航员安德鲁·福伊斯特尔（Andrew Feustel），福伊斯特尔在于2018年大屠杀纪念日（Yom HaShoah）从空间站播放的视频中向地球展示了《从月亮上看地球》。因为彼得对太空的向往和憧憬，小行星 50413 以彼得·金兹命名。

2021 年 6 月 28 日，在汉堡的首饰街（Schmuckstraße），七十四岁的德姆尼希为十三位被纳粹政权迫害致死的华人铺下了绊脚石。这是德姆尼希在汉堡铺下的第六千块绊脚石，也是"绊脚石行动"首次成规模纪念被纳粹政权迫害而死的华人。

首饰街位于汉堡著名的红灯区，在皇帝地窖夜总会（Kaiserkeller）处与大自由街（Große Freiheit）呈丁字形衔接。这里因为是披头士的青涩岁月蹉跎之地而名扬四海，每日来此寻踪问"祖"的歌迷摩肩接踵，然而并不为人所知的是，首饰街和大自由街一带曾经是德国最大的华人聚居区。19 世纪后期，随着世界航海业的发展，不少在远洋轮上打工的、来自广东和浙江的华人滞留港口城市汉堡，逐渐形成了汉堡唐人街。20 世纪 20 年代，德国经济探底，货币暴贬，吸引不少侨居欧洲其他国家特别是英国的华人携带外币来到汉堡置业定居，最兴盛时汉堡华人人数曾经超过两千。纳粹上台以后，因为与国民政府有不少经济和军事来往，投鼠忌器，一直没有对唐人街下狠手整治。太平洋战争爆发以后，中国对德国宣战，使得在德华人陡然陷入险境，机灵点的已经选择逃离德国，但还是有不少人对德国人的"文明"抱有期望，滞留于此。1944 年 5 月 13 日，汉堡盖世太保和警方发起代号为"中国人行动"（Chinesenaktion）的大搜捕，抓捕了约一百三十名华人，主要罪名为持有和倒卖外汇，扰乱国家经济秩序——根据当时的德国法律，私人不得持有外币。被捕的华人分别被关进劳改营或集中营，至少十七人死亡，幸存者于 1945 年被英军解救。战后，

关于圣保利区唐人街的介绍牌。

绝大多数心有余悸的华人均逃离汉堡，加上汉堡司法当局对个别滞留华人的赔偿诉求不予受理，认定"中国人行动"为正常的警察行动，无涉种族歧视，导致汉堡唐人街的历史几乎被遗忘。近年，在汉堡民间团体和汉堡市政府的努力和干预下，从解放汉堡的英国陆军的档案中确认了十位遇难华人的身份，从首饰街的圣保利档案协会（St. Pauli Archiv e.V.）确认了三位死者的身份，加上已经在首饰街 7 号为一位于 1944 年 11 月 23 日被盖世太保刑讯而死的吴姓华人铺设的绊脚石，已有十四位死于纳粹暴政的华人的姓名被添加进德国的记忆文化（Erinnerungskultur）之中，成为这个伟大的民族对自身罪恶历史的反思和忏悔的组成部分。

数年前，我们在汉堡举行上海－汉堡神学交流平台年会，议程中有在汉堡圣乔治区与清真寺的互动活动。那天是汉堡宣教学院的同事尤特引领着大家穿过圣乔治区，尤特的先祖是法国的胡格诺派基督徒，在历史上饱受迫害。途中，已有准备的尤特把大家引领到一条人行道，指给我们看地面上的三块绊脚石。尤特请我为大家念出绊脚石上遇难者的信息，尽管我对绊脚石并不陌生，但此时此刻方才意识到，当人们在各种场合高声诵读被害人的姓名时，是需要勇气和力量的。临风当哭，一时竟无语凝噎。"奥斯卡·路德维希·米歇尔松曾在此居住，1904 年出生，1943 年被驱逐，消失于奥斯威辛"，"汉娜·弗拉切·米歇尔松曾在此居住，婚前姓氏希尔施，1882 年出生，1938 年（被驱逐至）富尔斯比特尔集中营，1943 年被驱逐，消失于奥斯威辛"……我尽我的所能高声诵读了这些信息，在北德深秋的淅沥寒雨中。在圣乔治区的街边，我们低头辨读绊脚石上的文字，如同在向遇难者鞠躬默哀，

　　汉堡首饰街 7 号门前的绊脚石，信息显示，当年在此居住的一位吴姓华人 1944 年 11 月 23 日死于盖世太保的刑讯虐待。

　　汉堡圣乔治区的绊脚石，纪念的其中两位消失在奥斯威辛，一位消失在里加，均不知所终。

我们围成一个圆圈，似乎是在守护着这三块绊脚石，石面上是他们的姓名。

古代犹太人在他们的经典中特别强调姓名的永恒性和神圣性："我必使他们在我殿中、在我墙内，有记念，有名号，比有儿女的更美。我必赐他们永远的名，不能剪除。"无论在殿中还是在墙内，无论是神意还是天意，死者会被记念，苦难会被记念，罪恶也会被记念；被凌虐者为圣，被迫害而死者为圣，神圣的名号就在你的脚下。投足行止，当不能忘，当不敢忘，天下同此敬畏之心，因为这是死者永远的名。

"我与死亡有个约会"

——华沙的悲怆

波兰有华沙，华沙有肖邦，华沙就是肖邦。在华沙，肖邦无所不在，有肖邦的博物馆、音乐会、公园，还有保存肖邦心脏的圣十字教堂（Bazylika Świętego Krzyża），就连路边的憩息长凳，一屁股坐下也能为你演奏一曲肖邦。肖邦长年别家去国，对故园的思念悲苦凄惶，华沙也因为肖邦而被称为"悲情之都"。

在波兰加入申根协定之后，我去过华沙多次，每次都是行色匆匆。然而，"悲情之都"于我来讲并不仅仅是因为布洛赫，一个更加让人景仰也更加使人悲从中来的身影总是在我心头挥之不去，因此每次离开华沙总带着一种隐隐的失落的遗憾。2017 年是最近的一次华沙之行，是年 7 月 20 日我在市中心邻近华沙文化科学宫的公园里找到了雅努什·科扎克（Janusz Korczak，1878—1942）的纪念塑像，终算是多少了却了经年夙愿。

雅努什·科扎克是波兰犹太人，原名亨里克·哥德施密特

GDZIE SKARB TWÓJ, TAM I SERCE TWOJE
ŚW.MATEUSZ VI-21

FRYDERYKOWI
CHOPINOWI

RODACY

UR.22 LUTEGO 1810 r.
W ŻELAZOWEJ WOLI
ZM.17 PAŹDZIERNIKA 1849 r.
W PARYŻU

TU SPOCZYWA SERCE
FRYDERYKA
CHOPINA

HERE RESTS THE HEART
OF
FREDERICK CHOPIN

1849 年肖邦死于巴黎，根据遗愿，其心脏被运回故土，保存于华沙圣十字教堂。

（Henryk Goldszmit）。"科扎克"一名来自 19 世纪的一部畅销小说。亨里克第一次发表文章时因为未成年，不能采用实名，遂以"科扎克"为笔名，后沿习用之。20 世纪 30 年代中期，科扎克为天下先，在华沙电台以"老大夫"（Stary Doktor）为昵称开设了青少年教育专题互动节目，轰动一时，因此科扎克也被称为"老大夫"或"大夫先生"（Pan Doktor）。科扎克是一位医生、作家、记者、电台主持人、公益与社会活动家，还曾经是一位军官。在科扎克林林总总的名衔中，儿童教育家也许对他来讲是最为重要的。科扎克是儿童教育方面的专家和多产作家，特别在保护儿童权利方面有独到的见解、实践和理论贡献，有"儿童权利之父"之称，最终他也是用自己的生命践行了他对他爱护的儿童的义务和责任。

　　科扎克的父亲约瑟夫是一位执业律师，1896 年因精神病去世。家道中落，不满二十岁的科扎克通过为孩子家教补习，撰稿鬻文，担负起了养家的责任，这些经历对科扎克日后的人生观发展有着重要的影响。科扎克从华沙皇家大学医学院毕业后，在华沙等地行医，其间曾被征入沙俄军队（当时波兰大部受辖于沙俄），在日俄战争和第一次世界大战中担任军医，曾经到过中国哈尔滨。一战中，科扎克作为军医还在基辅附近的一所儿童难民营工作过。一战结束之后，波兰复国，科扎克曾在波兰军队服役，参加过波苏战争，在罗兹（Łódź）和华沙的战地医院服务，因表现出色被擢升为少校军医官。

　　科扎克的本业为医生，但是终其一生，他的关注点一直执着地聚焦在儿童身上，特别是那些因为家境贫寒穷困而被社会边缘化的孩子。科扎克在华沙行医，收入优渥，作为一位畅销书作家还另有稿费进账，遂每年参与组织并资助为城市贫苦家庭的孩子举办的夏令营。在夏令营的实践中，科扎克感到这种季节性的活动并不能从根本上改变那些弱势儿童的困境，也无法践行他关于儿童成长和教育的理论，因此当华沙犹太儿童救援组织于1911年筹建犹太孤儿院并希望科扎克不带薪主持时，科扎克毫不犹豫地放弃了他的医生职业，"屈就"了孤儿院全职院长。1912年10月，首批85名犹太孤儿住进了位于华沙克罗赫马尔纳大街（Krochmalna）92号的孤儿院（波兰语为 Dom Sierot，后成为科扎克事业的专用代名词）。

20世纪初叶，是进入新世纪的世界在教育问题上的启蒙时期，各种新潮的青少年教育理念层出不穷，科扎克学说在其中占有重要地位。科扎克在从事儿童工作的实践中获得了第一手经验，他强调成人与儿童的平等关系及两者对话的重要性。两次世界大战的战间期是科扎克理论和实践的黄金时期，他在欧洲各地巡回演讲，在华沙的广播电台则辟有科扎克的个人秀，他与听众特别是青少年互动，宣传他的儿童平权学说，在儿童教育界具有重大影响。

科扎克一生出版有二十余部著作和一千四百多篇文章。他的学术著作《如何爱孩子》《教育时刻》《如果我再次成为孩子》等至今在儿童教育界仍具有学科权威性。科扎克同时也是一位杰出的儿童文学作家，他所著的《小国王：马特一世执政记》《孤岛上的马特国王》等系列作品不仅受到孩子们的欢迎，同时也是成人喜闻乐见的文学读物。"马特国王系列"通过小国王马特的历险故事，折射和隐喻现实的社会状况和历史变革。科扎克用童话的形

华沙市中心的雅努什·科扎克纪念塑像。

式向儿童坦承成年人社会的问题和困境，让下一代人在潜移默化中懂得应承担的责任。"马特国王系列"迄今为止被翻译成二十余种文字，曾被改编为电影、电视剧和歌剧，在世界上广为流传。1933年，科扎克被授予波兰复兴大十字勋章，这一最高等级勋章只向少数对国家有杰出贡献者颁授。1937年，科扎克被波兰文学研究院授予学术金奖，表彰他在文学创作方面的贡献。

科扎克的核心教育理念为"儿童时期并不是成为成人的预备阶段，儿童并非应该被认为是，而是早已经就是成为独立的人"。科扎克指出："孩子像成人一样具备有理解和推理的能力，只不过他们没有类似的经验而已。"他认为成年人忘记了或者不知道、不理解儿童的存在意义，成年人一方面一味压抑儿童的发展，而另一方面不肯承担养育儿童的责任，这也是犯罪，也要为此承担后果。关于儿童与（成人）世界的关系，科扎克曾经有一句名言："只有当孩子欢笑的时候，世界才会欢笑。"

科扎克的孤儿院是其理论的实践场所，在孤儿院里设有儿童议会、法院、律师事务所。儿童实行自治，自我管理，自己解决他们之间的各种问题和争端，理亏的孩子要受到"道歉处罚"（Entschuldigungsstrafe）。瑞士儿童心理学家让·皮亚杰（Jean Piaget, 1896—1980）曾经探访科扎克的孤儿院，高度评价了科扎克的儿童平权实践："科扎克是一位伟大的人，他具有足够的勇气，信任儿童和青少年，把重大的责任交在他们自己手里。"

1939年9月1日，纳粹德国入侵波兰，第二次世界大战爆发，波兰犹太人面临危险境地。早在20世纪二三十年代，纳粹兴起，欧洲排犹反犹的倾向日渐加剧，使得科扎克战前已经有离开波兰移居巴勒斯坦的想法。科扎克曾于1934年和1936年两度前往巴勒斯坦寻根，在基布兹（Kibbuz，希伯来语"团体"之意，为一种集体社会）居住，称只有身处巴勒斯坦，他的心灵才能恢复平静。但在波兰的局势恶化、孤儿院孩子面临险境时，科扎克不仅放弃了出走巴勒斯坦的计划，还说服了他最亲密的助手、已经在巴勒斯坦一处基布兹定居的斯特凡妮娅·维尔钦斯卡（Stefania Wilczyńska，1886—1942）返回华沙，共同管理孤儿院，应付日益严重的局面。

纳粹占领波兰后，在华沙和其他主要城市设立犹太隔离区，称之为"隔都"，为集中隔离犹太人及对其进行种族灭绝做准备（见本书《枪口前举起双手的男孩》）。科扎克孤儿院所在的克罗赫马尔纳大街并不在被划定的隔都区域内，但是纳粹占领华沙后就立刻颁布法令，禁止犹太儿童接受教育，孤儿院遂即将课堂转移至会堂，不顾禁令秘密授课。1940年10月，孤儿院的两百名儿童被强制迁入隔都，科扎克向纳粹当局抗议无效并被捕。科扎克生性顽固执着，桀骜不驯，纳粹占领华沙后，他拒绝佩戴"大卫星"，还穿着他的波兰军官制服在德国人面前晃悠，在抗议孤儿院被强迁时，甚至还近乎天真地质疑德国人占据波兰的"合法性"。所幸因为科扎克的国际声望和多方的斡旋说情，曾经打算将他处决的德国人对不停有人来"通关系""捞人"不胜其烦，最后将他关押了两个月，让他保释了事。科扎克的身份使得他完全可以留在隔都之外，脱离危险，即便进入隔都之后，犹太组织和"雅利安方面"（Arianseite）也多次对他伸出援手。但是离开孩子，使孩子们单独面对恐惧和黑暗，这对科扎克是不可想象的。隔都内地狱般的生活条件迫使科扎克背着麻袋，四处化缘，孩子们的食物和衣物都是科扎克乞讨来的。因为科扎克和斯特凡妮娅等人的奉献，孤儿院在隔都里还在正常运作。随着危险日益逼近，科扎克拒绝了所有将他营救出隔都的努力和建议，尽一切可能照顾呵护孩童。难能可贵的是，从孤儿院迁入隔都后，科扎克开始记日记，有意识地逐日记录下了隔都内的可怕状况，作为留给后世的见证。科扎克的隔都日记在他被害后被犹太地下组织转移到华沙郊外的一所天主教修道院内藏匿，1958 年出版面世，是记录纳粹反人类罪行最重要的见证文献之一。

1942 年 8 月 5 日，科扎克写下了隔都日记的最后一篇。8 月 5 日（或 6 日），一个阳光明媚的夏日清晨，孤儿院突然被党卫军包围，孩子们即刻将被"遣送"（Deportation）。因为本次"遣送"的对象是孩童，并不包括成人，科扎克等人完全可以留下，而且恐怕没有人能比科扎克更清楚"遣送"意味着什么。然而科扎克与斯特凡妮娅决定陪伴孩子们一起上路，用科扎克的话说，没有他们的陪伴，"孩子们会害怕的"。

为了不使孩子们害怕，科扎克央求军警宽限了一个小时上路。科扎克告诉孩子们今天将去郊游，让孩子们穿上最漂亮的服装，拿上他们最喜欢的玩具和图书。孩子们举着科扎克设计的马特国王一世的绿色旗帜，紧紧靠在一起，有孩子用小提琴演奏着欢快的乐曲。科扎克一手抱着一手牵着两个年龄最小的孩子，在欢乐的孩子们的簇拥下，走出隔都，走向华沙的集合点（Umschlagplatz）。

当时被困在华沙隔都的波兰作曲家和钢琴家瓦迪斯瓦夫·什皮尔曼（Władysław Szpilman, 1911—2000，故事片《钢琴家》主角的原型）在街上目睹了科扎克和他的孩子们离开隔都时的情形：

　　那天一早，科扎克的犹太孤儿院的孤儿们被遣送。科扎克当然有机会自救，但是他努力说服了德国人，允许他陪伴孩子们上路。科扎克和孩子们朝夕相处了很多年，即使是现在，在人生的最后一程，他也不愿意离开他们，他不愿意让孩子们对即将面对的感到害怕和恐惧。科扎克告诉孩子们，他们要去乡野郊游，这是一件多么令人高兴的事！终于，他们可以离开可憎的令人窒息的高墙，走向鲜花丛生的草地、可以嬉水沐浴的清澈溪流、生长着无数浆果和蘑菇的森林。

　　科扎克告诉孩子们要像过节一样，打扮得漂漂亮亮。兴奋的孩子们每两人一组手挽着手，列队走出孤儿院。这支队伍由一名党卫军军官引领，他显然是一位喜爱孩子的德国人，即使是这些经由他手马上将被送入焚尸炉的孩子。这位军官特别喜欢一个把小提琴夹在腋下的约莫十二岁左右的男孩。他吩咐男孩走到队伍的前列演奏小提琴，在音乐声中孩子们出发了。当我在盖西亚大街（Gęsia-Straße）遇到他们时，孩子们喜气洋洋地合唱着歌曲，那位小提琴家为他们伴奏。科扎克抱着牵着两个年幼的孩子，他看来是在给他们说着什么有趣的事情，使得他们靠在他的臂膀上不停地欢笑。我可以肯定，即使在毒气室里，当齐克隆 B 开始窒息孩子们幼小的喉咙，恐惧驱散了喜悦和希望的时候，'老大夫'仍然会用最后的力气低声告诉他们：'没什么，孩子们，这不算什么。'这是他在最后时刻还能够做到的，尽其所能缓解孩子们面临死亡的恐惧。

马雷克·埃德尔曼（Marek Edelman，1922—2009）是 1943 年华沙隔都犹太人起义的领导人，当时他参与了犹太人委员会的纳胡姆·伦巴（Nachum Remba，1910—1943）开设集中点医院（Hospital am Umschlagplatz）的行动，后者冒充医生，以遣送对象患病不适合遣送为由尽可能地拯救生命。他们目击了科扎克和孩子们到达遣送转运广场后的情景：

"柯扎克是个原则性极强的人，他尽其所能安抚孩子。当时有个德国军官穿过人群，把一张纸递给了科扎克。听说纸条是一位犹太福利机构的高官当天早上向盖世太保求来的特赦令，凭特赦令科扎克可以留下，孩子们则仍然会被遣送。科扎克只是轻轻地摇了摇头，挥挥手就让这个德国军官走开了。由科扎克带领走上火车的是第一批孩子，斯特凡妮娅带领的是第二批。德国人拿着皮鞭驱赶人们上车，一般情况下在这个时刻都会因为惶恐发生混乱，尖叫哭喊声不绝于耳，但是科扎克的孩子们排成四队，平静地走上了火车，保持着最后的尊严。"

"只要我活着，我一辈子都不会忘记这一幕。"伦巴事后回忆说，"这不是在上火车，而是在向这个丧心病狂的邪恶政权做出的无声的抗议和控诉，像这样的队伍，人们从未见过"。

科扎克领着孩子们走向火车，维持秩序的警察自发让出一条道路，站在两旁向科扎克做出致敬的姿势。德国人向伦巴打听此人是谁，伦巴突然泪如雨下，无法言语。广场上滞留的人群中此起彼伏响起悲痛的哭号声。科扎克一步一步走向车厢，头颅高高扬起，两手牵抱着孩子，他的眼睛直视前方，用他那充满个性的眼神，仿佛在凝视着什么，此时此刻他看到的应该就是他向孩子们许诺过的远方的草地溪流和森林。

科扎克和孩子们被送进了位于华沙东北七十公里的特雷布林卡灭绝营。特雷布林卡灭绝营与华沙对口，负责处理自华沙遣送来的犹太人。科扎克和孩子们进入特雷布林卡后便再无踪迹。1954年，波兰一家法院宣布科扎克已经死亡，并将他的死亡日期定于1946年5月9日，即欧战结束一周年的纪念日，这是当时对战争中无数失踪者通用的"形式死期"。2012年，卢布林法院将科扎克的法律死亡日期定于1942年8月7日。

1943年4月19日，科扎克和孤儿们被害八个月之后，华沙隔都爆发犹太人武装起义。起义者苦苦坚持了四个星期，终被纳粹政权残酷镇压，能够讲述科扎克和孤儿院的故事的见证人绝大部分被杀，隔都区域也被纳粹夷平。隔都消失以后，见证科扎克带着孩子们离开隔都的什皮尔曼九死一生，在波兰友人的帮助下继续在华沙四处藏匿。

1944年8月华沙再一次爆发波兰家乡军起义（见本书《枪口前举起双手的男孩》），什皮尔曼与帮助他的波兰友人失联，独自躲藏在华沙城的废墟里，此前这里因为家乡军起义而被德军根据希特勒本人的命令彻底摧毁。随着冬天的降临，生存的希望也日渐湮灭。11月17日，驻防华沙的德军军官威廉·霍森费尔德（Wilhelm Hosenfeld，1895—1952）在城内独立大道（Aleja Niepodległości）223号的废墟里发现了形同行尸的什皮尔曼。在得知什皮尔曼是脱逃的犹太人后，霍森费尔德没有按照条例将其射杀或抓捕，而是冒着风险为他提供冬衣和食物，使什皮尔曼熬过了最艰险的时日。整整两个月后，1945年1月17日，苏军进据华沙，什皮尔曼重见天日，霍森费尔德则被苏军俘获。

霍森费尔德出生于黑森州历史古城富尔达（Fulda），是一位天主教徒，原为中学教师，第一次世界大战应征入伍，后因身受重伤退役。霍森费尔德曾经是纳粹运动的积极追随者，他于1933年加入冲锋队和纳粹教师联合会（NS-Lehrerbund），1935年加入纳粹党。在日记里，他记述了自己如何骄傲和充满荣誉感地参加了1936年的纽伦堡纳粹党大会，还亲眼见到了元首。1939年德军攻占波兰，霍森费尔德作为预备役军官随军进驻华沙。因为大龄和伤病，霍森费尔德没有被编入作战部队，而是作为文职军官在华沙的德国陆军总司令部供职，具体负责管理德国驻军的业余体育活动，以提振士气。例如，他曾组织在波兰各地的德军之间的足球赛，以及养护被德军接管的华沙原波兰军队体育场——德军霸占后将其改名为"（德国）国防军体育场"（Wehrmachtsstadion）。

霍森费尔德虽然认同纳粹理念，但是在驻防华沙期间，他亲眼所见的纳粹暴虐恶行触犯了他的良知底线，促使他罔顾风险尽可能地援救陷入危局的波兰人，其中有被党卫军追捕的神父，也有像什皮尔曼这样四处躲藏的犹太人。霍森费尔德利用他负责养护国防军体育场的便利，在养护工人中藏匿了不少纳粹当局的追捕对象，据战后统计，霍森费尔德在华沙期间至少拯救了三十个人的生命。

霍森费尔德于1945年1月成为苏军的战俘，在进行战俘身份甄别时，他如实供述其领导的体育处隶属于德国占领军的Ic部门

（Abteilung Ic）。这一供述给霍森费尔德带来了灾难性的后果，因为该部门除了管理士兵的吃喝拉撒玩等日常需求，还辖有情报机构。为了坐实霍森费尔德所谓的间谍身份，苏军将其转运到明斯克的专门监狱，严刑逼供，导致他数次中风，半身瘫痪。1950年苏联当局在没有证据的情况下判处霍森费尔德二十五年苦役。尽管其间有多名被他援救过的波兰人为他的人道行为作证，霍森费尔德本人也多次申诉要求引渡波兰（根据战后清算惯例，战犯应在犯罪所在地受审判决并执行），均不被苏俄当局理会。1952年8月13日霍森费尔德因内出血死于斯大林格勒战犯监狱。

劫后余生的什皮尔曼努力找寻他的救命恩人，1950年他终于打听到了霍森费尔德的姓名。1957年，什皮尔曼专程从波兰到西德富尔达附近霍森费尔德的遗孀家中，表达感激之情。

战后，科扎克理所当然成为世界闻名的殉道者，他不仅是以色列民族的英雄象征，也是波兰的国家光荣。1978年，科扎克百年冥诞，联合国教科文组织决定当年为"科扎克年"（Year of Korczak），在耶路撒冷的犹太人大屠杀纪念馆则建有科扎克广场。全世界纪念科扎克的方式林林总总，其身后哀荣无限。

与科扎克相比，霍森费尔德的身后声名相对僻冷。他的德国军官身份和间谍罪名使得后人对他如同雾里看花，评价也相当审慎。然而，即使当年身便死，一生真伪有人知。在那些得到霍森费尔德援救的劫难生存者的努力下，霍森费尔德的善行义举在21世纪被官方承认。2007年，波兰总统卡钦斯基追授霍森费尔德以指挥官十字级波兰复兴勋章。2008年，经过什皮尔曼父子十余年不懈的努力，犹太人大屠杀纪念馆启动缜密的调查程序，在确认

入夜从雅努什·科扎克纪念塑像处回眺华沙文化科学宫。

霍森费尔德没有卷入战争罪行后，于11月25日追认他为"国际义人"（Gerechter unter den Völkern），这是以色列对在至暗年代向犹太人慨然伸出援手的人道义士的最高褒奖。

2017年7月21日晚间，在华沙文化科学宫前有露天音乐会，演奏的曲目是肖邦的《E小调第一钢琴协奏曲》。因为第二天一早就要离开华沙，伴随着乐曲，我又一次来到与此毗邻的科扎克纪念塑像拜谒。纪念塑像周围寂静无人，欧洲夏日晚落的夕阳光斜映在纪念塑像上，那光束是铂金色的。从不远处传来钢琴协奏曲乐声，那是肖邦在"浪漫、平静、略含忧郁的心情"中创作的，蓦然忆起，霍森费尔德生前最崇拜的音乐家就是肖邦，而什皮尔曼则是当时公认的肖邦作品权威演绎家，他们的生死交集也许并不只是命运的巧合，而是一段因为华沙与肖邦生发的因缘。

多少年来，每次与友朋谈及科扎克执意陪伴孩子们走向死亡的时刻，我都无法将之完整尽述，或许由于悲伤，或许因为景仰，或许是对于阿兰·西格（Alan Seeger，1888—1916）在他那篇著名的诗歌中几乎是一语成谶的预示的敬畏。阿兰·西格于1916年在法国死于一战战场。在《我与死亡有个约会》（"I have a rendezvous with Death"）中，他通过"约会""黑暗的土地""燃烧的市镇""我的承诺"等概念和意象设计了他的死亡，令人震撼的是，这一切与二十六年后在华沙集中点上出现的场景何等相符，何其相像！

我与死亡有个约会
当春天带回了蓝色的日子和市集。

他也许会牵着我的手

把我带入他那黑暗的土地，

他会合上我的双眼和止住我的呼吸——

我也许应该悄声从他身边掠过。

……

我与死亡有个约会

午夜时分，在那燃烧的市镇，

当春天在今年再次去向北方，

我当信守我的承诺，

我不应该错过这次约会。

我的心牵挂着那垛孤独的城墙

　　由德国萨克森州首府德累斯顿驱车去捷克布拉格，沿易北河河谷南行，自然和人文景观极为丰富，是非常令人神往的一条出游线路。途中最著名的是有"德国张家界"之誉的萨克森瑞士（Sächsische Schweiz）。特别是巴斯泰（Bastei）一带，由易北河谷岩峰突兀雄起两百米，在此可坐观怪石嶙峋，风起云生，德国人把这里的景观称为大自然的"舞台"（Bühne）。长期生活在德累斯顿的德国浪漫主义画派领军人物卡斯帕尔·达维德·弗里德里希（Gaspar David Friedrich，1774—1840）偕天时地利，以萨克森瑞士为舞台背景，创作了《雾海行者》（*Der Wanderer über dem Nebelmeer*，1818）等豪气万千的画作。这幅画中站立在云端雾海之上的德意志行者高大完美，盎然洒脱，睥睨云海岩松，以理想主义、浪漫主义为标识，伴之以德意志的民族觉醒、忧患意识以及渴望进步的呐喊，一览众山。后人往往以《雾海行者》作为德意志雄霸崛起

"萨克森瑞士"中心景观巴斯泰。巴斯泰意为城堡，由易北河谷兀然凸起的岩峰群构成。

的视觉预示。

继续沿易北河谷越过边境，进入捷克国界，砂质岩的山脉也绵延过境，只是名称变成了波希米亚瑞士，景观同样壮丽美好。离开"瑞士"，继续南下，即可到达特莱西恩施塔特集中营和隔都纪念遗址。

说到纳粹集中营，人们首先想到的往往是奥斯威辛之类的灭绝营，然而，如果从文化层面来看，特莱西恩施塔特可能是最具有代表性和最具有德意志特色的纳粹集中营。特莱西恩施塔特在历史上并不是灭绝营，但是后人在描述灭绝营时的一些离奇煽情又不失黑色浪漫的戏剧性情节和场景，诸如囚徒在集中营里风雅不减，写诗、作画、演唱歌剧，遇难者进入毒气室时有古典乐队伴奏之类的，其模本都是来自特莱西恩施塔特（见本书《被绊倒的是人的心灵》）。

特莱西恩施塔特意为"特蕾希娅之城"，初始是以 18 世纪匈牙利和波希米亚女王玛丽亚·特蕾希娅（Maria Theresia, 1717—1780）命名的要塞和军营，以后逐渐形成了一座军营城市，主要用来防御奥匈帝国西北方的普鲁士人，其中的小要塞（Kleine Festung）则用来关押政治犯和重刑犯，引发第一次世界大战的萨拉热窝刺杀事件的涉事者也曾羁押于此。1939 年 3 月，纳粹德国撕毁数月前刚签订的《慕尼黑协定》，占领捷克全境，成立波希米亚和摩拉维亚保护国（Protektorat Böhmen und Mähren），原有的监狱很快人满为患。1940 年，盖世太保将小要塞恢复成监狱，以后逐渐扩建成集中营，用来关押政治犯和战俘，同时在军营城区建立了隔都，用来临时安置围捕来的捷克以及欧洲各国的犹太人。在纳粹时期，特莱西恩施塔特集中营和隔都主要的作用是集结和转运犹太人以及其他人犯，因此又被称为周转营（Durchgangslager）。在特莱西恩施塔特总共关押过超过十四万一千人，其中活到战后的约为两万人，死者中的大部分（约八万八千人）是从特莱西恩施塔特转运到其他灭绝营加以杀害的。

在特莱西恩施塔特集中营一般不会执行死刑，在集中营和隔都内全部死亡人数约为三万三千人，死因大都是因为刑讯、饥寒、疾病或劳累过度。纳粹在此处决的人数只有二百五十人，其中主要是一批于 1944 年 10 月从莱茵兰地区（Rheinland）遣送来的德国犹太人。因为管理部门的错误操作，这批应该被送到隔都的犹太人被错送到小要塞，这使得以办事"高效精准"著称的盖世太保感到尴尬。为了掩饰工作上的失误，盖世太保索性将这批犹太人就地杀光了事。

由于迫害犹太人的恶行，纳粹政权在国际上日显孤立，为了消除"误会"和"偏见"，讲好故事，纳粹当局将特莱西恩施塔特隔都打造成了一个犹太人"模范定居点"（Mustersiedlung），作为善待犹太人的实例样板向外部世界进行宣传。特莱西恩施塔特又被称为"长老隔都"（Altesghetto），一般抓到上了年纪或有声望的欧洲犹太名人往往首先都送到这里关押。在第一次世界大战中曾有不少德国犹太人为德国征战并获奖授勋，作为对这些军人的礼遇，他们首先必须将他们的所有财产"置换"给国家，换取迁居特莱西恩施塔特的许可。名义上隔都由犹太人的长老委员会自治管理，因此隔都还有一些社区功能和装门面的文化设施，比如医院、图书馆、学校（包括幼儿园）之类的。搭台唱戏，就要把戏演好唱好。

弗里德里希所绘油画《雾海行者》，现藏于汉堡美术馆（Hamburger Kunsthalle）。

在柏林办公的帝国犹太人移民出境事务总局主管阿道夫·艾希曼（见本书《踽行孤影》）还亲力亲为，在特莱西恩施塔特设有专门办公处所。

1943年10月，德国占领当局在丹麦围捕犹太人失败，在丹麦的近八千名犹太人大部分成功脱逃至瑞典，纳粹当局只抓到了四百八十一人。因为顾忌与北欧国家的关系，投鼠忌器，这些犹太人被送进了特莱西恩施塔特隔都（见本书《踽行孤影》），算是某种程度上的"优待"。然而，丹麦和瑞典的政府以及国际红十字会不依不饶，坚持要求派代表来特莱西恩施塔特探视，这一要求使纳粹当局左右为难。一方面国际红十字会代表到隔都探视，如果处置得当，盾变矛，矛变盾，坏事能够变成好事，是一个消除国际"偏见"的机会。另一方面，由于大量犹太人被抓进隔都，四五万人被挤压在设计容量仅数千人的兵营里，隔都已经人满为患，不堪负荷。据当事人回忆，隔都的基础设施当时已经瘫痪，活人和死人都躺在路边，俨然人间地狱。经过评估，纳粹当局同意国际红十字会派员前来特莱西恩施塔特探视，之前则对隔都进行了粉饰清理，对部分犹太人进行临时"疏散"（Evakuierung），其中七千五百人在"疏散"到奥斯威辛集中营后直接就被杀害。同时，当局治理了隔都里的"脏乱差"现象，用大幅标语牌阻隔来访者的视线，以免他们看到不应该看到的人和物，因此人们也把特莱西恩施塔特称为20世纪最大的"波将金村"。

1944年6月23日，国际红十字会和丹麦政府代表等在党卫军官员陪同下探视了隔都，他们在隔都内新开设的咖啡馆与犹太"居民"共饮咖啡，品尝犹太名点，同时安排文艺表演。激动的犹太"居民"争相向来宾们诉说在特莱西恩施塔特的生活如何舒适安逸，快乐幸福，倾吐对元首的感激之情。世界因此亲眼看到了犹太人在隔都内安居乐业的祥和喜庆的"实际情况"。"人们脸上的笑容不可能是假的"，率领国际红十字会探视团的瑞士人据此向外部世界报告了他们的亲身见闻。应该讲，纳粹当局在处理国际红十字会探视特莱西恩施塔特一事上是相当成功的，在这次探视之后，国际红十字会就不再要求探视其他的隔都或集中营了。

初尝甜头，欲罢不能。作为成功接待国际友人的余兴，1944年8月到9月管理特莱西恩施塔特的党卫军部门再次操刀，让被抓到隔都的电影工作者拍了一部名为《特莱西恩施塔特：一部关于犹太人定居区的纪录片》(*Theresienstadt: Ein Dokumentarfilm aus dem jüdischen Siedlungsgebiet*) 的电影。捷克当时是世界电影大国，而犹太人在捷克电影业中撑起了半壁江山。纳粹占领捷克之后，犹太电影从业者悉数被关进了特莱西恩施塔特，因此在这里第一流的编导演员应有尽有。一部优秀的宣传影片很快得以顺利完成，在片中不少被关在特莱西恩施塔特的犹太名人皆有露面，盛赞纳粹当局的仁慈宽容，赞美被圈在铁丝网里的新生活。影片中出现了犹太人在咖啡馆悠闲地享用咖啡的场景，多少有点自怜自虐情绪倾向的德方解说词这样说道：当犹太人在特莱西恩施塔特享用咖啡和翩翩起舞的时候，我们的士兵正为了保卫祖国，承受着可怕的战争带来的所有苦难。

影片杀青之后，曾小范围放映，德语片名又称为《元首送了犹太人一座城市》(*Der Führer schenkt den Juden eine Stadt*)。因为操刀者均为党卫军的赳赳屠夫，杀、关、管在行，政思工作外行，因此拿捏失度，导致影片中关于如何善待犹太人的臆想、捏造以及渲染着力过猛，使得犹太人的生活待遇看上去甚至胜过大多数德国民众，而德国将士则是在为犹太人的福祉牺牲。这可能会使正被战争折磨的德国观众对于帝国的犹太人政策产生困惑，因而遭到教化经验丰富的帝国宣传部的质疑。该片最终没有在德国公映，而是内外有别，制成了多部拷贝，由德国驻外机构于1945年初开始在瑞士、梵蒂冈等中立国传播。当时德国败局已定，大厦将倾，影片对外发布当然有急吼吼洗刷对犹太种族屠杀罪行的目的，但是为时已晚，随着纳粹集中营相继被盟军解放，德国人罪行昭然，已经没有哪个外国机构还对这种宣传片有兴趣了。

1944年10月，电影完成后不久，绝大部分参与影片制作的犹太电影人即被"遣送"，在奥斯威辛集中营被杀害。在同一时期被从特莱西恩施塔特遣送到奥斯威辛的，还有一批住在隔都儿童护理所的孩子，因为特莱西恩施塔特是所谓的犹太人移居点，关押在隔都的往往都是一整个犹太家庭。进入隔都之后，家庭被强制拆散，成人往往率先被遣送，他们的孩子就成了事实上的孤儿。运气好一点的会被收容入儿童看护所，大部分则流落街头，自生自灭。战后由于材料缺失，在隔都被关押过的确切儿童人数已经无法查证。现在人们只知道有近八千名儿童是由特莱西恩施塔特遣送至灭绝营遭到杀害的，被遣送的儿童中仅有二百四十五人活到了战后。直接在特莱西恩施塔特死亡的儿童人数为四百人，1945年在此被解救出来的十五岁以下儿童为一千六百人。1944年10月初，有一位自愿陪同被遣送孩子去奥斯威辛的护理所护士，她就是著名的德语女诗人、作词家伊尔莎·韦伯（Ilse Weber，

伊尔莎·韦伯。

1903—1944），她是为了陪伴年幼的儿子托马什（Tomáš）。

伊尔莎出生于捷克苏台德地区的一般实犹太家庭，从小受到良好教育，少女时期开始用德文写作并发表诗歌、散文、戏剧等文学作品，于20世纪二三十年代出版有剧本《蓝色小王子》（Der blaue Prinz）、《犹太童话》（Jüdische Kindermärchen）等，并在电台开设有儿童文学专栏节目，在捷克文学界有"女神童"之誉。1930年，伊尔莎与威利·韦伯（Willi Weber）结婚，婚后育有长子哈努斯（Hanuš）和次子托马什。1939年，《慕尼黑协定》签订之后，苏台德地区的犹太人处境日益艰险，韦伯全家遂迁居布拉格。1939年5月，捷克全境早已经被纳粹德国占领，预感到危险日益临近的韦伯夫妇未雨绸缪，将八岁长子哈努斯通过英国人尼古拉斯·温顿（Nicholas Winton，1909—2015）组织的犹太儿童救援行动送往英国。哈努斯到达英国后，又被辗转送往伊尔莎在瑞典的一位通信密友家中抚养，健康地活到了战后。1942年2月6日，韦伯夫妇和次子托马什被关进了特莱西恩施塔特隔都。

伊尔莎到了特莱西恩施塔特后，在儿童护理所做看护工作，照顾失去家庭的儿童。在此期间，伊尔莎创作了大量诗歌和歌谣，在隔都内的犹太人中传颂传唱。伊尔莎在隔都的作品目前存世的约七十首，其中最著名的是她为隔都护理所儿童写作并谱曲的《摇篮曲》（"Wiegala"）。每到夜晚，伊尔莎会用吉他自弹自唱，陪伴孩子们入睡。《摇篮曲》在战后被众多大牌歌手和走红乐团广泛传唱，使得伊尔莎成为集中营艺术的标志性人物：

《摇篮曲》

小摇篮，小摇篮，轻轻地晃，
风儿把七弦琴奏响。
风儿演奏得如此甜美，在绿色的芦苇荡上。
夜莺在歌唱。
小摇篮，小摇篮，轻轻地晃，
风儿把七弦琴奏响。

小摇篮，小摇篮，轻轻地晃，
月亮好似灯笼的光亮，
悬挂在暗黑的天穹篷帐之上，
月亮在向世界张望。
小摇篮，小摇篮，轻轻地晃，
月亮好似灯笼的光亮。

小摇篮，小摇篮，轻轻地晃，

世界是这么寂静安详！

甜美的寂静，没有喧响，

睡吧，我的孩子，进入梦乡。

小摇篮，小摇篮，轻轻地晃，

世界是这么寂静安详！

人们可以想象这一充满温情和恩典的场景：在隔都严酷险峻的大环境下，孩子们每晚在伊尔莎天籁般的歌声陪伴下入睡。根据目击者回忆，伊尔莎在儿童护理所时，经常组织孩子们演唱她谱写的歌曲，她则用吉他为孩子们伴奏。孩子们的歌声给隔都的人们多少带来了安慰和希望。然而敏感聪慧的伊尔莎十分清楚局势的险恶，她对人生的前景已经不抱希望，与同时期其他身处险境的犹太艺术家创作的作品中经常出现的期望亲朋好友、伴侣爱人终有一天会再次团聚的主题相异，伊尔莎·韦伯的歌曲则甚少此类幻想，代之以与亲朋诀别的伤痛与决绝。伊尔莎在给一位昔日好友的诀别诗《就此告别了，好伙伴》（"Ade, Kamerad"）中写道：

就此告别吧，好伙伴，

我们的道路在这里分岔，

因为明天我必须上路。

我将和你分手

从这里被驱赶

被遣送去波兰。

……

就此告别吧，好伙伴，

对你来说是伤痛，

对我来说告别是多么艰难。

不要失去勇气，

我曾经是你的好伙伴，

从此我们天人永隔，再见无缘。

韦伯一家被抓进隔都不久，1942 年 5 月 27 日，纳粹首脑莱因哈德·海德里希（Reinhard Heydrich, 1904—1942）在布拉格被刺杀。作为报复，纳粹于 6 月 10 日血洗位于布拉格西北三十公里处的利迪策村（Lidice），全村三百余名男性被当场杀害，妇孺则被抓进集中营杀戮，村庄被付之一炬。身处隔都的伊尔莎闻讯悲愤难已，冒着巨大风险写下了《利迪策的绵羊》（"Die Schafe von Liditz"）：

《利迪策的绵羊》

云朵般的黄白色绵羊

行进在路旁。

两位牧羊女跟随着羊群，

穿过茫茫暮霭，她们在歌唱。

一派和平满满的景象

你，行色匆匆的路人，却停住了脚步，

仿佛你感受到了可怖的死亡气息
在蔓延游荡。

云朵般的黄白色绵羊，
他们的家园如此遥远，
他们的厩栏被焚烧，
他们的主人被屠杀身亡。

哦，村庄里所有的男人，
他们经历的是同样的死亡。
承担着如此多的不幸和灾难，
波希米亚的一座小村庄。

勤奋的妇女们被绑架，
是她们精心照看着绵羊，
快乐的孩子们被抓走，
他们曾因为羔羊而快乐欢畅。

精致的房屋被摧毁，
这里曾是和平的家乡。
唯有牲畜得以赦免，
被毁灭的整座村庄

……

被残忍的命运摆弄，

被合围进一堵高墙，

世上最受磨难的民众

世上最悲苦的绵羊。

太阳下山了，

沉落了，那最后一束光亮。

临近兵营的某个地方

一首犹太歌曲在唱响。

　　《利迪策的绵羊》写成后，在隔都内外广泛流传。诗歌的文字勇敢犀利，其中"利迪策""毁灭的村庄""临近兵营"等词句均具有明确指向，诗意不再朦胧，清楚地表明诗歌作者身处特莱西恩施塔特，在毫无畏惧地向世界控诉纳粹的残忍暴戾。直接被"打脸"的盖世太保恼羞成怒，艾希曼气急败坏，亲自部署在特莱西恩施塔特启动大搜捕，追查诗歌的作者。隔都里不少难友知道作者的真实身份，尽管处于盖世太保的压力之下，终无一人告密。

　　在伊尔莎的特莱西恩施塔特诗篇中，最为触动心灵的是《明天五千人就要上路》（"Morgen gehen fünftausend fort"）。在特莱西恩施塔特，人们每天必须面对被遣送的亲朋好友。生离死别之际，被留下的"幸运儿"一方面会受到良心的煎熬，另一方面则会暗自庆幸自己能逃过一劫，甚至遣送的"列车还没有走远，我们已经在准备遗忘"！直击人性，拷问良知，在"集中营文学"中极为罕见。

"利迪策惨案"的纪念雕像《利迪策的孩子》。2019 年 6 月 15 日，捷克在利迪策举行国家公祭，纪念惨案七十七周年。在公祭活动中，孩子们唱起了《金色的耶路撒冷》("Jeruzalém ze zlata")："我的心牵挂着我的城，牵挂着那垛孤独的城墙……"

《明天五千人就要上路》

明天五千人就要上路，

大规模被运往波兰。

五千人，是朋友，是同伴，

我们一起经历苦难，我们一起忍饥受寒。

我们会说"保重"，相互祝愿

所有的苦痛似乎都已成为昨天。

当其他人被驱赶，前途不测，

留下的人也无法心安。

他们愁云满面扎箱捆包，

与我们已经隔了一个深渊。

我们能留下，只是一个巧合，

明天不也是继续被驱赶？

是什么把我们禁锢在这里，使我们责难，使我们抱怨？

难道这里是我们离不开的家园？

陌生的环境，敌意，冷漠，充满恐惧，

我们不敢直视朋友的双眼。

尽管他能够宽容和理解，

你还愿意留在这里，当他被驱赶？

他走开了，排进了另一队列，

留下的人，自觉渺小而羞惭。

是的，我们既不矜贵，也不高尚，

我们无法舍弃今世的坛坛罐罐。

不是吗？我们已经在准备遗忘，

尽管那列车还没有走远，你还能看见。

　　韦伯一家三口进入特莱西恩施塔特后即被强制分开。1944 年
9 月，丈夫威利自愿去奥斯威辛服苦役，以换得隔都当局不遣送其
家人以及允许其和家人通信的承诺。伊尔莎带着托马什滞留在儿
童看护所。1944 年 10 月初，看护所的全体儿童被遣送，与"老大

夫"科扎克（见本书《"我与死亡有个约会"》）一样，伊尔莎自愿陪伴托马什和孩子们去奥斯威辛。10 月 6 日，伊尔莎和托马什以及看护所的其他孩子们在奥斯威辛集中营的毒气室遇害。

与科扎克和孩子们被遣送集中营后即杳无踪迹相异，一位在特莱西恩施塔特与伊尔莎相识的犹太囚犯在奥斯威辛集中营的毒气室服劳役，他目睹了伊尔莎和孩子们到达奥斯威辛后进入毒气室时的最终时刻：

> 那段时间最可怕的是当我辨识出我认识的或者熟人们站在毒气室前的那一刻。1944 年的一个秋日，有一组大约十到十五个孩子刚被押送到。伊尔莎站在孩子中间，她在尽其所能安慰受到惊吓的孩子。紧挨着伊尔莎的是一个年龄明显偏大的孩子，我想那应该就是托马什。伊尔莎立刻认出了我。"那是真的吗？我们刚下车，现在就可以淋浴？"她问我。对伊尔莎我不愿意撒谎："不！这儿不是淋浴的地方，这是毒气室。我经常听见你们在看护所唱歌，我告诉你一个办法，一会儿你们要尽可能抢先进去，你要让孩子们立刻在墙角边坐下，开始大声唱歌。这样你们就可以很快吸入毒气，否则当恐慌爆发时会被别人踩死。"伊尔莎的反应却很异常，她竟然有点心不在焉地笑了。她搂住了一个孩子说："是这样，原来我们不淋浴。"

当伊尔莎带领孩子们进入毒气室的时候，孩子们高声唱起了

《摇篮曲》。

1944 年 10 月 6 日，伊尔莎和托马什一起在奥斯威辛遇害。威利历尽艰辛，九死一生，从奥斯威辛集中营被盟军解放前的"死亡行军"中脱逃，活到了战后，并在瑞典与哈努斯重逢。1977 年，哈努斯的儿子降生。哈努斯为他取名托马什，以此纪念他的弟弟。

1986 年，德国出版了一本特莱西恩施塔特文集，收辑了当时被关押在此的囚犯的文字作品，其中一篇佚名的散文诗《写给我孩子的信》（"Brief an mein Kind"）尤为引人注目。这是一位在特莱西恩施塔特儿童看护所的母亲写给她被迫送到瑞典的未成年儿子的，情真意切催人泪下。文集出版一年后，编辑部收到哈努斯从北欧的来信，告知编辑部这封信是他的母亲伊尔莎在把他送离布拉格后，于隔都滞留时写给他的。

《写给我孩子的信》

我亲爱的儿子，三年前的今天
你独自一人走向了世界。
今天，仍然历历在目，你在布拉格火车站
从列车隔间的车窗伸出头哭泣着，
你那有着棕色卷发的脑袋靠向我，
你乞求着，让我留在你身边。
我们把你送走，对你来说似乎绝情，
是啊，你只有八岁，幼小而柔弱。
当我们回到没有你的家时，

我想我的心已经破碎。

尽管我在不停地哭泣，但是相信我，

我是多么庆幸，因为你没有和我们在一起。

那个收留你的陌生人

一定会上天堂的。

我用每一次呼吸祝福她

你对她的爱还不够。

周围的一切变得灰暗阴沉压抑，

他们拿走了家里所有的东西，什么也没有留下。

无论是在屋里还是在家乡，哪怕在坑坑角角

也没有留下一件我们珍惜的东西。

你的玩具火车，

和你弟弟的小木马。

甚至连名字都没有给我们留下。

我们形同牲畜，穿过街尾巷陌

脖颈上挂着数字牌——这都没有关系，

假如我还能和你的爸爸住在同一所房里。

即使是你的小弟弟也不允许和我在一起，

生命中，我从来没有如此孤独。

......

我住在一个真正的营房里，

黝黑的墙壁，阴暗的隔间，

对外面阳光下的落叶和树木一无所知。

我是孩子们的看护，

帮助和安慰他们是美好的事情。

深夜我和他们常常会醒来，

微弱的灯光照亮着大厅。

我会坐起，守护着孩子们的安憩，

在我的眼中，每个孩子就是一个你。

我的思绪会飞向你

尽管，我很庆幸你不在这里。

我生命中的诸多美好已经被攫取，

而我是多么幸运能够有你。

如果能使你避免可怖的遭遇，

我愿意把一切承担，无论那是多么艰难。

我宁愿承受一千倍的苦痛，

用来换取你幸福的童年。

现在已经很晚，早已是入睡时间，

天哪，哪怕只能看到你一眼！

……

黑暗无垠，苦难万般，但是人类中残存的良善灵魂，终究还能在那邪恶残忍的年代里闪现光亮，使生命得到延续，给人类带来幸存的希望。面临劫难的伊尔莎因为哈努斯得以逃出生天的庆幸与哈努斯的块肉余生并不是缘于偶然，而是全仗英国人尼古拉斯·温顿爵士个人于 1939 年组织的捷克犹太儿童援救行动。

温顿于 1909 年出生于一个归化英国的犹太基督徒家庭。二战前作为伦敦的股市经纪人，他曾辗转在巴黎、汉堡和柏林工作，生活境遇优渥，对欧洲的政治局势以及犹太人的遭遇并不上心。1938 年圣诞节，温顿与朋友相约去瑞士滑雪，后来朋友临时变卦改去了布拉格，温顿因此也抱着看热闹的心态去了因为《慕尼黑协定》而一夜之间成为世界关注焦点的布拉格。在布拉格，温顿亲身经历了捷克犹太难民的惶恐和困苦，萌生了救助他们脱离苦海的想法。当时世界上少有民主国家的政府对犹太难民伸出援手，唯有英国和个别西欧国家对犹太儿童网开一面。也许是对叛卖盟友捷克斯洛伐克的行为心存愧疚，英国张伯伦政府在"水晶之夜"后的 11 月 21 日，同意十七岁以下的捷克犹太儿童在满足一系列严苛条件的前提下入境。在了解到这一政令后，温顿决定，即使不能救出整个家庭，至少要把尽可能多的孩子解救出险境。

回到英国后，温顿用个人积蓄成立了一个虚假的难民委员会，刻了假公章，实际上就是一个皮包机构。他奔波于英国和捷克之间，为每个孩子寻找担保家庭，解决资金问题，安排旅行计划，甚至伪造签证文件。在 1939 年 3 月纳粹占领捷克全境到同年 9 月 1 日二战全面爆发的几个月里，他凭一己之力，一次次用火车将六百六十九名（一说六百六十四名）犹太儿童从布拉格送到了英国。

温顿的解救行动在当时极为敏感，无论在被纳粹占领的捷克甚或在英国都是在灰色地带运作，可以说温顿是在刀尖上跳舞，加上战后他再不曾提及此事，几乎所有被营救的孩子及其家庭都不清楚援救行动的背景，一直认为他们的获救是国际红十字会或其他民间组织的善行。当1986年哈努斯致信特莱西恩施塔特文集编辑部，告知自己是战争爆发前从布拉格被解救出来的儿童时，人们也还不甚清楚这一解救行动的背景和意义，并没有把哈努斯的得救和温顿个人加以联系。直到1988年，温顿的妻子偶然发现了自己丈夫沉默了近半个世纪的秘密，这一段惊天地泣鬼神的往事才为世人知晓。从此，这些被温顿从毒气室救出的孩子和他们孩子的孩子自称为"温顿的孩子"，在"温顿的孩子"名单里人们找到了哈努斯的名字，档案编号为1292。

伊尔莎生前写过一首被广为传颂的《我行走过特莱西恩施塔特》（"Ich wandre durch Theresienstadt"），其中提到了"萨克森瑞士"的地标巴斯泰桥，在诗中，伊尔莎将巴斯泰认作是穿越特莱西恩施塔特的道路的尽头：

《我行走过特莱西恩施塔特》

我行走过特莱西恩施塔特，
心情沉重如铅挂，
道路陡然现出尽头，
几近巴斯泰。

我站在桥上

眺望深峡：

我多想继续走下去，

我多想回家！

回家！——你这美妙的词语，

你使我的心情沉重如铅挂。

我的家已经被他们抢走，

从此我不再有家。

我变得悲伤忧愁，

心情沉重如铅挂：

特莱西恩施塔特，特莱西恩施塔特啊，

苦痛何时才有尽头——

何时我们才能再拥自由花？

　　在这首被后人广为传唱的诗中，伊尔莎把我们带回了萨克森瑞士，聚焦于萨克森瑞士的象征性景观——著名的巴斯泰桥。为满足每天蜂拥而来的游客的观光需求，当地在 1850 年左右修建了横跨大峡谷的七孔砂质岩石巴斯泰桥。宏伟的巴斯泰桥在伊尔莎的诗中既是苦难的具象也是希望的寄托。1823 年，即修建巴斯泰桥的近四分之一世纪前，卡斯帕·达维德·弗里德里希在完成《雾海行者》五年之后，在日后建桥的峡谷位置作画，创作了《易北河砂岩山区的岩峰景观》（*Felsenlandschaft im Elbsandsteingebirge*）。

弗里德里希所绘油画《易北河砂岩山区的岩峰景观》，现藏于维也纳美泉宫
（ Belvedere Kunstwerk Wien ）。

诡谲的是，与豪迈逸朗、充满正气的《雾海行者》全然相异，《易北河砂岩山区的岩峰景观》的画面颓败苍凉，荒蛮得神秘莫名，以致后世有人牵强地臆测弗里德里希是共济会成员，在他的画作中可能会掺杂有共济会的符号和信息。画作完成不久，就有人评论道："岩石山峰上的那些松树让我们想起了永生。但是在走向松树的途中，必须越过深谷，还会在迷雾中晕头转向，这是罪恶的深渊，每个人在他的尘世旅程中随时都有可能坠落悬崖。"而在收藏该画原作的维也纳美泉宫的有关介绍中则注意到："画面上的树木，峡谷和岩峰意味着此岸世界的形成与消亡，既是神灵的也是死亡的征象。1820年此处已建有通往岩峰的步道，也有登高的石阶，在弗里德里希的画中却都没有表现。"可以想象，假如在弗里德里希作画时巴斯泰桥已经建成，他也完全有可能视而不见。我们并不清楚在完成《雾海行者》后的五年时间里弗里德里希经历了什么，但是对他在同一地点所作的《雾海行者》和《易北河砂岩山区的岩峰景观》进行比较可以清晰地看到，画面的光影由通透亮丽变得闷燠阴诡，《雾海行者》中体现人类高于或驾驭自然界的意念完全消失，甚至人类在自然界活动的些微细小的踪迹也被抹去，洋溢其中的人高于神的浪漫理想和人定胜天的进步主义乐观情绪在《易北河砂岩山区的岩峰景观》中荡然无存，难以抵达的岩峰意味着某种神秘的敬畏和谦卑。简而言之，《雾海行者》是从人神同界的俯瞰视角，《易北河砂岩山区的岩峰景观》则是以凡人的仰望视角审看同样的山峰和峰上的松树。我们对大师的心路转向的缘由无解，因为我们委实无法想象大师能有如此的先知先觉，能够预见到在浪漫主义、进步主义、理想主义启蒙下的民

《易北河砂岩山区的岩峰景观》作画点——巴斯泰桥。

族崛起于百年后掀起的血雨腥风和因之而来的灾难性结局。

　　在德语语境中，"瑞士"意味着某地自然景观的壮丽和美好。在遍布德语区的"瑞士"中，景色之瑰美首推萨克森瑞士和波希米亚瑞士，首推巴斯泰桥，以致身临绝境的伊尔莎仍然对之魂萦梦绕。衰兰送客屡屡，天有情天亦老，莫说理性进步，休道路远山高，毕竟，从"瑞士"到特莱西恩施塔特只有一箭之遥。

你的墙垣常在我的眼前

——上乌瑟尔纪事

在德国，且不论大中型城市，任何一个名不见经传的小村小镇都会把关于自己的典故捂得牢牢的，把承载自身历史的哪怕再破旧的建筑保养得好好的，即使迫不得已必须改造拆建也是火烛小心，因为那里的人们知道，一个回避反思自身历史——哪怕是不愉快的、丑恶的、耻辱的历史——的城镇乃至民族是不会有未来的。

陶努斯山区（Taunus）的上乌瑟尔（Oberursel）是一个北距法兰克福二十公里的卫星小镇，安谧舒适，山景优美，若论名气当然远远不及其所属的县城巴特洪堡（Bad Homburg），那是皇家经营的休闲疗养去处，有欧洲最高端的浴池赌场，是德国乃至欧洲名流贵族的打卡地。巴特洪堡辖属的上乌瑟尔镇近年来因为法兰克福的金融白领在此扎堆落户，使得当地房价居高不下，人口也由原来的万把猛增到四五万。由于女儿在上乌瑟尔工作居住，本人得以经常在这一带出没。起初囿于偏见，再加上孤陋寡闻，我感到这一类的新兴移居点（Siedlung）除了马路比较直畅、生活比较便利，在文化历史方面一般乏善可陈。直至有一天读到上乌瑟尔在战后曾经是盖伦组织的起源地和大本营，而在战时则是具有传奇色彩的杜拉格鲁夫特（Dulag Luft，德语全称为"Durchgangslager Luftwaffe"，意即空军中转战俘营）战俘营所在地，吃惊之余，我开始了在上乌瑟尔的历史寻探。

20世纪20年代初，在上乌瑟尔出现了"新式农居"移居点。1933年纳粹上台后，法兰克福大学曾买下移居点建筑作为纳粹学生联合会和冲锋队组织成员的活动场所，开展思政教育，通过集体生活特别是体育活动培养塑造学生的集体主义和爱国爱党精神。1938年，国际居住博览会在法兰克福举行，展会结束后，为德国民众开发的一些参展样品房被移建到了上乌瑟尔移居点。在黑森大区当局的扶植下，移居点渐成规模，面积达到十八公顷。

第二次世界大战爆发以后，德国空军半威胁半利诱地征用了上乌瑟尔移居点及周围的地块，改建成了一个战俘营，用来收押审讯盟国空军战俘，搜集敌方军事情报，此即著名的杜拉格鲁夫特。

第一次世界大战开启了现代意义上的战争模式，血腥、残忍、海量杀戮，不过参战各方在对待敌方战俘方面都还是比较节制收敛的。二战爆发以后，由于苏德等参战方强烈的种族主义或意识形态色彩，从海牙到日内瓦一系列的战争战俘公约名存实亡，失去了约束作用。杀俘虐俘、将战俘作为奴工奴役已是日常操作，不过，与一般印象或传说中充斥着虐待和杀戮的德国战俘营不同，德国空军管理的战俘营所奉行的怀柔政策使得杜拉格鲁夫特成为

现今上乌瑟尔的高档住宅，20世纪30年代为样品房移居点，几近百年，仍然保持着当年的风貌。

一个异类。

开战伊始，杜拉格鲁夫特被用来收押波兰和法国的空军战俘，英吉利空战打响和美国参战以后，则主要用来关押美英空军战俘。当时德国空军有规定，所有在德军控制区域被俘获的盟军飞行员都必须立即解送至杜拉格鲁夫特接受调查审讯，之后再转送到其他的常规战俘营。仅1944年在杜拉格鲁夫特被关押过的盟军飞行员即达两万九千人，而整个战争期间在杜拉格鲁夫特接受审讯的飞行员战俘共达四万人。杜拉格鲁夫特的名声因此在盟军飞行员中流传甚广，以致凡是在德军占领区域执行危险飞行任务的盟军飞行员起飞前相互会以"杜拉格见！"来作为告别语。

德军设立杜拉格鲁夫特的目的是在第一时间从盟军飞行员那里最大限度地攫取对方的军事情报，因此该地的德方官式名称为"西部评估站"（Auswertestelle West）。在杜拉格鲁夫特工作的德军审讯人员阵容强大，在 1944 年最多达到近七十人。审讯人员在业务方面也相当专业，其中不乏语言学、心理学专家，还有曾经长期在英语国家居住的海外归国人员，他们讲究审讯技巧，专业敬业，可以说达到了出神入化的境地。

在德方人员中最具传奇色彩的是审讯官汉斯·沙夫（Hanns Scharff，1907—1992）。沙夫出生于东普鲁士（现属波兰）一军官家庭，父亲功勋卓著，1917 年战死于第一次世界大战。沙夫长大后在外祖父的纺织品公司工作，先学习纺织品印染设计，后从事国际销售，常驻南非，在南非结识并与英国少女玛格丽特（Margaret Stokes，1913—？）成婚，故能说一口流利的英语。两人婚姻的吊诡之处在于，玛格丽特的父亲也是一战时英国空军的著名战斗英雄，1918 年在比利时死于德军防空炮火之下。1939 年二战爆发时，沙夫一家在德国度假，因此全家滞留德国。作为德国公民，沙夫不久即被征入伍。1941 年德国入侵苏俄后，沙夫所在的部队奉命开拔东线战场，而他的英国太太则为之上书德军高层，指出将能说一口流利英语的沙夫派往俄罗斯前线乃暴殄天物。用现在的思维惯式实难想象德军高层在战事倥偬的紧迫时机会去理会一位敌国女子的吁请，然而几经周折，沙夫居然在最后一刻被调离了已经开赴东线战场的部队，后转入杜拉格鲁夫特成为空军审讯官员。

做过产品国际销售、见过大世面的沙夫认为，如果要从盟军飞行员口中获取有价值的情报，必须使用怀柔策略。沙夫将他的审讯策略归纳为：友好、尊重、理解、狡计。沙夫的军衔只是空军下士（因为其家庭的敌国背景，提拔恐怕永无指望），在和战俘接触时，他几乎从来不穿军装，战俘们却一直以为他是一位高级军官，可见其气场之强。根据战俘们的回忆，沙夫在对他们审讯时，总是和风细雨，从来不会提高声调，被审讯的战俘们往往感觉他们是在和某位经年不见的好友聊天。除了在审讯室里的接触，沙夫还组织战俘郊游，冬天则一起去雪场滑雪，晚上还相约去酒吧喝白兰地。

沙夫在和战俘们进行互动时，特别注意与他们建立互信。上乌瑟尔地处陶努斯山区，被录入世界文化遗产名录的古罗马界墙（Limes）即在此蜿蜒而过，沙夫经常组织战俘们在山里远足，山大林深，一旦进山是很难防止战俘们逃跑的。在出发远足前，沙夫会和颜悦色地希望战俘们以军人的荣誉保证不会溜号，因为他本人是对这一类活动做出担保的，如果出现状况会对他造成麻烦。由于这些精心的铺垫，不仅没有发生战俘借机逃跑的情况，还在战俘们的内心中不知不觉形成了一种对沙夫的信任甚至依赖。

沙夫曾经组织被俘的盟军飞行员参观德国空军基地，战俘飞行员不仅与基地的德军飞行员交朋友，还得以零距离接触当时在德国空军列装的最先进的歼击机梅塞施米特 BF-109（Messerschmitt BF-109）。更为匪夷所思的是，美军上校飞行员埃纳尔·A. 马尔姆斯特伦（Einar A. Malmstrom，1907—1954）要求试飞歼击机，居然得到允许。梅塞施米特 BF-109 歼击机在二战特别是战争初期所向披靡，令盟军飞行员望而生畏，能够试飞这一德国空军高度保密的战争神器，当然使马尔姆斯特伦上校极为振奋。在与战俘的接触

上乌瑟尔附近的罗马帝国时期界墙遗迹。

中，沙夫总是乐意提及他的妻子也是英国人，而他的岳父则是英国的空军英雄，以增强战俘们对他的认同和亲近感。沙夫甚至准备了一本"客人留言册"（Gästebuch），请每位被他审讯过的战俘感怀留言，作为纪念。面对沙夫的怀柔和忽悠策略，几乎所有飞行员都放下了戒备，有意无意间提供了德方需要的信息。

根据沙夫的自述和战俘们的回忆，杜拉格鲁夫特尽可能多地搜集了盟军飞行员的个人信息，被俘飞行员被送到杜拉格鲁夫特之前，审讯人员已经针对每一位被俘人员做了大量准备工作。沙夫对初次接触的战俘使出的都是相同的招数。刚被抓获转送进杜拉格鲁夫特的战俘大都是惊魂未定，前途未卜，不知道将会面对的是什么。他们一般都会按照军规向德方供述自己的身份军阶和部队番号等信息。在这种情况下，沙夫总是满脸诚恳甚至充满同情地告诉审讯对象说，如果你要想被作为战俘对待，仅仅提供个人的身份信息和军事单位或番号恐怕是不够的，而是必须提供一些细节，以证明自己的确是空军作战人员，否则很可能会被作为间谍对待，而负责处理间谍的则是盖世太保。如果杜拉格鲁夫特不能确认你的作战人员身份，就只能转送盖世太保，一旦落到盖世太保手里，他就没办法帮助你了。惊恐之下，被俘人员为了证明自己的作战人员身份，往往会慌不择言，说出不少德方需要的信息。用沙夫的话说，这是与审讯对象建立信任的开始，而战俘一旦开口，无论他说什么，都不应该打断，要任由其把话说完再提问。审讯人员开始提出的问题的答案应该是自己已经掌握的，这样会给被审讯对象造成"他们什么都知道"的印象。此外，审讯人员应该反复告诉被审讯对象，并不需要他提供答案，只是请对象确认一下而已，如果被审讯方对之置疑或表现出好奇，那就是一种好现象，说明双方之间的互动开始形成。审讯对象为了证明沙夫并不是无所不知，往往会用具有情报价值的真实情况来反驳沙夫。比如在一次轻松的森林漫步时，沙夫仿佛不经意地向被俘的盟军战斗机飞行员提及，盟军战斗机在飞行时拉出白色空气轨迹是因为缺乏染色原料，而一位沉不住气的飞行员立刻反驳说，这是在告知友机或地面指挥系统本机的弹药即将告罄，从而无意中泄露了重要的军事机密。

　　沙夫的审讯方略屡试不爽，经其审讯的五百余名被俘飞行员，绝大部分都开口说话，有意无意满足了沙夫的要求。用当事的飞行员的话说，在沙夫面前，哪怕是修女也会把自己的私通情事和盘托出。只有少数战俘拒绝与之合作，自始至终没有被沙夫忽悠，其中美军王牌飞行员加布雷斯基（Francis Stanley Gabreski, 1919—2002）的故事便相当神奇。加布雷斯基出生于美国宾夕法尼亚一波兰移民家庭，成年后加入美国陆军航空军（USAAF，美国空军的前身）。1941年珍珠港事件发生时，加布雷斯基正驻扎在夏威夷，是少数升空与日本军机交战的美军飞行员之一。波兰亡国后，世界各地散落有不少波兰飞行员，报国无门，加布雷斯基遂投书美国国会，利用自己的语言优势，召集波兰人员进行现代战机培训，可以说是波兰空军的创建人之一。1943年移驻欧洲战场后，加布雷斯基战功卓著，在不到一年时间里，起飞作战一百六十六次，在空中击落德国军机二十八架，并击毁地面军机三架，以"王牌加比"（Ace-Gabby）名震火线。1944年7月，在对法国一德军机场的攻击中，加布雷斯基因俯冲过猛失速，被迫弃机逃生，在山林中隐匿数日后被德军抓获押送到杜拉格鲁夫特。沙夫在得悉加布雷斯基失事后就开始做功课，精心准备了审讯预案。沙夫在审讯室里挂上了加布雷斯基的大照片，当加布雷斯基被带进审讯室时，沙夫亲切地用昵称打招呼："哎呀，加比，我们等你好久了！"沙夫忽悠加布雷斯基说，他的照片已经在墙上挂了好几个月，自己每天与照片上的加布雷斯基交流，感觉到他们已神交已久。不过加布雷斯基生性鸡贼，软硬不吃，沙夫的那套招数在他身上殊难奏效，还在沙夫的"客人留言册"上留下了那句名言："你有你的营生，我有我的……"（You had your job and I had mine...）意思是我俩选边站队迥异，别来烦我。有趣的是，在1983年美国芝加哥，沙夫受邀参加了曾经在德国空军战俘营被关押过的美国飞行员战俘联谊会，会上沙夫和加布雷斯基联手表演，再现当年两人审讯和被审讯的对话场景，引起与会者无限感慨。

应该说，类似沙夫如此与战俘打交道的德国军人在杜拉格鲁夫特并非个例，凡是由德国空军管理的战俘营在对待俘虏问题上还是比较在乎国际战俘公约的。在杜拉格鲁夫特，战俘在被审讯期间均是单独关押，根据《日内瓦公约》，战俘单独囚禁时间最长不得超过三十天，因此在杜拉格战俘蹲单人号子（战俘们称之为"冷却器"）的时间除了个别案例，均没有超过四个星期的。在被俘的盟军飞行员中，有不少人来自沦陷国（如捷克、波兰），德国空军总司令赫尔曼·戈林曾命令这些飞行员不得被作为战俘对待，意欲置之于死地，杜拉格鲁夫特管理层则认为这些飞行员既然不是战俘，竟然干脆把他们作为平民释放了。在杜拉格鲁夫特，伤病战俘也根据国际公约得到医治，战俘营甚至将上乌瑟尔著名的专门接待贵族或其他社会上流的霍赫马克疗养院（Kuranstalt Hohe Mark）改建成了杜拉格鲁夫特伤病战俘分营，聘请了在伤病飞行员中最为多见的烧伤和骨折的专门医生为战俘诊疗。

杜拉格鲁夫特宽待战俘之事在当时多有流传，以致引起了盖世太保的警觉。1944 年末，盖世太保启动了对杜拉格鲁夫特和沙夫个人的调查，后因战事吃紧，调查不了了之。一般而言，德军中专业人员较多，技术含量较高的军兵种，比如空军或海军对待盟军战俘相对比较宽松，不难看出这是与军人受教育的程度成正比的。然而，纳粹发动的毕竟是具有强烈种族主义和意识形态色彩的战争，在杜拉格鲁夫特违反国际战俘公约的情况当然也时有发生。因为有杜拉格鲁夫特虐待英军被捕飞行员的指控，1945 年 11 月，战火甫熄，盟军在鲁尔区的伍珀塔尔（Wuppertal）举行了"杜拉格鲁夫特审判"，战俘营的三名负责人分别被判处三到五年徒刑，事后则又分别得到减刑。

上乌瑟尔于 1945 年 3 月下旬被美军占领，杜拉格鲁夫特被解放时，营地里的战俘都已经被转运到其他空军战俘营。被关押在霍赫马克疗养院的伤病战俘由于一位德军下级医官的坚持，拒绝执行上级将他们转送图林根的命令，4 月初被美军解救。

杜拉格鲁夫特被美军解放后，随即被美军情报机构改用作关押和审理纳粹高级官员的监区和审讯中心。1946 年，营地更名为"国王营"（Camp King），以纪念美第 7 集团军情报首脑查理·B. 金（Charles B. King）上校。1944 年 6 月 22 日诺曼底战役中，金上校在提审战俘途中被德军冷枪击中牺牲。

在国王营被关押过的有在纽伦堡国际军事法庭受审的最重要

COLONEL CHARLES BAUNG
UNITED STATES ARMY
28 MAY 1909 – 12 JUNE 1944
LEGION OF MERIT

COLONEL BAUNG KILLED IN ACTION FRANCE WHILE
SERVING AS ASSISTANT CHIEF OF STAFF FOR INTELLIGENCE
VII CORPS. HE WAS POSTHUMOUSLY AWARDED THE LEGION
OF MERIT FOR HIS DEDICATED SERVICE. PRIOR TO AND
DURING THE ALLIED INVASION OF EUROPE, CAMP AMIR
WAS RENAMED IN HIS HONOR ON 14 SEPTEMBER 1944.

AND WHEN OUR WORK IS DONE OUR COURSE
ON EARTH IS RUN MAY IT BE SAID
WELL DONE BE THOU AT PEACE

DUTY · HONOR · COUNTRY

落日时分，国王营居民点的老人们在金上校的纪念碑前安静地玩着滚球。

纳粹战犯，如希特勒的继承人、海军元帅邓尼茨（见本书《那片天粘地漫的紫色》），第三帝国经济起飞功臣、原经济部长沙赫特（见本书《众神居所，生死因缘》），希特勒密友、帝国军备部长施佩尔（见本书《"女武神行动"与所多玛的义人》），纳粹思想宣传刊物《冲锋报》（Der Stürmer）的主编尤利乌斯·施特莱彻（Julius Streicher，1885—1946），还有不少纳粹德国的传奇人物，如女试飞员汉娜·赖奇（Hanna Reitsch，1912—1979）、阿道夫·希特勒亲卫师旗队长约阿希姆·派佩尔（Joachim Peiper，1915—1976）等人。

与德国人在杜拉格善待盟军战俘的名声迥异，美国人在国王营对待德国战俘的方式可谓乏善可陈。特别在战后初期，查处和惩罚曾在战时对美国军人犯下战争罪行的德国军人是国王营的重要任务，派佩尔曾在国王营被刑讯过，他被指控在比利时马尔梅迪主使屠杀了大批美国战俘。派佩尔声称，国王营的美方审讯人员为了逼他承认他是"马尔梅迪案件"的元凶，将他长期投入黑屋，既无食物也不能放风，还曾经把他长时间锁在室温高达八十摄氏度的房间里，使他几乎窒息，最终他用桌椅砸坏暖气才得以保住性命。应该说，派佩尔在国王营的遭遇并非个案，被揭露的美军在国王营的刑囚案例不在少数，后更有盖伦组织与美情报机构合作在国王营进行"活人洗脑实验"的报道。在对纳粹战争嫌犯追责直至刑讯的同时，美国军方还在国王营集中收押了大约两百余名德国国防军以及党卫军的高层，主要目的是分析评估苏俄军事信息，未雨绸缪，如果苏俄和英美发生军事冲突，已经缴械的德国军队被将动员协同英美与苏俄作战。在这些人员中有在多洛米蒂人质事件中起到决定性作用的冯·博宁上校（见本书《众神居所，生死因缘》）等德军实力派军官，他们大多是 1955 年德国重新武装、建立联邦国防军的中坚力量。

风水循环，天道轮回，1945 年战争结束，盟国开始对纳粹德国的罪犯进行清算。由于杜拉格鲁夫特对待战俘的收敛和克制，除了三位战俘营长官被判短期入狱，盟军并没有为难近百名审讯官员以及战俘营看守。尤为离奇的是，1944 年美国空军发生了令人尴尬的马丁·詹姆斯·蒙蒂中尉（Martin James Monti, 1920—2000）中尉驾机叛逃事件。蒙蒂叛逃之后加入了党卫军，从事反美宣传，战后在意大利被美军寻获，但因为其蓄意投敌证据不足，心理强大的蒙蒂巧舌如簧，编造了一套故事，居然得以重返美军直到退役。1947 年蒙蒂被美国当局逮捕，但他坚不吐实，无奈之下，美方邀请了被盟军战俘飞行员们口口相传的审讯大师沙夫，对蒙蒂进行审讯。1948 年蒙蒂案在美国开庭，沙夫受法庭邀请，赴美出庭。

在美国期间，沙夫被 1942 年 4 月首次越洋轰炸东京的传奇英雄詹姆斯·杜立特尔（James Doolittle, 1896—1993）将军延揽，为美国空军飞行员进行被敌军俘虏时面对敌方审讯所需的心理培训和应付技巧，名噪一时，美国军方以及联邦调查局、中央情报局等机构皆尊沙夫为上宾。1997 年在美国出版的关于沙夫生平的《审讯者》（Interrogator）一书，则被国际情报界奉为圭臬。21 世纪初叶，美国爆发"关塔那摩丑闻"，军方在整顿和反思过程中，特别提出重读记述沙夫技巧的《审讯者》，借以提高办案人员的素质和水平。

更为离奇的是，真正使沙夫扬名天下的并不是审讯大师身份，而是他的马赛克装饰艺术。20 世纪 70 年代初，沙夫开始从

　　国王营旧址最外层的街道是以"猫王"埃尔维斯·普雷斯利命名的，原因当然是纪念"猫王"1958 至 1960 年曾经被征入伍在驻德美军服役的往事，"猫王"服役的地点距上乌瑟尔二三十公里。"猫王"入伍之初被分配给连长当驾驶员，因此很可能也到过上乌瑟尔，后来连长受够了无时无处不在跟着"猫王""叫春"的粉丝们，一怒之下将他发配到基层侦察排当大头兵。在德国服役十七个月，粉丝们搅得黑森一带的美军不得安生，目前德国开发有"猫王在德国"旅游路线。

事马赛克装饰设计，也许是年轻时曾经从事过纺织品印染设计的功底，又或是从与马赛克拼图技术相通的审讯技巧中得到的启发，沙夫的马赛克装饰艺术弄得风生水起，作品在美国各地的市政和大学建筑几乎均可见到，其中最著名的则是佛罗里达迪士尼乐园的灰姑娘城堡内的大型连环故事马赛克墙面。纵观沙夫匪夷所思的人生际遇，总使人感觉应验了《马太福音》中衍生出的"马太效应"，机遇的获得也许从来不是均等的，"凡有的，还要加给他，叫他有余；凡没有的，连他所有的也要夺去"。

1993 年，德国重新统一近三年之后，美军撤出上乌瑟尔，将国王营归还给了当地政府。1997 年，政府在此地块上启动了房地产项目，经过二三十年的经营，已经形成了一个高档、低调并且幼儿园、儿童游乐场、商场、诊所等配套设施齐全的居住小区。20 世纪 30 年代的数十栋"新式农居样板房"除了内部进行了现代化改造，外观仍然保持原样。在一些具有历史意义的建筑前则挂有铭牌，纪念营地几近百年的沧桑岁月。

按照德国人的做派，是不可能让任何与自身有关的往事隐入尘烟的，哪怕这段情事并不能给自己鎏金贴银。同样，在杜拉格鲁夫特和国王营寻旧，重要的是不能错过那幅被录入吉尼斯世界纪录的蚀刻艺术品《别往后看》(*Don't Look Back*)。1998 年，在美军使用过的国王营篮球馆木质地板上，德国艺术家托马斯·基尔佩（Thomas Kilpper）创作了三百三十平方米大小的与上乌瑟尔有关的历史全景木刻版画。与作品的题名迥异，基尔佩表现的完全就是"往后看"，是在专心致志地回顾历史。在貌似混沌无序的乱象中，基尔佩嵌进了二十六个历史画面：从他的曾祖父在亚洲传

原移居点的社区共享空间，是参考黑森地区农舍风格设计建造的百年建筑，国王营时期曾为美国驻军的军官俱乐部，现在已经分隔改造为高档私人住宅。

教到他的父亲在二战中作为侦察兵在前线作战，从杜拉格鲁夫特战俘营、废墟中的法兰克福到上乌瑟尔的盖伦组织，以及在国王营与美国情报机构合作因而受到美国庇护的"里昂屠夫""克劳斯"·巴比（Nikolaus "Klaus" Barbie，1913—1991），等等。战后美国对世界的政治文化的影响、西贡大街上处决越共、反战运动、红军旅暴恐、新纳粹等历史场景和主题均有表现，堪称一绝。

　　基尔佩的作品完成不久，因为房地产开发需要，国王营的美军篮球馆必须拆除，基尔佩的木刻作品被拆卸成一百二十块入库保存。后经数十家企业和个人赞助，由上乌瑟尔政府牵头，将木刻画面用专业水泥浇铸，重新拼装，在原篮球馆的位置露天永久展示。2000 年露天水泥版《别往后看》因其尺幅在同类艺术品中独占鳌头被录入吉尼斯世界纪录。

《别往后看》示意图，二十六个画面中至少有八个与杜拉格鲁夫特和国王营直接有关，编号 5 为沙夫怀抱女儿，编号 6 为加布雷斯基的名言："你有你的营生，我有我的……"与国王营有关的为编号 9、10 及 12，涉及盖伦组织和"克劳斯"·巴比。

距国王营约五公里处坐落着当年关押盟军伤病战俘的霍赫马克疗养院，岁月沧桑，疗养院已经更名为"霍赫马克医院"（Klinik Hohe Mark），变成了心理治疗和康复的专科医院，我的女儿就在这里工作。除了那些有上百年历史的城堡式建筑，战后医院进行了规模不小的现代化扩建，但是整体看上去还是与山地公园无异。女儿并不乐意我拍摄医院的建筑，顾虑可能会拍摄到病人而涉及这类医院特别关注的个人隐私，因此，通过女儿的关系进入医院寻找关于当年盟军飞行员战俘的遗迹无疑是非分之想了。

在霍赫马克医院后方的树林中有一片露天康复区。这里有不少对心理疾病患者进行辅助治疗的构思新颖的器具和设施，其中的一堵"哭墙"给人印象尤其深刻，在"哭墙"的说明牌上是这么写的："你是不是感觉到孤独和不被理解？你是不是痛感人生对你过于苛刻？你的失望如此深切，以致鼓励的话语、人间的温情都不能抚慰你的苦痛？……在这儿你可以放下，卸去压力，在这儿你可以躺平，找到宁静。你尽管说出你人生中的不完美和难题悖理，说出你的气恼，说出束缚你的困惑，说出能使你崩溃的绝望！"

说明牌文字结束于在古代希伯来人中广为传颂的诗句："即或有忘记的，我却不忘记你。看哪，我将你铭刻在我掌上，你的墙垣常在我眼前。"